成一文集

长篇小说·真迹

成一◎著

山西出版传媒集团
北岳文艺出版社·太原

图书在版编目（CIP）数据

真迹 / 成一著 . — 太原：北岳文艺出版社，2019.1
（成一文集）
ISBN 978-7-5378-5656-0

Ⅰ . ①真… Ⅱ . ①成… Ⅲ . ①长篇小说 - 中国 - 当代 Ⅳ . ① I247.5

中国版本图书馆 CIP 数据核字 (2018) 第 189415 号

书名：真迹
著者：成一

出 版 人：续小强
责任编辑：陈学清

书籍设计：张永文
印装监制：巩 璠

出版发行：山西出版传媒集团 · 北岳文艺出版社
地址：山西省太原市并州南路 57 号 邮编：030012
电话：0351-5628696（发行部） 0351-5628688（总编室）
传真：0351-5628680
网址：http://www.bywy.com
E-mail：bywycbs@163.com
经销商：新华书店
印刷装订：山西人民印刷有限责任公司

开本：787mm × 1092mm 1/16
总字数：3886 千字 总印张：271
版次：2019 年 1 月 第 1 版
印次：2019 年 1 月山西 第 1 次印刷
书号：ISBN 978-7-5378-5656-0
总定价：698.00 元（全 12 卷）

1994年《真迹》研讨会期间，作者与评论家李星（左）、《真迹》责编张贺琴（右）在五台山

1993年作者与作家周宗奇（左）、王西兰（中）在永济普救寺

1990年代作者工作照

1998年作者登宁武芦芽山

长篇小说《真迹》（上海文艺出版社1993年版）书影

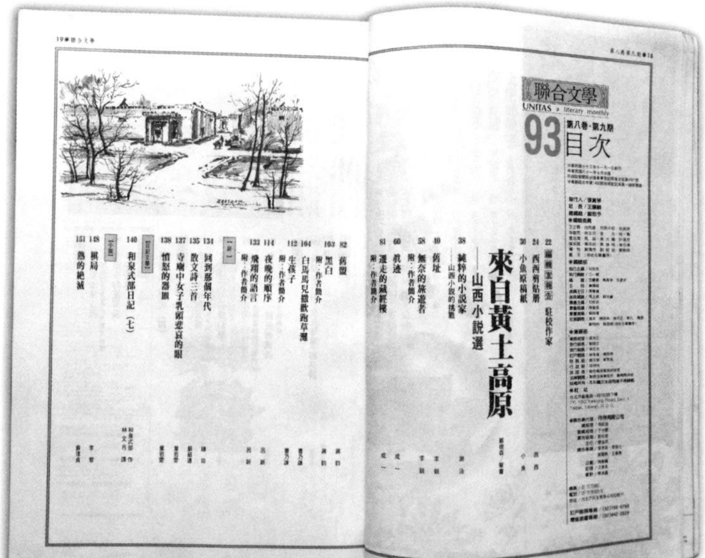

台湾《联合文学》1993年八、九期合刊选登《真迹》章节

第一部

1

民国元年(1912年)三月初四那天夜里,据说风高天黑。月初之夜总是黑暗的,初三初四虽开始有细月显现,但谁都知道,一到天黑时候它便很快沉没了。因此,初四之夜天景黑暗可以认定无疑。而这一夜有风无风,风有多大,又刮了多少时候,就完全是由当事人事后所陈述。

据那一夜在康府宅邸眺楼上守夜的一名家丁说,风是从午夜时候刮起来的,而且来势十分的奇异。他说前半夜本来相当安静,很早就听不到甚么声息了,整个康府沉寂无声,康府所在的康家堡村也寂静得听不到一声狗叫。全村的灯光,康府的灯光,那一夜也早早地熄灭了。只有他厮守着的那盏防风马灯一直亮着,灯焰一动不动,因为没有风。

这种情形叫他心中踏实,但又十分不好对付,因为没有甚么可以警觉,瞌睡便不断袭来,可他说他绝对没有敢睡。东家、管家、护院武师,都一再嘱咐,现时天下不太平,巡夜须万分警觉,不能有半点闪失,小的怎么敢瞌睡。他还说因为天下不太平,东家特别给他们巡夜伙友的伙食,添了一道肉菜,那就是为了叫他们夜里有精神,不瞌睡。因此,那天夜里他一觉着眼皮沉重得难以支撑时,便跳出眺楼,提了马灯,沿着房顶上的巡夜路线巡走一遭。这条路线游动于各庭院的房宇之上,许多去处显得险要,又是那样黑暗的天景,瞌睡早给吓跑了。他说他前半夜就这样巡走了四五遭,不曾发现任何动静。

到午夜时候,大风就忽然之间刮起来了,那来势很像野地里突然冒起的鬼旋风,没有渐渐启动的过程。一刮来就迅猛异常,厉声呼啸,地动山摇,天昏地暗,当然那天夜里本来就是天昏地暗的。他说小的是巡夜老手了,当时还真给吓了一跳,以为突发了甚么灾祸了。当然后来也没见发生甚么灾祸,大风就那样凶猛地刮下去了,势头终于不减。他那盏防风马灯的灯焰,一直给吹得忽明忽暗,总像要给吹灭似的。当然终于没有给吹灭,因为那是东家从大码头买来的美孚洋灯,真防风半点不含糊。

出现了这样一种异常天象,他是再不想瞌睡了,又不敢在眺楼里避着,只好集中了万分警觉,提起那盏防风马灯,沿着那条巡夜路线,不断走来走去。

巡走了多少遭?

前半夜是四五遭,后半夜就实在记不清了,只记得大风凶险,他是一直在巡走,不敢停止。

发现什么异常情形没有?

没有,千真万确没有发现任何异常的情况,只有异常的天象。大风厉声呼啸,老院的后楼以及所有的楼房背后,风声都响得厉害。除了呼叫的风声,别的响声始终不曾听到,天景又那么黑暗,更看不到甚么,防风马灯照不了多远,一直忽忽闪闪的。

风是东北风,这没有错,他说得很肯定。

没有听到门窗开启的声音吗?

没有,只有风声。狗叫声也一直没有听到,真是奇怪极了。出现了那么奇异的天象,狗居然不叫,东家的狗,全村的狗,都始终没有叫一声。大风乍起时候，他都给狠狠地吓了一跳，狗却不叫，那一夜真是怪了。

康府的守夜眺楼有东西两座。在西眺楼守夜的另一名家丁，说法与前面的陈述大致相同。只是，这一位家丁远不如前一位那么善于言辞，大多情况一味附和自己的同事。叫他陈述，表达上颇显困难。不过，东家知道这名家丁一向就是拙于言辞，但守夜资历又远较前一位深久，一直忠心耿耿。而且对那夜关键处的陈述，也与另一位说得相附，便未加细究。只是到后来发现案情越来越复杂离奇时候，才后悔当初不该一道传讯这两名家丁，这岂不是公开给他们一个建立攻守同盟的机会吗？

康府的护院武师包师父，这一夜偏偏不在康府，他宿在城里的武术馆了。他说近年他一直在秘密磨炼一种全新的功夫，当时正忽有灵悟，所以常滞留于武术馆忘归。不过，他虽宿在了武术馆，却仍然可以肯定那夜的确刮了大风。因为他在午夜时候给大风刮醒了，不由担心起康府的安全来，他说他是磨炼有素的护院武师了，对风高天黑夜有一种本能的警觉。因此，第二天一早他就赶回康府，果然出事了。

他当时曾责问了他的徒弟八大锤。八大锤所说的情形，也与那两位家丁的陈述大体相同。

八大锤说，那天夜里因为师父不在，他感到护院责任重大，一直格外警觉没敢打一个盹。当大风突起后，他就更加不敢疏忽了，立刻往各院巡逻不止。巡逻中，他只见房宇之上那两盏防风马灯在忽忽闪闪地游动，此外并没有发现什么动静。

就那么一直在各处走动查看吗？

八大锤说，他中间也曾回屋静坐过几回，但总不敢多坐，赶紧又出去巡查，这样直到天亮。

那怎么还是出了事？

包武师很想给八大锤当胸一拳，只是想到身上的新功夫近来又有大进，怕毁了自家徒弟，才忍住了。也幸亏八大锤当时没有禀告他在前半夜打牌的事，否则，师父那致命的一拳，结果难以想象。因为康府有家规，严禁族中子弟打牌染赌，何况是下人。八大锤那一夜暗约家仆打牌，虽然不过是小赌，但因为他的手气一直奇佳，终于淡忘不了。他说他后来似乎再也不曾有过那么好的手气，于是也暗暗觉得那一夜有些特别。

据贴身伺候康老太爷的仆人老亭说，那夜的风真是从午夜时分刮起来的，只是对这场风的描述却远不是那么奇异和凶险。他说那夜刚交子时，外头起风了，他就端坐炕头，谛听院里动静，一直警觉待旦。

一定听到了很大的风声吧？

老亭说听风声做什么，他只谛听异常的响动。

那夜的风不是很大吗？

他说风会为非作歹吗？那夜他也没有到风里去走动，一直端坐炕头，警觉待旦。

老亭对那夜大风的描述，显然与其他当事人不同。但考虑到他是饱经沧桑的老仆，很可能见怪不怪了，因此最初也没有存疑。

就没有听见院里有异常响动吗？

老亭说他听见了还会出事吗？

在康府，再没有谁能比老亭的警觉更灵敏了，他一生贴身伺候老太爷，连一只蚊虫飞近主人也休想突破他的防线。他说他的腿脚不似昔日灵便了，耳力依然灵敏如旧。这是他警觉多年所练就的超人本事，绝对不含糊。老亭一直住在老太爷独占的老院里院，老太爷居正房，他居于西厢房，相离近在咫尺。平素这处里院内，哪怕发出一声绣花针落地似的异响，老亭也会立刻捕获，然后便随即送出一声低沉而慑人魂魄的喝叫，教再老练的歹人也会打一个冷战。与此同时，老太爷便会照例闻声而醒，做出应对不测的准备，仿佛互有感应似的。可那一夜出事，却正是出在老太爷的屋里，老亭竟始终没有发出那一声预警的喝叫。老太爷亲自证明了这一点，并因此断定老亭是和自己一样的老了。

这令老亭很伤心。

康府的夏管家这一夜也不在康府。他说因为老母病了，向东家告假回去探视。因此，夏管家除了证明那一夜刮过大风，便提供不了多少现场情形。

在最初关于这一夜情形的陈述中，只有康府家馆的塾师何举人提供了一点不同的说法。他说那夜起风之时，他仍在秉灯夜读。因为是自家写下的著作，读得格外入迷，所以对窗外风声并没有怎么在意。根据守夜家丁的陈述，那夜在起风之前，康府所有的灯光早已熄灭了，这与何举人说起风之后他仍在秉灯夜读，显然不合。何举人所居的书房院，在康府大院的西北角，但登上守夜的眺楼，是完全可以俯视到的。那么是谁提供了假证词呢？可惜，这个疑点在最初也未引起足够的注意。因为何举人提供了下面这样一个相当刺激人的异常情况，把人们的注意力都吸引过去了。

他说他一直在秉灯研读自家的著作，非常入迷，直到一声沉闷的异响将他惊动，才从自己的著作中脱离出来。但他侧耳倾听时，那异响却已经消失了。他凝神息气又谛听了很久，终于再没有听到。

是怎样沉闷的异响，像门窗开启的响动吗？

他说不像普通门窗开启的响声，那响声很沉重有力，但不尖利。

那像是歹人由高处，比如从房顶跳落地面所发出的响声吗？

他说也不像，人更不会那么沉重有力。

那响声就发自书房院吗？

他说肯定不是，要远得多。

是老院那边吗？

他说不能肯定。

老院在康府的东北角，与书房院之间还隔着另外不少处庭院。在书房院听到了老院那边的响声，又很沉重有力，而在老院里听力那么灵敏的老亭，却什么也没有听到。这显然是一个更大疑点。

很可惜，这个疑点同样没有引起当时的办案人的足够注意。他说，或许强人是由书房院潜入老院也说不定。

他就是康家主政的大少爷。

2

大少在这一夜倒是没有听到风声。他记得那夜睡时已经很晚了，一直在给自家票庄驻各地码头的分号写信，勉励他们精诚应变，不必慌乱，本财东确有雄厚实力，支持字号稳度现下危难。

这是康家票庄天成元的孙大掌柜请求他这样做的。去年辛亥首义突发，清廷退位，民国改元，各地秩序大乱，西帮票商[①]受牵动甚剧，不断有挤兑汹涌、生意倒塌、伙友逃散、字号被劫的消息传回。票号虽有财东不干预日常商务的规矩，但当此风云剧变的危急关口，字号老总们不得不请东家亲出压阵。康家大少接手主持家政还没有几年，就赶上了这样的乱世局面，虽然自家字号驻外埠码头的分号，至今还未发生大的不测，但他一直就有一种不祥的预感。不过，那晚在伏案写信的时候，只担忧外埠码头的生意，实在不曾预感到自家宅邸之内也会出事。否则，在那一夜他是怎么也不会有兴致同夫人行房的。

伏案写信不能算怎么劳累，都是那么几句话，照抄予各地老帮就是了，他知道重要的只是他的亲笔。不过，由担忧各地生意，想及康家祖业忽然压上己身，又逢了这样的乱世，精神上就十分的不轻松。伺候少夫人的柳嫂，那晚却一再来催他早去休憩，说少奶奶在等候呢。他就知道这夜又得

---

①票号者，类似于后来的银行，更早于江南的钱庄。有清一代一直以白银为主要通货而禁用纸币。这样，现银的携带调运就麻烦大了。尤其是四出奔走做生意的商贾所携的巨量现银即使请镖局，不只费用甚大，而且仍不免会有不测发生。当时颇著信誉的山西商人慧眼独具，适时开创了现银汇兑的金融生意。客商在甲地票号交银写票，到乙地同号即可凭票取银，只需交付一点汇水，真是方便、经济又安全。票号一出，即受到商界欢迎，生意渐渐越做越大。收汇规模渐大，票庄又开了银钱的放贷收存生意，获利就更加快捷而丰厚了。特别是清朝先前并无国家银行，诸如各地钱粮上缴、兵饷接济边地之类官银调度，都是官府直接承办，既辗转延误，又不免层层克扣。而西帮票号一纸信符遥传，百万巨银立集，因此，官方也渐渐将国库官银的调运交票号汇兑了。由汇兑现银而至放款存款，由张罗民间生意发展到兜揽库银调汇，西帮票商可真是长袖善舞，极盛时曾有"执全国金融牛耳"的声威。各大票号的分号，不仅遍布国中重镇要邑各大码头，而且远及海外。

有事了。

自从他接手主持家政以来，自家夫人就对房事格外热心起来，他知道这是为了叫他早得子嗣，并非她迷上了床笫之乐。他身为老太爷的长孙，至今仍未得子，身后只有一女，她本来就有些着急。他接手主政之后，按康家祖制，族中一直在张罗从叔伯后辈中给他过继一子。这样一来，她就更着急了，当然盼望能有亲生子来承接自家的长门旺势。不过，大少一直是赞同维新的少壮人物，他对于长门不长门，亲生不亲生，似乎并不十分在乎。自家夫人原也系正经名门淑女，一向涵养有度，尤其于床笫之间更是非礼不为。不想自做了主政夫人，就忽然热衷于此道了，而且竟会那么专诚地不断翻新出许多花样来，叫他觉得仿佛也很富维新色彩。于是，他便不断落入陷阱，无法细究是重蹈了传宗接代的覆辙，还是将维新精神也贯彻于房事了。

那天夜里他虽然拖延再三，但还是忽生了好奇心，不知她今夜又会有什么新花样翻出，就终于丢下冗务，赴内室去了。他依稀记得当时已经很晚了。不过，因为那夜又有维新式的房事，接着就是深沉的酣睡，对那夜有风无风就不甚了了。

次日给柳嫂唤醒时候，天还未亮，一时难以从酣美的春眠中挣脱出来，他还十分恼火。

柳嫂说是老亭有急事要见大少爷。

听清了是老亭，他才有些清醒了。

柳嫂说，怕是老太爷有什么急事吧？

又听说是老太爷，他完全清醒过来，立刻穿衣下床走出内室。

他记得出来见到老亭时，发现他的两眼像猫眼一样幽亮，他从来还没有见过老亭有这种眼光，不由吃了一惊。

老亭说，老太爷唤你呢快去，语调有些哀伤。

当时他以为老太爷又染病了，就急忙向老院跑去。老太爷已经九十高寿，去年八十九岁时病过一场，幸得名医悉心诊治，脱了灾难。但老太爷如此高龄，总是随时叫人担惊受怕，当时他心里就很害怕。不过，那天跑进老太爷的屋里，却见老人安然无恙地坐在那把陈旧的太师椅上，只是脸色难看，一向似行云流水般垂于胸前的白胡子，当时显得有些凌乱。见此情形，他先放了心。

记得老太爷劈头对他说出的第一句话就是：“小掌柜的，你快给我寻回那两块石头来！”

他一时没有明白发生了什么事，对老太爷所说的石头，也没有想到是那么珍贵的明人篆印，还以为老太爷在说梦话。自去年病愈复原后，老太爷就不时说些梦话，谁也听不明白。直到祖母也神色异常地说明，是夜里老太爷屋中失盗了，他才大吃一惊，觉得腿都有些软了。

祖母说，夜里老太爷屋里丢了两块金贵的石头，天不亮她就给喊醒了。本来平素老太爷也是天不亮就醒了，可总是她先醒来，过去伺候老太爷起身。也总是她去开门，然后老亭进来倒尿盆，再扶老太爷到院里练拳。这天她就偏偏睡过了时候，老太爷起了床，下地点着灯，她都没有发觉，直到老太爷把她喊醒，问她怎么没有闩门？她说昨晚明明早早地就闩紧门了，怎么能没有闩呢？她慌忙跳下地，到门后一看，果然房门没有上闩。上下两道门闩都没有上，两扇厚门也没有闭紧，之间留有一道缝。缝倒不宽，只一寸许。老太爷急忙返回他的居室，就发现放在榻旁小几上的那两块石头不见了。

他问会不会放到旁的地方了？

老太爷立刻沉了脸说：“你当那两块石头是什么东西，我会随处乱扔吗？小掌柜的，你快给我寻回来！”

祖母也说，老太爷在他的卧室和书房寻了半天了，没有寻见，真是丢了。

他问旁的还丢了什么没有。

老太爷就嚷吵道：“丢了金山银山也不怕，那两块石头你拿金山银山我也不换，小掌柜的，你快给我寻回来，这是想要我的命吧！”

当时祖母似乎说，还没有发现丢了旁的东西，但他没有留意听到。因为一听老太爷叫唤金山银山，他就惊骇得乱了方寸，只觉得全身膨胀起来，头皮发麻，两腿发颤，尿泡也觉得憋不住了。当时他想，强人夜入康府，那必是为银钱而来，他家除了银钱，还有什么？银钱一旦被盗，那还拿甚么来支持各地字号挺过当前危难，难道康家百年票业真要败在他手上吗？他失魂落魄地对老太爷说；

“祖父大人你不用惊慌，我这里还憋着一泡急尿呢，憋了长长一夜了，等我先去一趟茅厕，回来再说。”

这句话，后来很为族人所称道，说他有老太爷当年临危不乱的气象，遇了康府这种少见的场面，他该尿尿还是先尿尿，是当家的材料。不过在当时，老太爷对他逃去尿尿，是相当尖利吼叫什么来，可怜他已经顾不及去理会了。

当时他是站在老太爷的书房里，说完那句失魂落魄的话，就慌慌张张冲进书房里间老太爷的卧室，扫视了一下，发现没有异常，也发现了那里不是茅厕，才又折出来，经书房，出前堂，冲出院里。又拐向东，穿过偏门，跨入里偏院，再夺步进入外偏院，终于冲进老院的茅厕。那里点着灯。幸亏起床时就十分匆促，衣带不曾系得齐备，他又穿着新式的西装裤子，撒这泡急尿才得了方便。不过他还是相当后怕，这一路惊慌奔来，真是忍耐到了极点。一泻如注之际，他才觉得那膨胀于全身的惊慌，也似乎渐渐倾泻出去了。头皮也不再麻木，有了点沉重的感觉，两腿也有些力量了。

随之他的脑筋也冷静了些，想起银子原是十分沉重的东西，强人携它飞檐走壁也不会那么容易。先祖对此不是早有高妙防范吗？家中窖藏的银锭，都已铸成千两重的大银坨子，俗名“莫奈何”，就是令强人莫奈何！他想，只飞檐走壁一路，怕也偷不去许多银子，绝不至伤及票庄的后盾。强人窃去老太爷那两块石头，倒是个聪明的主意，两方石印能有多重，却远比银子值钱。只是值此乱世，能令强人行窃得手，就显露出康家禁卫不严了，由此引致歹人蜂拥而来，那局面可不堪设想。想及此，他不由又有些惊慌,好在这时他已经意识到,作为康家主政者,在此危难关口,有惊慌也不能流露出来。已无急尿乱神了,你该沉住一些气才对。

他返回老太爷的屋里,老人叫嚷得更加尖利,一味逼他快去寻石头。他听老太爷的叫声,十分肖似童声,尖厉得那么稚嫩,他更有些骇怕了无从进一步镇静下来。当时应该做的几件事,都没有想到去做。他是最初到达案发现场的办案人,居然没有想到察看一下现场有无强人留下的脚印,院里、屋里,都不曾察看。当然,他不怎么会办案。当时他甚至没有细问到底是丢了怎样的两块石头,就像是哭半天还不知是谁死。这是很大的疏忽。当时也许问过,没有问明自是很可能的。老大爷像孩童一样任性地叫嚷:“你快去寻回那两块石头,你是想要我的命吧!”

他说他立马就去寻找,祖父大人,你放心吧看伤着身体,不敢太着急,以咱家财势,上天入地全不是难事!祖母大人你招呼老太爷吧,我这就去查找。

从祖父那里脱身出来,天还没有大亮,仆佣们已经照例起来各司其职了。他见到打扫庭院的男仆,记得并不曾尘土飞扬,可见当时已不再刮风。那时,他有些木木的,不是十分有意识地在各处庭院中间走了一圈,因此也不可能发现甚么异常。只发现自家宅邸的围墙那么森严高耸,之上又有堞垛式的女儿墙,与平时看惯了的景象不大相同。以前他总觉得自家这城堡式的围墙,似乎有些俗气。那天清晨,他才明白这种俗气是有道理的。强人能飞檐走壁,可又怎么能拨开老太爷的房门呢?那两扇木门十分厚重坚固,内有两道门闩,闩紧之后又有一种锁定的机关,两门的合缝处还有一种交错的结构,这一切都是为阻挡利器直插其间拨动门闩吧。强人难道真有什么神奇的破门法术吗?

他好像才惊醒了似的,立刻奔回自己的账房,着人去传唤护院武师。

底下人回来说,包武师夜里不在府中。

他听毕就有些恼火,甚至起了疑心,会不会是这位武师与江湖上的强人里应外合,做了这件盗案?不过很快就打消了这种冲动。包武师一向有武德，在国术界威望不低，受聘于康家也许多年了，很受老太爷器重，更同二爷交情深厚。

他又命下人去传唤管家老夏。

底下人回报说，夏管家也不在府里，回家看望老母去了，跟东家告了假的。

这一位也不在，用得着时候一个个都不在，全是谋划好的吗？他正要冲动，记起了老夏的确是向他告了假的。他一时陷于孤单无助的境地。

自主政以来，他就常有这种感觉，只是每觉孤单时，便去向祖父求助。老太爷虽然只是三言两语，又往往似禅机一样难以悟透，但在猜悟中间就感到踏实多了。现在老太爷像任性的孩童似的，只一味吵闹，并没有给他任何点拨。老太爷一直是族中神灵似的擎天柱，现在忽然变成了撒娇的孩童，这是什么征兆呀？这只怕比出了盗事还要紧要！他这才想到得赶紧去求教于父辈。他的父辈中现仍健在又可议事的，只有两位：二爷和六爷。情急之下，他几乎又要令下人去传唤这两位长辈，幸亏及时悟到这样不妥，才赶紧亲身去躬请了。

先跑到二爷那里。二娘说他，大少你糊涂了，这时候谁能在家逮住你们二爷，他天天大早到村外野地里练拳，多少年了，你怎么忘了？

他真是糊涂了，他明明知道二爷不是预谋了逃避他，那种无助的感觉还是加重了许多。

很可能当时他显得有几分可怜吧，二娘又问他，大少你有什么犯难的事吗？

他说是有急事跟二爷商量。

二娘说，你不敢指望他，尤其是买卖上的事，你们二爷他嫌麻烦，我们私房的那一点点小生意，他还料理不清，宁肯吃亏，也不揽麻烦。

他说不是生意，是有急事。

二娘说就怕他不急。

他说他去请二爷。

二娘说，快不用劳动大少你往野地里跑，我叫人去唤他，就说是老太爷叫他去见你，大少你看这么行吧？

他连说能行，能行。

这是在那个倒霉的早上，他最先得到的援助。他很佩服二娘竟能那么轻易地使了计谋，召唤二爷回来见他，真是比他强得多。他本想说几句感激的话，但是怕自己的声音会似哭声那么难听，就没有多说，匆匆转身去了。他还得去见六爷。

一出来，他就撞见了包武师。这时天色已大亮了，一切都能看得清楚。

包武师问，真出事了？

包武师这句话，后来叫他以及那位上海侦探疑心了很久：你夜里不在康家怎么一回来就知道出了事呢？还有，刚出了事，你就赶回来，还没有来得及派人进城去叫你哪？在当时他可没有这么灵敏的反应，倒高兴又来了援军，心神开始安定些了。

他说，包师父一大早寻不见你。

包武师说他昨晚练武给练迷了，就宿在了城里的武术馆，真出事了？

他说可不是，夜里老太爷屋里……

包武师立刻止住他，说大少这里不是说话的地方。

包武师显出的这一份老练，顿时叫他喜欢得快忍不住眼泪了。那时，他看包武师像英雄又像军师，智勇双全，十分给人以鼓舞。

他同包武师回到自己的账房，斥退下人，进入里间，紧闭门窗，那一份神秘的气氛，令他不由觉得激动。他给包武师说了夜间出的事。

包武师没有惊讶，只是心情显得沉重，连说怕会出事就真出了事。他记得当时包武师一直稳坐着，相当沉着，给了他很大的希望。

他问，我家的围墙那么森严高耸，四周又不与村人房舍相连靠，强人飞檐走壁，真能一跃而上吗？

包武师说，他们有他们越墙上屋的办法。

他问，那房门是怎么打开的，老太爷的门户，各处的门户，全牢靠得不能再牢靠了，门闩又有机关，他们是怎么打开的？

包武师说，他们有他们的办法。

他问，看来夜间的强人真有高强的武艺？

包武师说："不是高手，他敢来康府盗宝吗？"

包武师这句话，后来对本案的侦破发生了很大的影响。由康府的不同寻常，推断出本案的不同寻常，这使大多数人对此都无法产生怀疑，因为康府本来就是不同寻常的。当时，大少听了，就无形中觉得很有理，仿佛富贵如康家，出一桩盗案也理当是非同凡响才相称似的。其实，只要换一种说法，他就不会感到舒服了：你是喜欢发生一件难以侦破的大案吗？可惜没人会给他这么说。

就在大少无形中感到舒服的那一刻，老亭闯了进来，说老太爷不洗漱，不吃饭，不喝茶，就等着寻回那两块石头。

3

从上海请来的丁侦探，听了当事人对案发当时情形的陈述，感到最大的缺陷，就是未对作案现场做在行的侦查。

大少说："那是当然，我们都不是破案的内行，所以才请来你这位高手。"心里说，我们如果在行，还请你来做什么。在面子上，他没有表示出这个意思来，完全是礼贤下士的样子，一直保留着谦和的微笑，传给对方一种被敬仰的感觉。

丁侦探可能太精明了，他没有敢轻易接受这一份敬仰，只是不动声色地问："就没有在现场发现任何蛛丝马迹吗？"

夏管家说："实在没有发现任何蛛丝马迹，只发现老太爷的房门给强人拨开了，有两道门闩，又有机关，竟给拨开了。"

丁侦探说："你当时不是不在现场吗？我说的蛛丝马迹是一句中国成语明白吧？用这个成语来描述案犯在作案现场所留下的痕迹，真是再恰当不过了。他不想留下痕迹，又不能不留下痕迹，这就是蛛丝马迹啦。中国既有这样一个恰当的成语，可见中国破案术也是懂得侦查现场的。”他说他不怎么懂得中国破案术，他师承的使用的是英国破案术。“拿英人破案术的眼光看，任何案犯都必定会在作案现场留下蛛丝马迹，高明不高明，就看你能不能发现它，明白吧？”

夏管家连说明白了，明白了。

夏管家送去的敬仰可能更不容置疑。但丁侦探仍没有接受似的，他皱了眉，凝视着一片神秘，与谁也没有交流感触。

包武师说：“但凡敢来康府盗宝，那必定是高手，他不会留下痕迹给你看！”

丁侦探说：“这不可能，包师父你不能太相信中国说书人所作的演义。说侠客大盗神出鬼没，不留痕迹，那岂不等于说中国破案术太不高明了？不是他留不下痕迹，是你有没有本领发现，明白吧？”

包武师反问：“丁先生你从老太爷的门闩上，不是也没有发现什么痕迹吗？”

丁侦探说，“门闩上可能另有文章，现在我还不能多说，明白吧。”

包武师听了很不高兴，心想什么时候练几招新功给这位南蛮看看，你能寻一个破绽出来，我认你做师父！他这种挑战意味，显然没有怎么掩藏住。丁侦探注视了他一下，似乎发现了，就送给他几分敬意。这叫包武师很不知所措。

大少说：“丁先生你看有没有良策来补救？”

丁侦探说，现在侦查现场已经为时过晚了。

大家都同意是太晚了。不过，若早已破案，还大老远地从上海请你来白领赏银哪？

4

丁侦探受聘抵达康府时,已过当年秋分节令,距发案时日相隔数月之久了。

他肯受聘,第一原因,当然是天成元票庄财东肯出可观的礼金了。会怎么可观,数目并没有商定。上海分号的孟老帮说,失物如同康老太爷的性命,若能追回,礼金之巨一定会叫你意外。他知道同中国这一等大财主讨价还价,是会被小看的,就没有具体开价。其次,他也是冲着这个案发既久而又久攻不下的难局来的,一旦由他揭案,必当名扬南北。他怎么也没有想到,抵达康府后竟又延误了许多时间,不能进入正式的侦破。

从上海出发时,有天成元沪号的一位伙友伺候他北上。这位叫刘守义的伙友久驻沪地,能说不错的上海话,本来可以一路交谈顺畅。很可惜,由于康家要求对这件盗案严加保密,沪号孟老帮交代说,就是在沪号内也只有他和副帮两人知道这事,希望贵探此番北上能秘密潜行。作为侦探,他当然能理解客户不想家丑外扬的苦衷,而且在保密的情形下,对侦破运作也可能有利无害。因此,离沪时他布了一个小小的迷阵。他以到松江办案为名,先行离沪,叫刘守义随后到南京与他会合,商定了会合的地点以及暗语。

这个迷阵,先使沪号孟老帮产生了敬畏,也迷住了那位刘守义。刘守义只知道他是东家大少在南京的一位朋友,应少东之邀北上出游。这是孟老帮交代的,但事先没有与他通气。及接了头,刘守义首先就惊奇他怎么说上海话?幸亏他有职业敏感,怀疑出了什么差错,才说他就是上海人,祖上是上海人。给他假托的身份,原先与孟老帮商定的,是大少在上海的一位朋友,怎么又改作南京的朋友了?他不知道孟老帮是太粗心,还是太不灵敏,在南京会合,就得是南京的朋友?把他说成南京人,会有多大的漏洞:天成元票号在南京也有分号,怎么一定要你沪号派人伺候他北上?孟老帮在上海这样的大码头做银钱生意,既不可能是粗心的人,更不会是呆笨的人，很可能是被他的迷阵给迷住了。总之，他布的第一个迷阵，就给自己添了麻烦，似乎有点出师不利的征兆。

因此，一路上彼此虽然交谈没有困难，也只能尽量避免交谈，以防漏洞扩大。在漫长的旅途中，他几乎没有从刘守义嘴里探听到什么有关康府及天成元票庄的内幕情形。刘守义也很驯良，你不问话，他就不说话。当时，丁侦探还不大知道，票号伙友很忌讳对东家说三道四，对票庄内情就更不会对外人多嘴多舌。

一路十分沉闷，脑筋又闲着，却无法对案子做深入的思索。他所知道的全部案情，仍止于孟老帮所说的那几句：康老太爷丢了两方极为珍贵的石印，石为青田灯光冻，印为明人文彭真迹，名石名篆，价值连城不说了，老太爷一生没有嗜好，只迷了金石这一门，寻不着，只怕会要了他的命，九十高寿了！怎么丢的？孟老帮说只知道是在康府丢的，别的不知详了，少东密信中就告知这些。仅凭这么一点案情，你能推测出什么来？有两种可能，一是被外盗窃去，一是被家贼隐匿。这几乎是废话，一个白痴也会推断出这两种可能，难道还会有第三种可能吗？不存在第三种可能。

丁侦探当时觉得很无聊，曾多次多时凭窗观望车外景色。他平生第一回离开沪地北上，车外景色已渐渐变得新鲜起来，绿还是满眼的绿，但绿得越来越不同了。这越来越不同的景色，应该使他联想到南北语言的不同。如果那时他联想到了，就会把这位刘守义一直留在身边，做他在北地的翻译了。按他的正常水平，完全能够联想到这一层的，但他没有想到。当时是那么消闲甚至无聊，居然就想不到自己是首次北上，听不懂也说不来北地土话，连北方官话都不怎么会说。这很有些水平失常。

到达北京后，刘守义就及时返回上海去了，说那是总号的意思，因为市面混乱，沪号又是大码头生意，柜上人手吃紧。刘守义走后，京号派了一位黄姓伙友接手伺候他，并将伴他赴晋。

京号的人都是说京师官话了，他听这地道的官话已相当吃力，对方听他的上海吴语就更显困难。到这时，他竟然仍懵懂着，没有注意到将要出现的语言障碍。当时，你在注意什么？

他可能是在京号发现了一种异样的气氛。京号梁老帮比沪号孟老帮排场得多了，气宇中透着不凡，有几分京官式的优雅，人显然也够精明老练，但对他似乎藏着某种戒心。极其热情地接待他，酒席也十分丰盛，可丁侦探发现梁老帮不时走神，京号其他伙友也拿一种特别的眼光打量他。

难道京号的人都知道他的身份了吗？

梁老帮说："京号也仅有在下和副帮知道丁先生是侦探，伙友们都以为您是少东的好朋友。这都是总号的安排。丁先生是首次来京，恕不能伺候您在京师游玩，总号意思是请丁先生尽速赴晋。待大功告成返京时，我们一定伺候您尽兴地玩一玩。"

梁老帮在说大功告成时，嘴角似乎反常地抽动了一下，使脸上的笑意变了一点形。这或许是他的职业敏感？不过后来证明，他在当时的确不是过敏，京号在本案中果然有所涉嫌。

但无论如何，在京号他就应该意识到即将出现的语言障碍了。而且，当时他已经知道了，给他假托的身份并非沪号孟老帮想出的临时遮掩，显然是康府的精心安排。他应该考虑如何适应这一身份，或者拒绝这一身份，由他自己设计一个更便于侦破案子的伪装。可惜他仍然没有意识到这一层，甚至连康家大少叫什么名讳也没有问一问，就贸然踏上了赴晋旅途。他是被那未知的巨额礼金给迷住了，还是一心想去冒险，或者是走入了别人巧布的迷阵？总之，他有些大失水准。

赴晋途中，京号的黄姓伙友倒是很爱说话，问长问短的不停嘴。当时他已经听不明白对方多少意思了，可他的注意力仍集中在梁老帮身上，担心这位京号伙友是奉梁老帮指令，在探听他的底细。因此，大多时候他是在观看车外的山。连绵不断的荒凉的山，也仍没有使他醒悟到已经出现的语言障碍。

抵达康府，他终于见到了从未谋面的"好友"。

康家大少给他的第一印象，比他想象的要好。他不像是那种恃财傲世的角色，豪门的纨绔子弟，很谦和，又身材高大，相貌不俗。他对自己出众的相貌和所据有的财富，似乎浑然不觉，谦和形状不像是做作出来的，甚至带了几分忠厚的憨态。衣着也够简朴，一般的绸马褂，配了一条西装裤子，没有拖着辫子，似乎还很开明。这应该是一位容易打交道的少爷。不过，商界对西帮商人历来有一种看法，他们外表拙朴和善，内里却够老辣奸滑，你得小心上当。

但他已经落入窘境了。他几乎听不懂大少说的任何一句话，而且忘记了自己假扮的身份，没有以旧友重逢的形状做表演，一定是很陌生地打量着对方。他也不知道这位大少是康老太爷的长孙，竟说令尊失了宝物如何如何，不仅失敬了，还失了密。因为这件案子，在康府内也是守密的，只有少数人物知道。当时，那位京号伙友一直站在仆佣中间，没有出来给他做翻译，由他发窘。后来回想，多亏当时没有人给他做翻译，遮了丑。再一想，既然他们什么也听不懂，他当时的失礼失密也就等于没有发生。这样简单的推理，在当时居然没有悟到，白白失态出了一头汗。

直到这时，他才终于发现了语言问题。那已是他到达康府后的第二天下午了。黄姓伙友已经得了几日假，归乡省亲，然后返回京号。这位伙友也实在做不了他的翻译，对他的上海话，十分只可听懂一二分。这是他的失常失误，但康家生意遍天下，就寻不出一个能听懂吴语的人吗？他同大少借助纸笔，讨论了这个问题。

大少答：敝府上下只会说本地土语，教丁先生见笑了，先生听官话如何？

他问：本人系私探，官话不说，贵府有能通英国语者否？

大少答：又令先生见笑，敝字号中只有蒙语通事。

他问：本探不通蒙语，如何是好？

大少答：暂令京号伙友伺候如何？

他答：不如从沪号调一熟通吴语者来！

大少答：丁先生高见，甚好！

大少惊喜的样子也不像是表演出来的。但这算什么高见，很一般的道理。看来这位大少不是那么简单。如果是表演，那可是很高明的表演。

次日，大少回告：城里票庄总号已着手从沪号调人，乞先生静候，因时局艰险，各地字号人手甚紧，须周密调动，恕不能速。并画了图似的给他说明，拟从总号派一曾驻京伙友往京号，京号顶出一人改派周口，周口顶出一人改派汉口，汉口顶出一人往九江，九江顶出一人去沪号，沪号顶出一人回晋。

用得着这么啰唆吗？他可能流露出了这样的表情。

大少又答：当地水土、言语、银码，均得熟通，方能不误生意。又加了无可奈何的表情。

丁侦探也只好静候了。这期间，大少终日不离其左右，使他感到很不自由，似被监视一样。正想要求对方给一些自由，忽然才悟到：大少一定是在做旧友重逢状的表演吧？如果是这样，那么大少对这一种表演就够尽心，也够尽兴了。不断地说话，十分惬意的样子，又不失谦和、忠厚和那几分憨态，可惜他几乎听不懂一句。为什么在自己家族中也要保密呢，他们也怀疑出了家贼？不过，大少既然是在表演，那么他所看到的这个人可能不是真实的。真实的大少会是怎样一个人呢？

这一切会不会是这位大少精心安排的一个陷阱，企图将他这个侦探诱入？丁侦探的脑子里忽然跳出这样一个假设。不能排除任何可能，最不可能的，有时也会是最可能的。不过，这个假设类似一种灵感，没有多少依据。他至今对各种可能性仍是一无所知，因此也无从判断什么是最可能的，什么是最不可能的。能够推测出来的，依旧是那两种可能：外盗和家贼。白痴也会推测出这两种可能，不存在第三种可能，这正如他不是白痴一样。

但他终日陪着大少，听他说话，一道吃酒，一道去拜见康家各房主人，在康宅各处走动，却几乎一无所知，似白痴一样。他只能从表象上看出，康府主仆似乎都很平凡，不甚奢华，没有迫人的富豪气息，倒多少带着些土气和憨厚。与之形成对照,康府各处庭院、楼宇、房舍却够富丽堂皇,信为富豪之家。如果连宅邸也像宅主那样拙朴,他那未知的巨额礼金可能靠不住的。在这憨厚的主仆中,似乎不可能匿藏着案犯吧。而整个康宅又似一个严密的城堡,围墙高耸,筑有堞垛,还设有守夜人瞭望全院的眺楼,外盗入侵也不容易。但把外盗和家贼的可能性都排除了,他还有什么文章可做?

这期间,他还闹了几天肚子,大概是水土不服,也可能酒席吃得频繁了。等肚子好了,他才忽有灵悟:何不先命沪号的翻译提前赶到,反正将会有人前去顶缺,对不对?

他将这个新见写给大少看了,大少又是一脸惊喜,回答:甚好,贵探高见。

这能算甚么高见,不要上当。

沪号的翻译赶到时,丁侦探已经静候了二十多天。到这时,他已经大体能听懂大少的话了,夏管家的话,他能听懂一半的样子,包武师及其他仆佣的话,能听懂三四成吧。对自己这样的语言能力,他很惊喜,总想把这个功夫露给康家看,以显示自己不是等闲角色,只是一直怕落入什么陷阱,才努力沉住了气,没有炫耀。后来又生出一个灵感:要暗藏了这一手!你要一直让他们觉得你听不懂他们的话,这对侦破本案,很可能会有意想不到的奇效。他也设了陷阱了,看谁捕获住谁吧。

他很兴奋,感到这才第一次显示了自己的正常水准。不过他没有想到,从沪号调来的就是刘守义。

5

在此期间,大少曾请来二爷、六爷、票庄总号的孙大掌柜,以及包武师、夏管家,加了他总共六位,秘密议事两次。第一次是在丁侦探刚到时候,因旅途疲累,又吃了接风酒,大睡不醒的一个下午。第二次就是在丁侦探闹肚子中间，也挑了一个下午。第二次议事，孙大掌柜未到。

这个六人议事会，是在他亲自主持破案的那几个月中，自然而然形成的一个应急班子，完全没有想到竟占了“六”这个吉数。老太爷丢了宝物，眼看要给击垮了，大少深感事关重大，必须求助于族中长辈。长辈中能议事者就只是二爷、六爷了。鉴于乱世，两位长辈都主张对案事秘而不宣，由自家来暗中侦陂，不是有遍布国中各码头的自家字号吗？这样，不请城中的孙老总当然不成了。武师和管家，一个防外，一个理内，是他的左右手，案发当天，他于慌乱中早将案事对二位说了，已无密可保，再说办案也离不了这二位。这样自然应了吉六之数，他怀疑可能也是一种暗现的天机。

他意识到这可能是天机，虽然有些晚了，但还是惊喜不已。老太爷一生不是恰恰也占了几个吉六之数吗？看来破案有望了。案发之初，大少曾试探过大伯父，看能不能给老太爷卜一卦，大爷怒目以视。大娘说：“你们大老爷最讨厌求他打卦，你怎么忘了，出了什么事了？”他忙说什么事也没有出。大爷少时失聪，一生习《易》，但从来不给人卜卦，认为这是有辱他的易学。可出了这样的盗案，大爷耳聋不便议事，占一卦也仍然不肯吗？他疑心可能是案事凶多吉少，大爷不肯揭示。因此，他发现了吉六天机后，当然就转惊为喜了，相信这是一个好兆。大少自己暗中占了一卦，结果得了一个上乾下巽的小畜。小畜，亨，密云不雨，自我西郊，似乎是一个既无大吉，也无大凶的卦吧。阳强阴弱，可能是说缉盗的势力强大，但弱阴又得正位，破案似乎还有障碍。他的惊喜才给冲淡了，勉力主持破案，不敢有幻想。那几个月中，好几次曲曲折折眼看就要揭案了，最后仍是一无所获。看来横在前面的障碍，还真不易清除。经六人计议，终于同意从外面请一个高手来。

从上海请一名洋式侦探，这是大少的主张，因为他听说洋探破案不管情面。如果真是有家贼，不管情面才可抓拿出来。二爷和包武师主张从镖局请高手，因为镖局的人熟知江湖内情。孙老总对请哪方面的高手都没有发表主见，只说不管请谁，保密是第一要旨，不要闹得满天风雨，危及票庄信用。年轻的六爷仍坚持不从外界请人。夏管家对谁的高见都不反对。最后议定，为保密起见，还是从上海请人吧。上海很遥远，请位陌生侦探便于遮掩，而镖局一向同票号交往密切，其高手更是本地出名人物，恐怕难避世人耳目。

大少的主张占了上风，他很高兴。但是，当他见到这位洋探后，不由得有几分失望：就给请回这么一位高手？当然人不可貌相，他也知道南人多这种精瘦形状，但也不至于是这样吧？从这位侦探身上，感觉不到任何慑人魂魄的气息，只有一点特别：总是不停地相当快速地眨着眼皮，像害着眼病似的。他仔细观察过，丁侦探的眼睛并不发红发肿，也没有眼屎。因为眨动得太快，眼又不是很大，他观察时很费了劲。也许这眨眼的毛病太扰乱你的观察了，没能发现人家的不凡之处？因此，大少请各位来议一议，看这位洋探怎么样，像不像个会使唤金刚钻的把式？想请各位对丁侦探做一番评价。

第一次议事时，大家对丁侦探的评价也都不高，只是认为在这样的乱世，将这样一位生客引入家宅，恐怕不能掉以轻心。

包武师说："南蛮一向诡诈得很，谁能保险他不会怀了歹意，明里缉盗，暗里说不定也想盗宝呢。"

二爷非常赞同包武师的见解，"但凡敢只身远来，怕也不是平常把式。"

孙老总说："他来盗宝倒不至于，沪号孟老帮是可靠的掌柜，不会给东家请一位洋盗来。"

孙老总说话的时候，总是谁也不看，仿佛心意全在丹田似的，极少有意出丹田的时候，很给人一种目中无人的感觉。大家很难习惯，大少自己也习惯不了。不过他还是给大家说，孙大掌柜用心的时候，就是这种样子。

包武师仍然坚持：南蛮诡诈得很。

孙老总说："他盗一件宝去，能值多少钱？他又懂得什么是宝？他真能破了案，大少你就拣他喜爱的，送他一件，不会值多少钱。"

六爷说："他要老太爷那两块石头，也送他吗？"

夏管家说："只怕他不识货，他哪有老太爷那种学问。"

六爷说："你们花这么大功夫追查那两块石头，他就那么憨，不知道石头值钱？"

二爷说："那两块石头要舍得送人，我们还用花这么大功夫来追寻它吗？那是老太爷的命，怎么能送人！"

孙老总像什么也没有听见，依然意在丹田似的说："我所担忧者，只怕他会是夷人银行或江湖钱庄的暗探。当此乱世，给他们在生意上搅一手，比丢件什么宝物麻烦都大。"

大少忙说："从上海请洋式侦探，不是孙大掌柜也同意了吗？"

包武师说："我就说南蛮诡诈得很。"

二爷说："你不是说沪号孟掌柜可靠得很吗？"

孙老总说："大少你就得多受辛苦了。你陪伴他，一要不离左右，管住他行踪。二要不露惊慌，显出稳坐钓鱼船的气象来。知道这是为什么吧？我看，出这样一件案子，正可将计就计。当此乱世，票行同业都在操心生意，唯独我们却在追寻石头，这正是稳坐钓鱼船的气象。大少你一定得把这种气象显示给他看，不然，他可能会将此视为我号的衰败之兆，明白吧？"

大少说，知道了。

其他各位又说了些明白和不明白的话，孙老总都没有再说话。

这次议事，大家对丁侦探都评价不高，一致认为得严加防范。但严加防范，不可掉以轻心，岂不等于将这位洋探看得非同寻常吗？大少后来这样一想，才终于明白了大家对丁侦探的评价都不低。孙老总担心他是洋人银行的奸细，平庸之徒当然做不了奸细。包武师说他诡诈，二爷说他不是平常把式，连六爷也说他不憨，评价都不低。看来，真还不能以貌取人。但丁侦探像个歹人吗？他看不像。当然，不能掉以轻心就是了。

第二次议事时，他通告各位，丁侦探不会说官话，更听不懂本地土话，因此奸细之忧似可不必过甚。他像个聋哑人,能探听到什么?

包武师说:“南蛮诡诈得很,装聋卖傻把宝盗走了,不是没有这种事。”

六爷问:“聋哑人怎么破案?”

大少说:“已从沪号调人来做他的通事。这样就好了,有我们的通事把关,该叫他知道的,翻译给他,不该叫他知道的,就不告他。他奸细难做,破案就可专心了。”

六爷说:“你想得多好,大狗走大洞,小狗走小洞。”

二爷说:“孙老总不是叫你将计就计吗,你怎么能不把他当奸细?”

大少说:“我没有不把他当奸细,我是说将计就计也得破案吧?老太爷还是整夜整夜不肯睡觉,害怕再有强人来偷他的石头。多大年纪了,能经得住这么折腾?”

包武师说:“我们护院守夜,铁桶一般,夜蝙蝠也飞不进一只来!”

六爷说:“铁桶一般,怎么还丢了石头?”

包武师说:“我说现在是铁桶一般,我们恭候强人几个月了,他一直不敢轻举妄动。”

六爷说:“家贼近在咫尺。”

二爷说:“奸细也得防着。”

孙老总没有到,这次议事也没有议定什么。这几位总是各有己见,又都是高见。几个月来,他早已习惯,不很在意了。三个臭皮匠,顶个诸葛亮,说都是这样说。他们这六位谁也比臭皮匠强吧,应该顶得上两个诸葛亮了。两个诸葛亮,各说各的高见,也不好办。每人的高见,都占尽情理,独有巧妙,都是诸葛亮。他请这么多诸葛亮出山议事,不就是为了破案吗?可议来议去,连要不要破案,也两相对峙,各有精到的高见。一方说,那两块石头是老太爷的命,不追寻回来,怕会要了老太爷的命。一方说,案发后,老太爷的命全凭这那两块石头拴着呢,越寻不着,拴得越牢,我们给寻回来了,说不定会忽然一松劲——不吉利的话,不能说了。两面都合情理,但两相互克,怎么也不好办。历数月之久破不了案,可能是他请的诸葛亮太多了。

但这似乎也是天意。按小畜卦,需要积蓄力量,方能破案。有这么多诸葛亮,可惜他不知该怎么把各位的高见积累起来,去合力一击。盗手会不会就在他们六人中间?小畜卦爻是五阳一阴,这一阴爻是不是指示了他们六人中有一人可能为盗手或者主谋?大少有时不免要这样猜疑,当然他又很不愿意做这种猜疑。因为这使他很害怕。

他主张从上海请一名洋式侦探来,就是想把案子交给一个诸葛亮去办。但他们都说,丁侦探可能是个奸细。在这一点上,各位却没有什么异议。丁侦探真是奸细吗?他看不像,陪伴了许多天,仍看不出像是一个奸细。

6

刘守义到了之后,大少带着他们去察看过一次现场。

行前,大少通过刘守义向他说明,老太爷屋里不能久留,走路说话也请小心些,尽量轻微不发声。

不发声怎么说话?

那就尽量不说话吧,恕只能如此,请多包涵吧。

这样苛刻地限制他的侦破行动,怎么可以包涵?当时,他很可能被大少制造的那种神秘气氛给迷住了,居然没有提出更多异议,就跟着去了。

曲曲折折穿过几处庭院的时候,大少还同他一路说笑。中间,又重复了一次已经给他说过的那个笑话:“我穿西式裤子,不是为了文明,也不是为了省布,更不是为了小便方便。可村人就给我编了一句谚语:玉喜子,尿尿不用解裤子。玉喜是在下的小名,乳名。”大少等刘守义翻译完了,才快活地笑了。

丁侦探也赶紧笑了,努力显出像是初次听到的样子。他不记得初次听到这个笑话的时候,是不是也这样笑了。那时,他刚能听懂大少一半的话，加上给他做出的比比画画的手势，他大体明白了是个笑话。既然明白了，很可能就笑了。这使丁侦探意识到，必须万分警觉，以免暴露自己的秘密，无论怎么可笑的话，在刘守义翻译之前，决不能笑。难道你的表演能力还不及这位大少吗？大少刚才还那么神神秘秘的，现在就又谈笑风生，那一份快活形状相当地道，其中的憨态真无法叫你生疑。其实，那个笑话并不怎么可笑，只是大少的表演能力不能低估。

跨入老太爷所居住的那处老院的第一进院，大少即一扫谈笑风生状，又复神秘无比了。他放轻了脚步，收敛了笑容，并示意他们也仿照了行事。进入第二进院，那里已是一片寂静，见不到一个人影。大少的脚步更轻微了，一脸肃穆，端视着前方，像忘记了他们似的没有再示意什么。刘守义显然已经紧张起来了，蹑手蹑脚走路的样子，非常生硬。在这时，丁侦探觉得自己还是清醒的，只是感到那一种静穆的气氛，像密云低垂似的，仿佛要发生什么事了。进入第三进院，也就是最后的里正院，大少似乎也开始紧张起来了，有些慌乱地扫视着、谛听着什么，仿佛在作案似的，更衬托出那一种密云低垂而又寂静无声的可怕气氛。当时丁侦探可能无形中已经受到感染，产生了一种高度的紧张感吧，他突然觉得嗓眼里有点发痒，正在引发咳嗽出来。他极力忍耐着，压住不许发作，憋得身上都出了汗了。

很可能由于当时的注意力全都集中在镇压那可恶的咳嗽冲动上了，对发案的这处深院，几乎没有留下什么印象。只记得跟着大少踏上正房的台阶，然后跨过一道很高很厚的门槛，那就是进了老太爷的屋里了。他记得屋里很黑，什么也没有看清。大少当时示意他们停在房门处，指了指那两扇厚木门背后的门闩。这两扇门，似乎早已那么半开着了，因为他没有听到过开门声，或者是将大开着的门拉到半开位置所发出的声响。当时，如果听到过什么声响，他肯定会趁机咳嗽一声了，因为他已经忍耐到了极点。当时什么声音也没有。

他弯腰看了看大少所指示的那两道门闩，记得是完好无损的，没有什么异常的痕迹。当然,当时的光线很差,他又全力忍着咳嗽。大少更没有允许他侦查多久,就示意必须撤离了。他居然很顺从地跟着大少撤出现场。返到第一进院,丁侦探终于咳嗽出一声来,但已经觉得有些勉强了。

这就是侦查现场吗?

丁侦探仿佛才恍然大悟,他开始怀疑是上了大少的当了。故意制造了这样一种迫人的紧张感,你只顾紧张了什么都没有顾得上,只那么匆忙地看了一眼门闩,现场的其他情形都没有看清,更没有能见到任何一位当事人。是的,谁也没有见到,老太爷、老夫人,还有那位贴身老仆,连他们的影子也没有见到,一声气息也没有听到。你万分警觉着,怎么还是上了当?

他说:“这样侦查现场,绝对不成,明白吗?”

大少叫刘守义告他,这里不是说话的地方,然后又恢复了谈笑风生情状。

他也只好接应了说笑,但心里越想越觉得像是中了圈套,落进陷阱,误入迷阵了。

回到他起居的客房,就相当不客气地诘问大少:“是船靠码头,还是移岸就舟,请说清了!”

刘守义不知该怎么翻译,说他不明白丁先生说的是什么意思。

“你告大少,我要求再去仔细侦查现场,立刻就去!”

“请丁先生息怒,这样已经很不容易了。自从丢了那两块石头,老太爷那里简直是谁也不能靠近的。不用说像丁先生你这样的生客,即便是我们家人,甚至在下本人,也不许靠近他,他怕我们会再去偷他的石头。”

难道老太爷也怀疑出了家贼,甚至对大少也所怀疑吗?丁侦探觉得这是一个很重要的线索。这个发现,使他的怒气有所消解。

他说:“这样鬼鬼祟祟的,什么也没有看到!”

“不是已经查看了门闩吗?强人留下的脚印早没有了,都几个月了。丁先生不知道,这番行动是费了很大努力才为你安排好的。自从丢了石头，老太爷先是不吃不喝，立逼着我们赶紧把石头给他寻回来，你说哪能那么容易？后来他就不许我们靠近了。再后来，老太爷连觉也不睡了，好像觉得谁也靠不住，只怕他睡着了又会有人来偷他的石头，整夜整夜地熬着防贼。到了白天，老太爷才肯补着睡一睡。多大年纪了，这么阴阳颠倒了折腾，我们能不焦急吗？刚才，老太爷就正在睡觉呢。听祖母说，老太爷日间的觉睡得极其轻微，必须万分小心，不能有任何响动。要是惊动了老太爷，给他发觉我引了你这个生客闯进来，我们查看不成不说，老太爷若因此连白天的觉也不肯睡了，那不是要他的命吗？事关重大，只能如此了，请多包涵吧。”

他听了大少进一步的陈述，感到也合情合理，没有什么漏洞。看来，也只能这样鬼鬼祟祟地移岸就舟了，否则你连门闩也察看不成。但这能算侦查现场吗？

丁侦探发现自己又犯傻了。案发既久，侦查现场本来已没有多大意义，可他居然就如实说出什么也没有发现！你为什么不能说，尽管这样匆促，这样不合侦查规矩，但还是发现了门闩上的文章。有什么文章呢？对不起，现在还不能多说，请多包涵吧。他却傻相毕露，说什么也没有看到，还表示出了愤怒，而人家解释了几句，你又息怒了。大少一定看出你已中了圈套。不过，如果大少真设了甚么圈套，那么他至少也与本案有牵连。老太爷的疑心和戒心那么大，恐不会没有原因。谁也不相信，谁也不许靠近他，这其中当然也包括了对大少的不信任。老太爷是最重要的当事人，很可能发现什么。大少布此迷阵，是不是为了阻止他见到老太爷？

丁侦探努力冷静下来，正想表现出已有重大发现的样子，忽然悟到不能再犯傻，应该继续装傻，以迷惑对方。

他问大少：“老太爷的石头不是已经丢了吗，怎么还这样惊慌不安地防备着？”

“老太爷喜欢的石头多呢。失物也只是一套古印之中的两方。这套古印共七十七方，印文为《文昌帝君阴骘文》，一石一句，合为全篇，是老太爷晚年最心爱的一套篆印,一直秘不示人,连我们都不曾见过。听说丢失的那两方,又是其中最佳者,老太爷终日端坐凝视,常常如厕中间也不释手。”

他问:“丢失的那两块石头,能值多少钱,可以估计一下吗?”

“要紧的不是值多少钱,那是老太爷的命哪!当然,听说那两块石头,系青田石中精晶灯光冻,早已采尽绝世。而篆刻又听说是明人文三桥真迹,文三桥是开近世一代风气的大家,他的真迹当然是无价物了。不过,说是无价,总还是有一个有限的价码吧,以无价求高价就是了。我们不怕出高价!老太爷视同性命,实在不为怎么怎么值钱,甚至也不在乎是不是名石名篆,他终日凝视,不肯释手,是在寻悟禅机。不知你懂不懂,守义你能给他说明白不能?”

他的确没有怎么听明白,刘守义也没有怎么翻译清楚。

大少挥笔写出了“禅机”那两个字。

丁侦探虽然明白了是哪两个字,但因为他不怎么懂篆刻之道,所以还是不明白从篆印上寻找禅机是怎样一种嗜好,竟会关系到老太爷的性命。当然,他对佛禅也不怎么懂。是不是又陷入大少布的迷阵了?

他问:那两块石头上刻的是什么字。

大少说,是“见先哲于羹墙,慎独知于衾影”,说完又挥笔写了出来。

他看这两句话并不像是佛语,就问这话中有什么禅机?

“禅机不在语义中,在刀笔游走间,明白不明白?”

丁侦探想了想,决定说不明白。

“在下也不怎么懂得,听说篆印中禅机,并非治印者刻意为之,全是无意间的一种自然天成。成其已不易,识其就更难了,印人往往也未必能识出刀笔中禅机,明白吗?”

他仍然决定说不明白。

“往年,外埠字号的老帮们,见到名贵的篆印,常为老太爷设法购回,却很难为老太爷所喜爱,说他们尽是白扔银子。为什么?就是印中没有禅机。”

他说，老太爷于佛禅一定很有道行了。

“老太爷的禅，不全是佛，他一生习儒，晚年更出神入化，似佛禅一般了。平时，我们求示生意上的事，老太爷出言不多，但往往难悟其道，释义很费功夫。”

他问：老太爷既如此出神入化，难道对发生这件盗案，就没有一点预感吗？

“怎么没有！听说失盗前老太爷就多次做梦，梦见有人来偷他的东西。他说你爱见什么，尽可拿去。这样一说，强人每每被吓退。听说那天夜里，他也做了同样的梦，说了同样的话，前来行窃的强人也同样给吓跑了。但醒来却发现放在床头小几上的石头不见了。”

他问：为什么偏偏丢了那么名贵的两块石头？

“强人当然只偷值钱的石头了，他不偷禅机。老太爷说怕就怕在石头太值钱了，给俗人得到，多半会磨去原篆，重刻为姓名印，以充富贵，那就大劫不复了。所以老太爷才急得要命。”

他问：老太爷不是不在乎名贵不名贵吗？

“从老太爷那种异乎寻常的焦急情形看，丢失的那两块石头上也一定有禅机。”

他问：那七十多块一套的古印，是不是全都同样名贵？

“听说不大可能都那么名贵。我们实在都不曾见过的，老太爷一直秘不示人。”

丁侦探感到，大少的这一番陈述更似迷阵了。老太爷对石头既有自己独特的取舍标准，怎么又偏偏如此看重这两块世人也以为很名贵的石头？这两块石头既名贵，又藏有老太爷看重的什么禅机，怎么偏偏又被强人窃去了？这是一种偶然，还是什么人有意为之？老太爷既如此秘不示人，外界的强人怎么又能得知这件宝物的行踪，老太爷怎么又会有被盗的预感？外盗的可能性不是没有，但不会很大。老太爷可能真是视那两块石头如命,也可能发现了甚么更可怕的事吧?

他问大少:“你怎么总说是听说听说,难道你不是亲耳听老太爷说的吗?”

“案发后,老太爷什么也不肯给我细说,只吵闹着向我要石头,大多情况是听祖母说的。只有祖母能哄着问出一些内情来。”

丁侦探提出:他务必得见一见老太爷。

“丁先生,这实在无法从命,请多包涵吧。你不知道,连在下我见老太爷也不是那么容易,常常给责骂出来,任性得很,谁也没有办法,除非你能带着那两块石头去见他。”

他说,不见老太爷,怎么能破案?

“实在不能从命。我们请丁先生来破案,就是为了老太爷的命,倒不一定是为了那两块无价的石头。老太爷见了你,万一给吓着了,破案还有什么用?请多包涵吧。”

听大少的口气,要见老太爷是绝对不可能了。堵死了这条路,会不会有什么企图呢?见不到本案最关键的当事人,大少的这一番陈述便很难得到证实。凭借这些无法证实的口述,怎么能做出可靠的推断?这可能是一个陷阱,一个圈套,一个迷阵。当然,这也仅仅是自己的一种直觉。他的直觉虽然常常应验,但他得承认,本案是他从未经办过的一个特例。案情的神秘倒在其次,难点在于禁忌太多,案情的核心完全成了禁地,这几乎等于捆住了他的手脚,叫他破案。禁忌中一定有文章。

但你得沉住气,一切不是才刚刚开始吗?

7

康二爷在房里同包武师议论丁侦探的时候,早给二娘在房外听到了,这正像当初她用同样的方法,很早就探知老太爷屋里出了盗事一样。

二娘本来对二爷一直不操什么心。因为他一生沉迷于武术,又不往江湖上去争斗，完全是藉武品艺，修炼了一个身健心净。年近花甲了，仍有童颜童心，头发，胡须，眉毛乃至鼻孔毛，都黑森森葆着本色，平时喜怒更没有负担，心事都写在脸上了。加之康家祖上有规矩，老爷少爷统不许纳妾，也不许使唤年轻丫鬟，还有什么可操心呢？因此，她一生侍夫如宠子，虽不够怎么正规，却没有多少委屈忍受，闲适得只觉天长地久就是了。但自从春天那个早上，大少很慌张地来找过他之后，就忽然变得兴奋起来了，很少见的一种兴奋，又神神秘秘的。不久，居然夜夜不归，给她说是练夜功呢。

你年轻时也没有这样练过夜功，今年快六十了倒夜夜练起功来了，练就练吧，你真是越活越小连阴阳都不分了。但他兴奋得像初入洞房似的，神秘得又分明有什么事在瞒她。可惜这一切都写在你脸上了，能瞒得了我吗？她感到事态很严重，初次怀了如焚之心侦查他的行踪。你老都老了又开了花戒，也不怕气死老太爷？但她知道他身心都不老，仍似一个顽童。老太爷是真老了，可身边仍有一个比她年轻得多的女人守着。二娘甚至想，大少已经在提倡废裹脚放天足了，她是不是允许他纳一个小？

可惜她很快就侦查清楚了。原来是老太爷屋里丢了一件值钱的东西，老太爷心爱得很，气病了。二爷带了包武师在守夜呢，布了阵，等候捉拿强人。她放下心来，仿佛还有些失望似的，老太爷丢了东西，你高兴得像是要入洞房，这是为什么。不过，二娘很快就认为她已经猜出盗贼是谁了，捉拿这样一个贼，哪里用得着你们的武艺！在房外听包武师说，强人必定是高手。她觉得他们太沉迷于武艺了。她很想把自己酌见告诉他们，那是一眼就能看出来的。但二爷一见她探问案事，就变了脸严责她：不许多管我们的事，赶紧给我避开听清楚了吧！那种可怕的样子很少见，要不是她已经探听清了底细，真还会以为他开了花戒了。她猜测他们是在保密呢，你要能保密你也早长大变老了。她无形中也兴奋得再难以闲适如常，只想去给谁说一说。

这种事也只适宜在她的妯娌中间叙说。

二娘最先向大娘泄了密。大娘听说老太爷屋里失盗了，略显出些吃惊来，说她觉着近日风声就有些不对。那天孙孩们要去游凤山，忽然给大少挡回来了，说外面不太平，不许出外，原来是失盗了。二娘说她已经猜出盗贼是谁了，大娘却不相信。二娘说了她的理由，大娘仍不信。

“不信你叫大老爷算一卦，看我猜得准不准。”

“他不会算这种卦，你又不是不知道。”

大娘还劝她，我们就省点心吧，有老爷少爷们呢。二娘心里说，你家大老爷当然省心了，成天看卦书，什么也听不见。可她家二爷夜夜熬着捉贼呢，快六十的人了，你叫我怎么省心。

三娘的反应就热烈得多了。她说她和她家媳妇正忧愁得日夜不宁呢，要真像二娘说的那样，我们大少也可以宽一宽心了。他是担心江湖强人会趁乱世来抢劫我们，这回得手，一定还会再次来抢家劫舍。你想强人会只稀罕那两块石头吗？二娘听了不由得也害怕了，难怪她家二爷天天守夜，原来是怕强人来抢家劫舍，可他那身武艺能顶多大事，已经快六十的人了，又没有正经到武界打斗过。

二娘问：“我们跟官家不是厮靠得够紧吗，强人真敢轻易做事？”

三娘说：“官家不是早散了吗？你忘了连朝廷也退位了？”

二娘说：“听说我们也借给省上的新官家多少万两银子，他们要招新军，就白借了不管我们？”

三娘说：“他们哪能顾得上我们，要不说是乱世呢。”

三娘又说：“你看我们大少是那种能顶立门户的人吗？不用说逢了这样的乱世，就是平常太平世道也怕他吃不住呢。我们本不是长门，可老太爷偏偏叫我家三爷经管外务生意，他是火性脾气，五十多岁，只够老太爷一半寿数，就丢下我们走了。本来谁都不愿当家主事，他要主事，又要生气，生意上的赔赚是常事，你生那么大气做什么，他天生是火性脾气。我们大少偏又是长孙，连他爹那点火性也没有，老太爷却把外务家政全丢给他这样一个孙孩，又赶上这种乱世时候，这是我们的命吗？”

二娘说："你也不要太忧愁了，太上火生气？我看盗贼不是江湖上的强人。祁太平这一方也不只我们一家财主，老太爷一生仁义，不抢劫别家偏抢劫我们康家？曹家、员家、孟家、乔家、渠家、李家，都不比我们穷，都没有失盗吧？我看还是家贼难防这句老话。"

三娘说那敢情好。

二娘心里说，出了家贼就敢情好，你也希望那个人是家贼呀？那你就给你家大少说一说好了。她家二爷那么无情地对她保密，大少怎么就不对你们保密？你是大少的亲娘，你问他，他不能不说。可你说你家媳妇也忧愁万分，可见大少也没有对他媳妇保密，就我们那位武汉还在保密，他能保了什么密，一脸初入洞房似的新鲜。她就问三娘："不是听说对案事要保密吗？我也没有敢对谁说，只来问问你，你是大少的亲娘不是外人。"

三娘忙说："我们大少也没有对我说，我们只是猜疑呢。乱世时候天下不太平，我们见大少忽然焦虑不安，像背着快塌的天似的，对我们也有了火性了，不是出了这种事不会这样！"

大少真也没有对母亲泄密，只是由于全身心负了盗案，完全不能同少夫人行房了。但少夫人正求嗣心切，就生了气也生了疑，以为大少嫌她的金莲脚过时了不开明，大概想另娶天足女人，她甚至到婆婆那里告了状。大少找了多种借口都不济事，只好对她泄了密，当然严嘱不许泄密，否则引起合家人心大乱可要唯你是问，同时对破案也不利，他正主持破案呢。少夫人因为在婆婆那里告了状，获密后不能不向婆婆交底，她觉得婆婆不是外人，当然同样严嘱不敢泄密，否则你家大少就更难了。三娘当然不能将这一切泄漏给二娘，但转念一想，既然保密，二娘她是怎么知道的，是不是大家都知道了？要真是这样，我们大少就更难了。她忙问二娘："你是怎么知道的？"

二娘赶紧说："我也是猜呢。我家二爷近来也是反常得很，像换了一个人似的，白天同包武师关了门嘀嘀咕咕不许她听，夜里整夜整夜不回来，你问他，他变了脸训斥你。三娘你知道他是一个没心没性的人，这是怎么了呢？疑心他有花事吧，都快六十的人了。就猜疑是出这种事，但愿我们都是瞎猜疑，那才敢情好呢，对不对？”

三娘说：“我们的猜疑也不敢再对谁说了。”

二娘说：“是不敢再对谁说了。”

不过，四娘很快也知道了。因为大少在案发不久，就忽然要求各门爷们，无论老爷少爷少少爷，都请遵照家规，重回老伙大膳房用一日两餐。四娘听了心里就十分难受。各门男主在大膳房用饭，除了营养好，还为养成大家风范；各门女眷及其女子，在各家自炊便饭，则为葆有勤俭家风，这当然是祖上规矩。在她的先夫四爷生前主管家事期间，爷们就渐渐寻了借口，不再按时往膳房用饭，爱缩在各房同女眷们同吃便饭。可谁不知道，四爷他是个极其绵善的人，爷们不愿吃大灶，他能怎么他们？他不会发威，大家也是看他绵善好欺，才敢坏祖上规矩，谁不明白！他说膳房饭食太讲究，大家吃油腻了，喜欢吃女人们自炊的家常饭，就由各人吧。他是为大家好，又想给老伙节省花销，不是想坏祖规，你们得公道。他一生为善，不断给村人施医舍药，倒早早作古了，你们还难为他做什么。

她先见了三娘。三娘说：“快不敢那么想。我们大少不过是觉得，膳房依旧天天两回敲钟，却没有几位爷们去用饭，山珍海味尽给仆佣下人受用了。再说又是乱世，爷们借用饭聚在一道，议事也方便。我们大少比他四爷还要绵善，外务内事全都丢给他，你看他多可怜，他是想叫爷们都帮他一把。”三娘没有对四娘泄密，也没有消了她的气。

她又去见了二娘。二娘似乎染了二爷的童性了，一兴奋就向四娘泄了密。四娘听后就说：“我看也是她！”同时，她完全消了气。

六娘是从少夫人那里知道的。因为大少还长六爷几岁，六娘就与少夫人年纪相仿，她们关系密切。她们也倾向于二娘的猜测。

这样，五妯娌加上一个少夫人，无形中又形成一个六人议事会。当然，她们先是互相保密，渐渐地才通了气，相约共同保密。她们知道了这件案事，并没有像爷们所担心的那样发生什么惊慌，倒是相当兴奋，而且很快有了怀疑对象。怀疑对象也很明确，就是二娘猜测的：一定是她，老太爷身边那位年轻的老夫人。她们凭女人的直觉都相信是她，当然大娘不是那么坚决。随着案事久攻不下，她们也越来越相信自己的猜测了。她们的这种猜测，后来通过六娘向六爷点拨，对大少他们的六人议事会也曾产生过影响。他们也觉得有那种可能性，但实在无法加以证实。她虽然是继母继祖母，虽然很年轻，他们也无法逼询她。女人们觉得要加以证实，并不难，只要允许她们多见一见她，多同她说说闲话，十有八九能寻出破绽来。可惜老太爷不叫她离开一步，她们谁也难以靠近她。这当然也更加强了她们的猜疑。

二娘探知到了侦探的真实身份之后，照例又相当兴奋地对其他五位夫人说了。她发现，这一回仍是三娘、六娘和少夫人先于她知道了这个秘密。不过，这回她们不是靠了大少的近水楼台，而是六爷在丁侦探未到之前就泄了密，给六娘听到了。六爷对从上海请侦探不感兴趣，他在他的书房里发牢骚，说请来孙中山也不济事，他可能对破案早不抱希望了。但六娘对上海洋探却大感兴趣。因为她早有夙愿，一直想去游一趟上海大码头，可惜六爷屡试不第，心情不好，一直不想出游。现在听说要从上海请侦探，无形中生出了共鸣。她很兴奋地先对少夫人说了，少夫人也大感兴趣。少夫人可能是受大少喜欢维新的影响，对洋探不由也高看了一眼。特别是大少于床第之间对她说过的一句话，一直叫她又喜又恼又忘记不了：你除了脚小其余都有几分像西洋婆姨。他是嫌她不文明竟拉扯来了西洋女人，不过她也知道自己眼窝有些深，眼毛有些长，肤色也白，但脚小能怨她吗？她也不明白脚大就怎么又好看了。她把请洋探的消息，也告诉了婆婆三娘。

丁侦探到了之后，她们都或明或暗地对他做了观察。在评价上，大体都比较好，并没有产生什么戒备之念，像爷们那样。

大娘说，她眼神不济了又听不懂人家说话，只依稀看着不像是个歹人，大概江南太热了，吃喝不熨帖，人怎么那么瘦。

二娘说，瘦是瘦，可人看着精明，不精明也做不了暗探，虽然穿了身西洋制服，却不张牙舞爪，捉拿她那样的人也用不着怎么有力气，精明就行，只是他不大像是铁面无情的人物。

四娘说，像个正经人物，不扎眼，不张扬，文文雅雅的，做暗探也得是这种人物。我看大少也听不懂他说话，装着能听懂似的胡演义呢，大少什么时候交了这么一位朋友，我们怎么都不知道，装能装得像吗？我看这位洋探有些心善似的，心善了就难铁面无情，这我知道。

三娘说，她看这个人像个高手，就是大少假扮是他的朋友太劳心了，心里又急又愁，面子上还得又说又笑，装出欢喜轻快的模样来，像演戏似的，大少哪会演戏，他从小就不喜爱看戏。

六娘和少夫人开始有些失望，可能是原来期望太高了，乍一见怎么是个很平常的角色，还不似自家字号驻大码头的老帮掌柜那么排场呢，能有不凡的本事吗？不过很快就有了信心了，你看他虽从上海大码头来，却不做作着故意显露洋气，就像真财主不会铺派了显富，村中正经穷汉也不装穷一样，他可能是正经洋探。他也够年轻。他也像是心细的男人，开明的男人，干干净净。

六娘说，见了这位洋探，叫她觉得上海码头也不像字号老帮们说的那么可怕，那么花色。

少夫人说，维新也不见得非要怎么张狂。她说她还和他说了几句话，当然听不懂说什么，不过话音不难听，音调不硬也不软，就是吐字太快了。

她们说，就看他怎么捉贼吧。

她们还互相提醒，不敢忘了保密。

大少带着丁侦探到老太爷屋察看现场的当天，她们就知道了，很激动了一阵，以为丁侦探果然身手不凡，一出场就直奔盗贼去了。可惜后来打听到的结果不够理想。哪能那么快当呢，她们都同意不可能那么快当。

8

丁侦探考虑了很久，才忽然明白了多数当事人为什么同声说那一夜刮了很大的风。风高天黑夜，正是强人杀人越货的良机，中国说书人早把这种话说烂了，你怎么就不明白。

但按照包武师的说法，来者是江湖高手。一个高手应当懂得出其不意吧，怎么也挑了这种人人都明白的时机来作案？两个家丁都说，起风之后他们警觉万分。何举人和大少又都说，他们对那夜的风没有特别的印象。他们不负护院责任，有可能不大注意刮风没有。那么，老亭呢？他是老太爷的近侍，又具有非凡的警觉，对于那种异常的天象应当有所警惕。由于老练，应当见怪不惊，临危不乱，很从容地记着风是怎么刮起来的，有怎么凶险才对，不会没有印象。

他还没有见到这位老亭，别人的转述也许会有出入。大少说，老太爷不许老亭离开他半步，怕盗贼会随时重来。老亭也落入禁地了。

他也没有见过何举人。大少说，何举人自从提供了那夜听到异响的见证后，一直惊慌得很，就先不必询问他了，怕他会精神失常。“他是我家塾师，向来受特殊的恭敬，真给逼疯了，有损康家名声。我们考虑再三，觉得他不会是贼。他虽然也通金石，可没有破门而入的本事哪？他曾经跟包武师练过几天形意拳，包武师说他根本不是练拳的材料。练了一个多月就不练了，改练咬牙磨脚了。他毕竟是正途举人，也不会去为这种鸡鸣狗盗之事吧。我们待他不薄，一直敬若上宾。”

何举人不在禁地，可以相机去探访。此人分明有巨大精神压力，恐怕一时也不会轻易说出什么。

当时对刮风没有印象的三位当事人中，一位难以接近，一位不宜接近。如果是大少有意将这两位隔离，大少本人为什么也说对刮风没有什么印象呢？其他当事人说刮了异常的风，有可能是出于推脱责任吧。当然，也可能真的刮风了。

这里也存在两种可能性:刮风了,或者没有刮。又是白痴也能做出的判断。不过,你仍然得调查一下到底刮风了没有。如果真的刮风了,那就存在强盗入侵的可能性;如果没有刮风,便有可能是出了家贼。但这样就有了第三种可能:刮是刮风了,石头却是被家贼盗去,他企图借这种天象造成一种强人入侵的假象。当然还有第四种可能:那夜并没有刮风,但强人却入侵了,他是高手,出奇制胜,在别人以为不会驾到的时候驾到了。看来调查刮风与否,也许没有多少意义,不过也可能是破案的一个入口,因为那夜的天象不在禁地,他们不可能把大风也隔离起来吧。

丁侦探决定登上守夜的眺楼,再去仔细察看一回。刘守义立刻说,他去请大少来。

丁侦探说不必了,他会装成悠然观赏秋景的样子,并示意刘守义也不必伺候,他只用眼观看不准备说话。

刘守义便惊慌起来,说还是请大少来吧。

丁侦探没有理他,转身就出去了,并放快脚步,直奔眺楼。凭侦探的感觉,他知道刘守义慌慌张张地跟了出来,幸好没有跟了多久就折回去了,还算识相。

他忘记了做悠闲状,一直急匆匆穿堂过院的,终于登上了眺楼。眺楼里有一位家丁正歪着打瞌睡,他的突然出现使这位家丁吓了一跳,只见他打了个激灵就跳起来喝了一声:谁!

丁侦探这时才赶紧做出悠闲状,对家丁客气地笑了笑。

那位家丁可能认出他了,也赶紧笑了笑,笑得相当紧张。

康府自出了盗案,就采取了日夜防备的措施,丁侦探有些忽略了。刘守义未到之前,大少就曾陪他来此察看过,装着登高远望的样子。那时就有守夜的家丁在值日,居然还抱着一杆洋枪,他怎么就忘记了?今天幸亏没有抱着那杆洋枪,否则枪口可能早对着他了。他又笑了笑,做悠闲样子踱出眺楼,沿着巡夜通道漫步而去。

他能感觉到那位家丁跟在他身后了,想斥退,又不便说话,只好由他去了，反正也没有端着枪。

他先眺望着康府之外的秋野，满目的绿色已开始残败，树木也不多。春天刮起大风来会是一种飞沙走石的情景吗？但康府的围墙似城墙一样，的确需要飞檐走壁，或者使用攀登的飞索。丁侦探回头寻找老太爷居住的老院，他在康府的东北方位，离围墙不远。他决定朝那里走去，强人的脚印肯定不会有了，遗留的头发什么的也肯定给雨打风吹去了，但总可以俯看一下老院这片禁地。

可惜，刘守义已经带着大少追来了。丁侦探后悔没有施用声东击西计谋，刚才应该对刘守义说，他是往书房院找何举人问话去了。书房院在康府的西边，与老院隔着不少庭院呢，何举人听到的异响，如果真发自老院现场，那响声该有多大？

当然，当时是夜深人静时候。如果正刮着大风，风声会掩盖现场的异响，也会把这异响吹到远方给何举人听吗？

大少赶来时有些气喘吁吁，但仍满脸友好，笑意盈盈。他挥手指指自家一片宅邸，说你看我家宅院像什么形状？

丁侦探瞭望着康府全貌，说不就是方形吗？

大少说他是指宅院的布局，你看像什么形状？

他又瞭望了一下，说看不出像什么来。

“像一个寿字，你看出来了没有？”

丁侦探说看不出来，寿字笔画那么多，看不出哪一处代表哪一划。

“是篆体寿字，我给你写出来，你就知道有多么像了，守义你下去拿纸笔来！”

丁侦探说不必了，指画指画就可以了，

大少就指画着给他看，祠堂院，书房院，账房院，老院，新院，中院，东、南、西、北院，膳房，客房，花房等等，各是寿字的哪一画。可能见他仍是一般地点头，未显惊叹状，大少又蘸了唾沫，在房顶一块方砖上写画出那个篆体寿字。

丁侦探只好说真像。“我说呢，贵府建筑这么富丽堂皇，却怎么都挤到一堆，不似疏密有致，原来按照这个复杂的寿字布局建造的，还能不像吗？”

“你说错了，我们并不是有意按照寿字布局来建造的。这一片宅邸，是经我家历代祖爷连续扩建而成，老太爷手上扩建规模最大。可扩建并不容易，你想都是本村的乡邻，你发了财就能轻易把人家的祖宅侵占了吗？银钱易出，仁义难买对不对，这比扩展生意难多了，哪能讲究什么布局，不过是得一处建一处，十分的随意。建成眼前这种规模，才发现酷似一个寿字。”听说是孙大掌柜第一个发现的，大家登楼细看，真给看呆了。当时老太爷决不相信，认定是孙老总说吉利话，及亲临高处，凝视良久，没有说像不像，只说了一句话：“子曰仁者寿，我辈不仁。”大家说，老太爷嗜好金石，一定是从这个古篆寿字中看到天机了，不像寿字，他怎么会这样说？

丁侦探想起在康府的哪座影壁或是屏风上，仿佛就有一个百寿图，写了一百个篆体寿字，篆法全不雷同。那么在这一百种可能性中，选择一种来附会康府建筑布局，并不是很难的。百发只求一中，大概白痴也能撞上。但是侦破案子，如果出现一百种可能性，那可麻烦大了。中国篆艺可真是一种神奇的法术，一字写法，居然有百种变幻，百种一定也不是极限。难怪老太爷视篆石如命，能从中悟禅悟道，他说我辈不仁，不知其中藏了破案的禅机没有。

丁侦探没有说破百发一中的玄妙，只哼哼了几声，又加了一声说真奇了。

“你看我家老太爷不是果然高寿至九旬了？不是出了这件盗案，都说直奔百寿无阻拦。而失物又偏偏是篆印，所以叫人焦急。”

丁侦探提出，他要过去看一看老院的地形。

大少说，不可过去，万一给老太爷瞅见，不得了，就在这里瞭望吧，这里也不宜久站。

从这里能望见什么，只能望见一个“寿”字。这片华宅，能讲究的都讲究到了，能修饰的也都修饰遍了，只是挤成一个寿字，没有一片园林，没有一池绿水，仅有的一处假山又置于正门里首，似做照壁之用，没有多少奇巧气韵。盗贼如果提前潜入，没有内应，似乎也无处好隐藏。又有铁桶一般的围墙。

下去的时候，他听见大少斥责了值日家丁几句，仿佛是说白天不该走出眺楼。

看来白天这么护院，好像也在保密。

看来他无论走到哪里，都可能撞到他们的罗网上。他们布了天罗地网是在等候盗贼呢，还是另有企图？丁侦探忽然产生了一种冲动，你应当去撞一撞他们的罗网，最好是在夜里！这个想法使他很激动。

回到客房，丁侦探故作思考状，谢退了大少。之后，他对刘守义说，你到村中去问一问村民，看三月初四那一夜刮风没有，问话要随便，像拉家常似的，懂不懂？

刘守义说，东家叫不离左右伺候先生。

丁侦探说他给大少说明，你去就是了。

刘守义忽然又瞪圆了两眼，眼珠仿佛要弹射出来似的，身上微微抖动着，像是犯了什么病。这种情形不是第一次了。他早已发现刘守义常常走神犯愣，翻译中间，总不免要求他或大少重复了再说一遍，弄得他好几次几乎要直接与大少对话了，幸亏都及时警觉了真够险的。大少就不怎么客气了，遇此情形，常会对刘守义大喝一声。刘守义受此一声喝，即会现出那种犯病形状。这位伙友看着是个精明的人，丁侦探怀疑是东家给加了什么压力了。他早已看出，刘守义负有监视他的使命，他也不止一次听到大少厉色用土话向刘守义叮嘱什么。刘守义是不是为刚才他私闯眺楼而害怕得发抖了？

他嗨了一声，说你是怎么了。

刘守义瞪了眼说，没怎么，怎么也不怎么。身上却抖动得更厉害了。

他说："刚才的事跟你无关，我是他们请来破案的，还不能随意出去走动走动吗？你听清了没有，我叫你到村中探问什么？”

刘守义说，就怕东家不准许。

“我叫你去，你就去，不用管东家西家，明白吧？”

他生了气，脸色也变得相当严厉。

刘守义不发抖了，两眼仍然瞪得很圆，突然说：“丁先生你能请求东家准许我回一趟家吗？”

回一趟家，他是想回一趟家？丁侦探问他家中有什么急事吗？

刘守义说他三年多快四年了没有回家，不知道家中有急事没有。本来是三年一届班期，到去年腊月他就该下班回家歇假了，去年大清没了柜上吃紧一直不叫他下班。他在沪号出了徒才回乡成亲，成亲已经十年了，中间只回过两趟家，现在离家这么近了想回一回家，天黑回去，天亮了就准时赶回来，不耽误伺候先生办案，也保证不乱说话，只回家看一看老母。

丁侦探明白了，刘守义是想太太想成了这样，想老母不会急成这样一种犯病似的形状。十年只回了两趟家，急成这样也不奇怪，他自己离开上海才多久，也想太太了。

“从上海赶回来，就没有先叫你回趟家吗？”

“没有，到总号报到时，老总们叫我赶紧来见少东家，说这里早等不及了。”

“那好，我准许你回家了，回家问一问你太太，看三月初四夜里刮风没有。”

“大少会准许吗？”

“你不用管东家西家明白吗，我准许你走，你就走好了，我是叫你回家给我办案懂不懂？你不必等到天黑，现在就可以走了，但你在路上不敢奔跑，急急慌慌地奔跑，容易引人注目，懂不懂？”

刘守义犹豫了一下，终于还是忍不住，走了。走时，竟给他磕了一头，弄得他有些不知所措。

丁侦探意识到，这是把刘守义争取过来效忠于自己的最有力的投资了，比金钱酒肉有力得多。这也真是一个意外的收获。由此，他又生出一个灵感，能不能通过一个女人来突破这件疑案呢？可惜康府中没有一个年轻的女佣，女佣全是些半老徐娘，老爷少爷也都不娶小妾，不知是出于仁德还是出于防范。你不敢轻举妄动，小心有陷阱。还是先做一回夜间的秘密侦查好了。刘守义的太太终年守空房，夜里一定难以安眠，辗转反侧之间，对夜里刮风没有可能会记得很清楚。

9

就在刘守义走后的那天的下午，一个年轻的女人突然走进丁侦探所住的客房来了。这使他大惊失色。

当时，丁侦探正在专心谋划夜间秘密侦查的方案，发现要将这个计划付诸行动并不那么容易。案发以来康府戒备森严，连他所在的客房院入夜也要锁闭院门。他只好越墙而出了，这里是漏花院墙，也不高，他穿一身玄色便装软底便鞋，做轻捷动作还是不难的。跳出客房院，是曲曲折折的甬道，他可以贴墙潜行。近日虽有月光，但并非满月，天空又略有阴云而无风，估计到夜里月色不会很明亮。有月无风天景，守夜人可能会松懈警惕。行动的时间不能早，但绝不能太晚，盗案发生在后半夜，他们一定会加强后半夜的戒备。困难的是，他想不出潜入老院的办法。老院有三道院门，一定都严加封锁了，那三进院全由房舍合围着，没有院墙可以翻越。入夜前潜入埋伏了，他无内应也不大可能。唯一的入口，便是登上眺楼，沿巡夜通道设法跳入老院。但这里是重兵守卫处，你能乔装成一名守夜家丁吗？而且从那么高的地方跳下，他也没有那种功夫。

就在他苦苦寻思潜入老院计谋时候，那个年轻的女人推门而入了。开始他没有看出她是个女子，因为她身着男装。他以为她不过是一个男仆，来给主人传什么话吧，只是一张如女子般俏丽的脸面他好像没有见过。不过，康府的男仆几乎都是眉目清俊者，他便疑心是不是刘守义外出被他们发觉了，新派了这位男仆来监视他，真是天罗地网。

年轻女子说，就你一个人吧？

他听声音也像女子，才开始奇怪了，但没有听懂她说了什么话。他忙用上海话问了一句：你有什么事吗？

她说，你是从天津来的吧？

她完全是女声。他看了看，发现她没有喉结，一双脚虽不似金莲，却也比一男仆为小。她是女扮男装的仆人吧，又没有仆佣那种谦卑的样子。他想，她可能是康府少爷们暗养的艺妓之类吧。大少总说，康家不纳妾不用年轻女仆不养戏班更严禁子弟嫖赌，他不大相信，现在可能得到验证了。但她来此有何使命？真是送来了帮他破案的女人？小心是圈套。

“你有什么事？”

“你不是从天津来的呀？”

他大体听明白了，她可能把上海记成了天津。该怎么回答她好？又犯傻了，她听不懂上海话，你回答什么都一样。

“你是谁，叫什么？”

“我告诉你吧，我爹没有疯，你不敢给旁人说，他没有疯。”

他没有完全听明白，问她你说什么。

“这是真的，他没有疯，你不敢给他们说。”

她放低声音，一脸神秘，然后又粲然一笑，真是妩媚动人。

他有些听明白了，她说她爹没有疯，但她爹又是谁，她为什么要这样笑？她笑得真迷人，她真够俏丽，不是江南美人那种俏丽，男装更衬出了这种俏丽。

“令尊怎么了，谁说他疯了？”

“你知道哪里唱戏吗？”

“你是唱戏的艺人吧？”

“你说话不清楚，是不是天津话？我今年还没有看过一场戏，我爱看武戏，他们说今年不唱戏，我不信，文戏武戏都有人唱。天津今年唱戏没有？”

她又粲然一笑，妩媚动人得很。

她是不是在说什么暗语，能不能用北地官话与她对话，她会是他们的暗探吗？

他说你真漂亮，当然仍是用上海话说的。

“你给我打听打听，看哪里唱戏，不要叫他们知道，伺候你的那个佣人也不要叫他知道，佣人都太胆小！”

他说好吧，我也爱看武戏。

“看戏有马车送我去，我爹真没有疯，你记住了吧？”

他说他记住了。

“你说话不清楚，天津话很好听，跟京城官话差不多。”

她又粲然一笑，迷人极了。

他终于下决心用官话同她对话了，他想从她口中探听一点线索，不完全是被她的美色所迷惑。

他用半生的官话问她：“小姐你叫什么芳名？”

她说她爱看武戏。

“我也爱看武戏。”

她又笑了，笑得依旧灿烂。

这时候，夏管家带着一个老妈子闯进来，他们连哄带吓的，把这位男装女子带走了。

他问夏管家，这位是谁？

夏管家说，是东家的九姑娘，说毕忠厚地一笑，就走了。

他听说是康家九姑娘，当然吃了一惊，首先就感到自己的判断是多么失常，竟把这位九姑娘误以为是艺妓了，她会不会以为你调戏了她？他说你真漂亮这句话时是用吴语，她可能听不明白，但后来还是用了北地官话。说了两句，一句问她的芳名，一句说自己也爱看武戏，似乎都没有明显的调戏意味，但你哪里爱看武戏！你明明知道是圈套，怎么仍然没有抵挡住她那灿烂的一笑，终于忘形了终于要同她这个美人对话终于使用了官话。刚说了两句，夏管家就突然闯进来了，正像美人计常用的那种伎俩。很明显这是一个圈套。他在向夏管家问话时，是不是也使用了官话？当时你很惊慌，在由忘形转入惊慌中间，你肯定忘记保密了。他吃惊地回想，对当时使用了什么话，却没有任何可靠的印象，只清晰地记着夏管家那忠厚的一笑。这忠厚里肯定别有意味。

也可能在当时的惊慌之中，他下意识地说了上海话，上海话是母语，在那种紧急的情势下，他可能顾不及转译为生疏的官话吧，当时肯定没有说英国话。要不要去见一见大少？如果那位九姑娘以及夏管家刺探到了什么，一定会向大少报告吧，听听他的口气看看他的神色，就可以知道结果了。但你是侦探不是盗贼明白吗？

丁侦探仍然不大明白自己怎么忽然好像成了盗贼似的，他们的圈套真够厉害。

直到大少匆匆赶来时，他才清醒了些，发现大少也很惊慌。

大少问他，九姑娘来给他说了些什么。

他用上海话说，他听不懂说什么。

大少问刘守义呢，他哪里去了？

他说他什么也听不明白。

大少提高声音放慢语调加重官话成分问，刘守义他哪里去了？

他也加重吴语分量，又加快速度一口气说完他的回话，是问九姑娘吗，她走了给夏管家带走了听不懂她说了什么只能看懂她的笑。

大少在他案头寻来纸笔，问道：刘守义何在？

他答：外出办案了。

大少问：往何处办案？

他答：恕暂不能奉告。

大少很吃惊地逼视着他，又问：家妹有何相告？

他问：谁是令妹？

大少答:适才彼女也。

他答:令妹所言本探一句不懂。

大少答:彼心神失常所言不可信。

听说九姑娘精神失常,丁侦探才恍然大悟,当时居然就毫无觉察!

这天夜里,他没有敢实行秘密侦查的计划,因为怀疑自己的精神状态也有些失常似的。

10

大少从丁侦探那里回来,心里十分烦乱,不但没有问明九姑娘疯说了些什么,反而又发现刘守义竟私自外出了。外出办案也不来讨示,竟自扬长而去,真够大胆。到哪里办案去了,丁侦探又秘而不宣。对他也这么鬼鬼祟祟,看来这位洋探真有可能是个密探,不知九姑娘泄漏了什么要紧话没有,不能掉以轻心。但他一人怎么招架得住?

这时,夫人屋里的柳嫂又来传话,说少奶奶还在等候呢。

他一听就生了气说他有急事办理,告她不要等了。见柳嫂仍站着不动,他忍不住吼叫了两声,柳嫂才走了。

想到夫人还在等候他,大少更有些惊恐不安了,今天出了这么多事,一定又同他们的房事有关。同她一有房事就会出事,今天又一次得到了验证,真是可怕。当然不是每一次行房后都要出事,若是那样就更可怕了,但每次出事却几乎都是在行房后发生,他记得很清楚。老太爷丢失石头的那一夜,他有房事,从那以后发生的一切繁难不祥之事,几乎莫不如此。特别令他痛惜不已的,是好几次眼看就要破案了,夜里一高兴同她行了房,第二天案底即忽然化为一片乌有。他不知道这中间是否藏了什么天机。

昨夜并无房事,今天白天还没有来得及行事,结果又出了事,看来白天也不宜行这种秘事。她说夜里行事不吉,那就改在白天吧,白天阳气盛,白天有了喜，我们就给他起个小名叫白小，你看行不行？她真是足智多谋，当时他没有意识到这又是她的新花招，还认为她说得有道理，昼属阳夜属阴，改夜为昼，或许能排除晦气，可以一试。还想，这不更似维新改制之举了？他只担心，白天有人来求见讨示怎么办。她说叫柳嫂在外头守住。守在房门口，岂不更显出此地无银三百两？她说她是叫柳嫂在外屋守着，她已经给柳嫂交代好了。她把一切都安排好了，他却毫无警觉，又上了当。

首试新制时是一个下午，他只觉得光线太强，床幔垂下更显得又亮又闷，还总感到有人守在近侧，既紧张又艰难。幸亏当天及第二天都没有出事。后来她说，柳嫂在外屋走动有响声。他说他怎么没有听见？她说你的心还在老太爷的石头上。当时他实在没有想老太爷的石头，只是担心还会出事，如果白昼的阳气仍然镇慑不住，再出了什么事一定更难以招架。他没有听见柳嫂走动有响声。他说以后就叫她出去守着好了。你不怕露出三百两银子？她说她自有办法。她会有什么办法？她足智多谋，他又想知道她的新花招了，丧失了警觉。当时他甚至想，可不可以请她给他参谋破案，碍于公议不许女眷参与案事，他才作罢了。在枕席之间，他一直没有同她讨论过案事。

那也是一个下午，他进了屋，可能第一眼就发现柳嫂光着脚，鞋袜全没有穿。当时感到很奇怪，没有意识到这就是她想出的新办法。比他大了近十岁又一直贴身伺候他们的柳嫂，第一次显得那样不自然。他一定也很不自然了。他提倡族中小女放足，称赞洋人女子的天足，但并没有要求柳嫂露出天足来伺候他呀？当然，他可能是第一次看见女人的天足。柳嫂很不自然地伺候他洗漱，说少奶奶早在里间等候了。他问她怎么叫柳嫂光脚伺候？她说怕她走动有响声。他说你不怕她受凉？她说有地毯呢，她又是天足不用缠裹也能走动。他当时没有想到，既然有地毯，那穿了鞋袜也不会有多大响声吧。他更没有想起她曾经对他说过的一句话：你喜欢天足，柳嫂就是天足。当时他明白了这就是她想出的新办法，新办法是如此简单，又如此出奇，他真没有这样的智慧。可能就是在这种惊叹中，他忘记了紧张，忘记了又亮又闷，他又上当了。

幸好事后仍没有出事。他想，或许真避去了晦气，或许会出更不测之事。

这天上午听说丁侦探擅自登上眺楼了，他曾慌了一慌，但回想近日并无房事，就从容追了去。在房上又从容谈论寿字，一切似乎都很顺利。丁侦探说下午要静思案事，请他自便。他叫来包武师叮嘱一番，觉得下午可以轻松了。她就说她夜里又做了一个赤身的梦，有什么光气入怀。他只好答应了。但还没有来得及行事，就有夏管家紧急求见。出来听了老夏的禀报，开始觉得事情似乎并不紧要，竟值得打扰他的房事，想到房事才警觉起来。丁侦探召去九姑娘，又放走刘守义，加上独闯眺楼，事情可能不是那么简单。发生这几件事，是否同他决定行房有关？如果真有关系，那就一定不是简单的事。

11

刘守义果然在次日黎明时候，按时赶回来，但神情仍然恍恍惚惚的，不似久旱得雨后那一种舒快的样子。

丁侦探问他，忽然归来，太太吃了一惊吧？

他慌忙说，没有，没有。

丁侦探说，那么太太一定喜出望外了。

他仍慌惶地说，没有。

那么是太太认不出你来了？

没有。

丁侦探想，他可能是不好意思，就问他打听清楚了没有，三月初四那天夜里是不是刮过风？

没有。

你太太说，那夜没有刮风？

她说不清楚，她不记得哪一天刮过风。

你太太独守空房，又是春天，能记不清楚？

她说不清楚。

丁侦探想了想，认为刘守义太太记不清楚也很有可能，那一天不是特殊的日子，她也不可能记日志。他们说那是很特别的风，但对独守空房的女人，大概不会很特别，只会觉得春风都一样的凄厉。春风不可能只刮了那一夜，除非那一夜是个很特别的日子。刘守义离别数载，昨夜忽然归来，她太太一定会记住这个日子，不过对昨夜有风无风可能也顾不上注意，天崩地陷大概也注意不到了。刘守义很可能就没有顾得上调查刮风问题。三月初四那一夜，上海刮风没有，你肯定也记不清楚了，你还是一个侦探。可见这是一个很难加以证实的情节，有可能是他们布的一个迷阵。如果是迷阵，你应该加以澄清，不能忘了你是一个侦探。

你太太的生日在哪一天？

没有。

你太太没有生日？

她说不清楚。

刘守义一定还在想太太，什么都说不清楚。她太太的生日可能不会在三月初四，如果在那一天，她就会记得有风无风了，这是很简单的道理。应该调查一下康府中谁的生日在三月初四，要暗中调查，不露声色。

刘守义问，他还能不能再回一趟家？

你刚回了家就又想回家，不好，明白吧，昨天大少问到你，脸色不好。

刘守义愣住了。

丁侦探说，他已经向大少说明白了，只说派你外出办案，没有说放你回家见太太，懂不懂？这几天我们得专心办案，过几天再放你回家，明白不明白？

刘守义说明白了。

12

康二爷久候强人不见驾到，一直疑心是走漏了风声。人家知道你布下天罗地网，日夜恭候，还肯来找死吗？

包武师说绝对没有走漏风声，他在镖行武界探听消息中间，一直是装着不经意的样子，当此乱世，问一问江湖上有没有生客潜来，这完全是镖行武界的常例，二爷你得相信我们。

“八大锤是个莽汉，他会不会走漏风声？”

“我天天敲打他呢，天天提醒他守密，一旦泄密看我毁了你！”

“春天你天天往城中武术馆练功，发案后你忽然不到了，不会引起武界疑心吗？”

“我早遮掩得很妥帖了。我对他们说，我的新功自觉已练就，想摆一个擂台请教同好，望各位高手抬举。他们都说，眼下各家护院保镖的事务甚为吃紧，容时局安定后再领教好不好？我说当此乱世，不是正需一显我们武界的威风吗？他们说还是缓后吧，擂台一开，不免会招来各方武人，谁能保险不会有强人歹人趁机潜来，你说对不对？我说那我就只好回康府静候了。二爷你看，这还会有什么漏洞！”

“各家都这么忙于防卫，不正说明他们听到风声了吗？难道各家也出了盗事，你说？”

“二爷你忘了眼下是乱世了？兵荒马乱之时，哪家财主能不加紧防卫？武界在现下不想打擂，二爷你知道这是为什么？谁都怕攻擂失手，落一个败将名声。当此乱世，哪家财主愿聘一个败将护院，二爷你说对不对？武界高手们的东家，都是如康家这等生意做遍天下的大财主，所以越是高手越怕当败将，大财主能请一个败将来给他壮胆吗？”

“你呢，你包师父就不怕做败将？”

“我知道武界不愿在当前打擂，当然，我对自家新功也有几分把握。”

包武师自信地笑了笑。

二爷忽然说:“你就给咱摆一台擂!”

“二爷你是想叫我做败将哪?”

“你不要笑,听见了吧! 我是说正经话,你就给咱摆一台擂。”

包武师不笑了,他不明白二爷是什么意思。

“二爷你是想一显康府的武威吗? 但这样一张扬,强人更不敢来了。”

“你不是说打擂能把强人招来吗,怎么又说强人不敢来了?”

“二爷你是想借打擂把强人招来? 我有意败阵下擂,再诱强人来闯康府,跌进我们的罗网,对不对?”

“这才像你包师父智勇双全的本色!”

“可惜武界不愿在当前开擂,怕二爷的妙计不好施展。”

“你有智勇双全的本事,就给咱摆不成一台擂!”

“二爷你也知道武界规矩,摆擂不是我一人能张罗起来,本地高手都不想捧场,怎么能招来四方武人? 正经武人不来,强人能来吗? 他没法蒙混哪对不对?”

“我出面给你张罗行不行!”

“哪敢劳动二爷大驾? 二爷在武界一直有美名,身怀绝技却淡泊于争强斗胜,今日你忽然亲自出面张罗擂事,又是为自家武师露脸,一定会引起武界疑心,你说对不对?”

“我看你是怯阵了不敢设擂!”

包武师正想说二爷你不是叫我故意败阵吗,我还怯什么阵,见二爷严肃得又上了劲,就没有说出这句话,只说:“二爷不敢生气,我遵命再往武界活动活动试试看,还不行吗?”

二爷厉色说不能试,要一定开擂清楚吧?

武师说清楚了。

二爷厉色说千万还得记住保密清楚吧?

包武师说清楚了。

包武师心里清楚这件事很难办。放在天下太平时候,凭他在武界的声望,这本来是一件易如反掌的事。于今就不同了,即便二爷亲自出面,恐怕也不会有几家财主商号肯赏光。商界不刮风,武界能下雨吗?但二爷盼强人早盼急了。亲自下夜埋伏了几个月恭候强人不到,二爷一直在咒骂:狗孙还真能沉住气,你不是高手吗,是高手你就排排场场潇潇洒洒痛痛快快上场来,你狗孙畏缩着不是迟早总得上场吗,快刀斩乱麻行不行,不要敬酒不吃吃罚酒清楚吧?二爷急得两眼眼屎一直擦不干净。给他说这是抓贼,不是正道比武。他说大盗有道,看狗孙这架势也不像是高手。大家说高手才会这么以逸待劳,二爷你这么大年纪了不用这么熬夜了,有我们呢,二爷你也来个以逸待劳好不好?他听了脸色都变了,说你们是不相信我老汉有真功夫吧,对不对?我们哪里敢。

缉盗抓贼不似演武,更不似唱戏,你得沉住气顺势行动,怎么能终日催撵强人上场,谁又能催撵得动!护院武师只管防贼,并不管安排强人行窃,强人不上场,你朝我们发火有什么用?包武师觉得二爷快六十岁的人了,却像蒙童似的,对缉盗抓贼一直有一种急不可待的好奇感,恨不能即刻将强人请来,真刀真枪地打斗一番。不过包武师也想,二爷一生专心习武,不问家事商事,可能觉得心中有愧吧,想借此难逢的缉盗机会,一展所长,孝敬一回老太爷。看着二爷那么严肃专诚而又着急上火满眼眼屎的样子,包武师一直于心不忍,相当不安。他曾多次设想,是否可以真给二爷演一场戏,暗中约一位武友佯装成盗宝的强人,挑一个风高天黑夜潜入康府,跟二爷打斗几个回合,先叫他过过瘾,败败火?

这个设想非常诱人,但也相当危险。这位假强人当然不能给二爷捕获,给捕捉住了,这场戏就没法收场了。二爷一向轻武重艺,没有多少实战经验,演练一番寻机遁去,似乎并不怎么难。不过,目前的二爷分明及不似平时的二爷,他如果将几十年积蓄的功夫集于此一时,那也许并不容易招架。因此,演这场戏的武友,一要自家功夫出色,二要熟悉二爷功夫。包武师寻思很久了,一直寻不出一个合造的人选来。本地武界高手,跟二爷演练过拳艺的不少，但都没有正经比试过。你再叮嘱，人家也难免轻敌：康二爷有仙师风度又是财主，总得让他几分吧。这一让，万一失手，你能交出老太爷的那两块石头吗？而且，究竟谁肯来扮演这个假强人，他也一直把握不准，目前乱世，谁有演戏的心思？即使有武友肯仗义相助，成全他演出这台戏，还有一个守密问题。朋友仗义助你，冒了弄假成真的风险，你总不能再编一个故事来蒙哄武友吧？

包武师想来想去，觉得最适合扮演这个角色的，就是他自己。

首先，他的功夫没有问题，又练了新功，二爷还不熟悉这套新功夫，正可以借此隐身不被二爷发现。而他比谁都熟悉二爷的功夫，招架中不会出意外，这是其二。其三，他排戏又演戏，不存在失密于外的问题。只是有一点他没有考虑妥当：这场戏要不要给八大锤以及守夜家丁们说明？不说明当然是最好了，他们能不能理解他这番良苦用心，又能不能守密，万一给大少他们知道了，会不会疑心他就是盗贼，这都是疑问。但不对他们说明，值夜家丁万一朝他放一洋枪怎么办？他的新功还不能将洋枪飞射出的子弹返顾回去，而且在风高天黑夜，眼功根本用不上。

因此，他寻思很久了，这台戏一直不敢贸然上演。现在就更困难了，请来的那位丁侦探，虽看不出有什么奇绝的功夫，但却诡诈得很。你演这场戏，万一给他窥破，那贼名就难洗去了。二爷这么执意摆擂召贼，是不是怕丁侦探先手抓了强人去，痛失这一实战良机呢？可二爷想出的那条妙计，同样也是一场难演的戏。目前开擂不易，即使开了擂，能不能把强人招来，谁也难说。强人不到，你空背一个败将名声，这算唱了一出什么戏？两出戏都不好唱，看形势，恐怕你总得唱一出。

如果能请老太爷点拨一下，眼前难局一定会豁然开朗。包武师又习惯地想到了老太爷，他一直以为盗案这么难破，就在于得不到老太爷的点拨。他在康府护院多年，知道康家无论商事家事，凡有难局，非老太爷点拨不能排解，即便是“山是山水是水”几个字，也总点到穴位。老太爷丢了两块石头，就真是忽然失去了一向的神力，只会任性地哭嚷吗？他一直不怎么相信。

他曾独自去求见过老太爷。老亭在外院就拦住了他。老亭进去通报后，出来说老太爷叫把你撵走！

那是在案发后不久，当时他以为康家要解雇他了。大少说，老太爷意思是不想见人。他才疑心那不是老太爷说的话，老太爷不会说那么无情又那么浅显易懂的话。

13

丁侦探问包武师，你怎么知道盗贼是江湖中高手？

包武师说，不是高手，他敢来康府盗宝吗？

丁侦探问，你们怎么知道是盗贼盗走了石头？

包武师笑了，说这不是废话吗，英雄好汉谁会去做盗宝这种不义之事？

丁侦探发现刘守义把他的话翻译错了，正想斥责他是不是还在想太太，忽然觉得将错就错也很好。这位武师傲慢得很，你不装成无知乃至愚蠢的样子，他可能不会向你提供真实情况，你得以智克勇才对。

丁侦探说，“本人所习英人侦破术，实在同中国武功不搭界，但贵地镖师武艺本人在上海就久仰了，真是顶呱呱，包师父武名本人在上海也听说过的。所以我很奇怪，盗贼怎么敢偷包师父的东西，难道盗贼中也有武艺高强者吗？我是不耻请教包师父，见笑了，你不要把我的话翻译错了！”

刘守义还是没有把他故作无知的意思完全翻译出来。

包武师说，在祁太平地面行窃，没有武艺他敢动手？武艺不高强，他也不敢吃这碗饭！

丁侦探说：“敝人有些明白了，我还一直以为是上海的那种扒手窃贼，他们手脚利落，但没有听说可以飞檐走壁，不知贵地盗贼竟也这么厉害，叫包师父见笑了。贵地盗贼这么武艺高强，敝人可毫无武功，为了挣几两银子贸然跑来缉贼，看来简直是冒险来了，还乞包师父仗义指点。你照我原话翻译！”

刘守义基本照他的原话翻译出来了。

包武师说，小偷蟊贼之流怎么敢闯康府！就是一般商号，他们也不敢做非分之想，柜上有的是银子。

“贵地窃贼也不同凡响！”

包武师说，这盗手不是本地人物，若是本地人物，我们早捉拿归案了，轮不到劳驾你来挣赏银。

“难道会是我们上海来的盗手吗？上海盗手没有多少武艺，包师父可能知道。”

包武师说，是京师的盗手，明白了吧？

丁侦探立刻显出了十分吃惊的样子。这吃惊中，一半是真一半是假。那假，当然是为了恭维包武师：康府宝物非京师盗手不能盗，多么非同凡响。那真，是他的确吃惊了，如果真是京师盗手作的案，那侦破起来就麻烦大了。

这半真半假的吃惊样子，不需要翻译，包武师就领会到了。他终于带着非凡的口气，大谈起案事来。

“老太爷被盗去的那两块石头，本来是一套，总共七十七块，明白吧，成龙配套，无价之宝。老太爷一直视同性命，秘不示人，连东家各位老爷少爷也无缘一见，明白吧。这套石头，老太爷只借给京师端大人把玩过。端大人是何等人物，你明白吧，做过陕西巡抚，湖广总督两江总督直隶总督，北洋大臣，又是把玩金石的商手。后来端大人把这套石头送还了老太爷，是托京号老帮转送的。老帮们说，转送中间绝对没有走露风声，因为连他们也不知道转呈的是什么东西，只知道是一个很沉重的匣子。可谁知道他们走漏了风声没有，走漏了风声他们也不会承认，你说对不对？当然，端大人在京师给人观赏石头中间，可能就被谁盯上了。端大人是位喜欢热闹的人物，府中宴集无虚日，越是珍稀之宝，越喜欢给人观赏，不似老太爷那么精明，有宝不露。当然，端大人交往的都是朝廷权贵，可跟班伺候的下人中间，你能保险没有小人吗？这些小人与京师大盗串通了，趁此乱世潜来行窃。幸亏老太爷神机妙算，把全套石头秘藏起来了，玩赏哪块才拿出哪块，只给盗去两块。盯了这么多年，只盗去两块，你想他们能甘心吗？必定还要来！二爷一直亲自坐镇，我们正日夜恭候他们二进宫呢，明白吧。"

丁侦探连说明白了。

他觉得今天所获甚大，略施小计，包武师就给他提供了很重要的线索。他回想起京号梁老帮的反常表现，感到包武师所说的京师盗手作案的可能性，是存在的，包武师提供的这些情况，肯定有吹嘘的成分，不过大体上是合乎情理的。只是有一点似乎是漏洞：梁老帮一直不知道他们转呈的是不是那套石头。既然不知道是什么，就不存在走漏风声的嫌疑，他们为什么还要那么惊慌呢？当初这套石头又是怎样送到端方手中的，送还又在何时？包武师所说的这一切，又是听谁说的，是听大少说的，还是亲耳听老太爷或是老夫人说的？丁侦探想继续恭维包武师一番，再深入探问，就说，捉拿京师高手，只怕全得仰仗康二爷包师父你们的武功了，不怕你笑话，本人至今连飞檐走壁还没有亲眼见过呢。

包武师说，你真没有见过，还是不相信我们的武艺？

丁侦探忙说，包武师大名真是久仰了，我是说本人太不中用，太孤陋寡闻了。

包武师说，那就跟他走。

丁侦探问，去哪？

包武师说，去了就会明白。

丁侦探只好带了刘守义，跟着包武师来到康府大门里首的假山下。包武师请他登上假山往下跳。这座假山比一般的瓦房房脊还要高一些，丁侦探不敢往下跳。包武师允许他由假山半腰往下跳。

他在假山半腰寻了个立脚处，但还是有些胆怯。这是真胆怯，而不是在故作愚蠢无能的表演，因为他不知道包武师有什么企图。他问能不能先请刘守义跳？包武师说不能。按英人习惯，受挑战是不能退却的，他想，于是只好跳下去了。在他落下的瞬间，不知道包武师做了一个什么动作，他就觉得顺了一种莫名的力量，忽然反弹而起跃上假山顶，没有站稳，慌忙挣扎了几下，扑地坐倒，才没有跌下山来，在这失态的时间里，他几乎失去了意识，痴呆了一阵才吃了一惊，吃惊了一阵才疑心被戏弄了。但努力一想，终于想起包武师也刚刚被自己戏弄过，给他说了不少有关案事的重要线索。他们两人得分一样，谁也不欠谁了。

他们不知道，这一幕早给夏管家看到了，他及时报告了大少。大少赶来指责了包武师：你伤着他怎么办，他是我请来的朋友，你看不见他那么精瘦吗？

包武师说，我跟他玩耍呢。

丁侦探也说，我们在玩耍呢。

14

丁侦探后来向大少核实包武师提供的线索，大少非常吃惊。

他问是谁说的，是包武师吧，还是刘守义从总号打听来的？

丁侦探说绝不是听他们说的，包武师那么欺侮他，怎么会对他说这种机密事。他故作一种神秘状。

大少用土话直接逼问刘守义，是不是你从总号打听来的？

刘守义连说了三声没有，又说总号大掌柜们不会对他多言。

大少又问，那么是包武师刚才说的，对不对？

刘守义说了两声不是，又说不知道丁先生是听谁说的。

丁侦探放心了，知道刘守义还想回家见太太，因此站到了他这一边。他加重神秘色彩说，不是他们说的，我有我的办法。

“那是谁告诉你的？”

“我有我的办法，恕暂不能说明。”

在得意中间，丁侦探忽然发现自己布的这个迷阵有了漏洞：不管你是听谁说的，总得经过刘守义翻译吧，难道你能听懂本地土话了？

可惜大少没有这么机敏，只是极力否认包武师提供的线索，一再说明那仅仅是一种猜测，当年京号转呈的那个匣子，是不是装着那套石头，谁也不清楚，是不是京师盗手来盗的宝，一直难以认定，他们已经追查了几个月了，一无所获。

“这些情况难道也不是老太爷亲口说的？”

“不是老太爷说的，老太爷什么也不说，只逼着要石头。是祖母回想起那年京号梁掌柜曾亲自送回一个匣子来，面呈老太爷，就猜疑会不会是那套贵重的石头。别的东西还用得着梁老帮千里送娇娘似的亲自回来面呈吗？听梁老帮说，那个匣子是端午桥托京号转呈老太爷的，但内里装着什么，至今除了老太爷谁也不清楚。端方在去年不是死于入川途中了吗？”

“你们问过老太爷吗，匣子里装着什么？”

“哪里能问出来！”

“京号梁老帮真的不知内中装了什么？”

“字号上的掌柜老帮是靠得住的，多大的生意全交给他们了。”

“老夫人也不知道？”

“祖母说她不清楚。”

“本探能不能见一见老夫人？”

“实在难以从命，老太爷惊慌成那样了，祖母怎么能离得开，再说祖母还年轻呢，一向不见男客，请多包涵吧。”

“你说老夫人还年轻？老太爷不是已经九十高寿了吗？”

“丁先生不要误会，这位年轻的祖母是老太爷的续弦。老太爷不是常人之命，先后娶过六位女人，都是相继续弦。一生又得六子，当然不是一房生一子，是中间四位祖母生了六子。及今，老太爷又身历六朝，前清道光至宣统五朝，加今民国不正好六朝吗？你说奇不奇，六是一个吉数。只是刚进民国新元，就出了这样一件盗案，所以叫人焦虑不安。”

不过，六在西洋圣经中似乎是魔鬼之数。丁侦探没有直接说出这个意思来，只说，六在洋人那里好像是个象征疑问的数字。

大少听了很吃惊，说不可能吧，三六九都是吉数，乡人总说六六大顺。

“那不过是洋人的迷信，案事就是疑问，对不对？”

“所以请丁先生来解开疑问。”

“我得见一见令祖母！”

“难道祖母她有疑问？”

“倒不是她有疑问，但她是本案的重要当事人，我务必得亲自向她调查案情。”

大少仍然毫不松口，说她知道的很少，她不会见陌生的男客。

丁侦探说，那他就得先去北京查访了。

“你还是相信京师盗手之说？不大可信，我们已经白白折腾了几个月。”

丁侦探只好向大少提了一个很具体的问题：贵府谁的生日在三月初四前后？

大少迷惑不解，说问这做什么。

丁侦探说，当然是为了破案。

大少更惊异了，想了想说，叫夏管家查一查吧，我记不得。

大少又用土话严责了刘守义一番，才走了。

丁侦探对大少极力否认京师盗手作案，十分奇怪。包武师说得那么肯定，当然不可信，但至少可以作为一种可能性来考虑吧？大少是不是企图掩盖什么，或者企图将他的侦破诱入别一方向？难道大少真的清楚盗贼是家贼吗？但为什么又极力阻止他去见老太爷和老夫人？大少又一次提到老太爷娶六妇生六子，是不是暗示家贼即在老太爷的六子之中？

康家老大显然不大可能有嫌疑。据说这位大老爷少时因耳疾失聪，一生习《易》，闭门不出，印行过四卷自家解《易》的书，康家无人能懂。丁侦探曾由大少陪同，拜见过这位耳聋的大老爷一面，觉得很像一位远离尘世的仙者。这位仙者似乎不大可能去偷老太爷的石头吧，石头上有禅机，难道也有卦爻？这位大老爷的年纪也不小了，作案怕有困难。

康二爷一生习武，可能也有飞檐走壁的功夫，还有条件勾结江湖大盗。但据丁侦探观察，康二爷不怎么像武人，倒像一位慈善的道长似的，又对缉贼破案热心异常，不似那种不肖之辈。听说他也是因为少时体格软弱，老太爷叫跟了护院武师练拳健身，不料竟由此入了武魔，烦于读书，讨厌商事，沉迷在武艺中，练了一身不错的功夫。听说老太爷还有几分赏识，说康家出个武人也好。他偷老太爷的石头，似乎也没有明显的动机。

康三爷即是大少的生父，已去世多年了，更不存在疑问。听大少说，其先父从小有大志，不走读书求仕一途，甘愿往口外祖上起家的商号学生意，跟了驼队走房子，辗转于蒙人的草场沙漠，亲尝千辛万苦。后来即代老太爷经管外务生意，有奇谋，广交游，只是性情刚烈。最后因一桩冒险生意遭败，郁愤不振，竟早逝。刘守义说，三爷是做一桩罢盘生意，获罪同业了。大少如有乃父的这种气性，就更值得加以怀疑了，可惜一点也看不出来，难道真的伪装起来了？

康四爷也已故去了。听说四爷也是一位慈善的人，老太爷晚年虽委其主管家事，但仍热衷于他的医道，不忘为乡人施医舍药，人缘甚好。

康五爷虽还健在，但听说已经疯魔多年，一直在天津寓居。据说五娘是位美人，五爷眷爱非常。那年相偕出游京师，又去天津，五娘不幸被绑票，津号调银营救不及，遇害。五爷即精神失常，滞留津门不肯归晋，直至今日。刘守义说，那位九姑娘就是五爷的独女。刘守义还说，听说五娘是遭辱后殉身了，但东家不叫说。那么会不会是这位九姑娘作的案？她继承了其母的美色，又继承了其父的精神失常，有可能恶作剧偷去老太爷的石头。

康六爷很年轻，倒有一种看破红尘的样子。看破红尘大多由郁郁不得志生成，六爷有什么失意之事吗？听大少说，六爷在他的父辈中是唯一有志读书求取功名者，可惜只赶上参加最后两次乡试，科举就废止了。中举了吗？大少说没有。科举落第，当然是大失意，但也不至就因此去偷老太爷的石头。六爷会不会有与大少争位的动机呢？他策划了这件盗案，既气一气老太爷，更给大少一点颜色看？

看来，明显可以怀疑者，有两位，一位是六爷，一位是九姑娘，但都证据全无。

还有一位值得怀疑者，就是大少所说的那位年轻的祖母，她最有作案的条件了。一直守在老太爷身侧，就等于一直在作案现场。那作案的动机是什么？担心老太爷已不久于人世，自己又无子嗣，为日后处境计，匿去了这件稀世之宝？但都说老太爷料事如神，她怎么敢下手？

包武师提供的外盗线索，被大少极力否认，大少暗示的内盗可能性，又证据全无。仍然是一团迷雾，处处禁忌。丁侦探刚才又听见，大少用土话严嘱刘守义：务必不离左右监视他！他至今仍然不明白大少这是出于什么动机。重金请来你，又捆绑住你的手脚，是要求你拿出绝技来吗？不过，这也很有趣，这样破了案，名震南北就更是理所当然了。

刘守义问他，他们真要去京师查访吗？

他说，你是想去还是不想去？

刘守义说，我是想告诉你，当年京号是戴老帮主事，梁老帮那时还只是副帮，戴老帮已经告老还乡就在本地。还有何举人也做过京号副帮，中举后才改就东家塾师了，当然那是很久以前的事了。”丁侦探说，那我去拜见戴老帮，派你赴京去见梁老帮！

刘守义又瞪圆了眼，愣怔了半天才终于说，那谁来给你做翻译？

15

大少决定再召集一次议事会。因为他越来越感到丁侦探难以招架，看大家有什么对付的良策没有。同时，丁侦探正式开始破案已有一些时候了，看大家对他的评价有没有变化。

但进城请孙老总的下人回来说，孙大掌柜因近日票庄生意吃紧，来不了了。二爷也回话说，他连连熬夜上了火，又感风寒，身上不熨帖，来不了了。包武师奉二爷命进城办事，不知赶下午能不能回来。六爷答应参加，夏管家不敢不来。六位之中，有一半不能到，还议不议呢？

大少知道大家又松了劲，把千斤重担丢给了他一个人，可他哪里有老太爷那种神力？请丁侦探之前，大家就常常托辞缺席，越到后来越难以为继，直到他提议请洋式侦探，才重新把大家吸引回来。可还没有整齐了几回，便又复旧如初，仿佛大家不愿成全六这个吉数似的。丁侦探说，六在洋人那里象征疑问，他们六人共议疑案，岂不成了疑上加疑？难怪折腾了几个月，一事无成。三六九在中国是吉数，不过大少也觉得他既赞同维新，也不能不考虑丁侦探的说法。六人议事破不了案，那你把谁裁减或者新加一个谁？那么老太爷呢，一生应了三个六，难道也有疑问？

这时柳嫂来了，她说少奶奶请大少爷去呢，有事。

现在还是上午能有什么事，他对柳嫂说：告她这里有事，生意上的事，已经去请孙大掌柜了，很紧要的事，听清楚了吧！

柳嫂说，少奶奶知道你后晌才议事。

大少说，改在上午了，因为太紧急，去给她说，这里情势紧急。

柳嫂站着不走，来回挪动她的天足。

他吼了两声，柳嫂才走了。

她说后晌不吉利也不灵验，那改在前晌吧，后晌虽为白天可阳气已经开始转衰，前晌正是阳气鼎盛时候，你说呢？她真是足智多谋，真应该把她加进议事会中来，请她为破案多出奇谋。六加一为七，不知七在西洋是不是吉数。不过，听说西洋男女间无大禁忌，请女人参加议事也算维新改制吧。她这回改制，他是决不再上当了，即使由下午改在上午真能增添吉祥之气。

他令下人快去请六爷和夏管家，就说改上午议事了。

下人回报说，六爷听说谁也不来，他也不来了。

只有管家老夏应命而至。他进来就说，丁侦探要进城上澡堂，正打发人给他套车，可以吧？

大少说，我们能不叫他去洗澡！

“我们天天伺候他在客房沐浴，还要进城泡澡堂，排场不小。”

“他是江南人，我们有什么办法。”

“那就叫他去吧？”

“叫他去吧。”

“我是有些不放心，大少不是交代要对他多加留心吗？”

“你刚才怎么不说清楚？”

“我没有说清楚吗？”

大少这才意识到，城里澡堂是飞长流短传布消息的地方。丁侦探真够精明，知道往那里去打听消息，他所探知到的京师盗手之说，很可能就是从澡堂听来的。康家案事难道已经泄漏到城里的澡堂去了？在澡堂已流传开了，等于全城都知道了。这一定是包武师泄了密，他不断到城里探听强人行踪，什么有用的消息也没有探听到，倒让全城都知道了康家盗案！不过，一直平平静静，似乎不像全城都知道了案事。丁侦探在澡堂打听消息，必定得通过刘守义，刘守义一直否认有不忠之举，他也不像个不忠之徒。

老夏问：“要不要传话令停止套车？”

他问：“你有什么良策收回成命？”

“就说得派车去接孙大掌柜。”

“那不正好送他进城吗？就叫他去好了，不就是洗澡吗？”

“那就叫他去了。”

老夏又问：“不是说前晌议事吗？”

大少问：“族中谁的生日在三月初四？”

老夏仰脸想了想，说：“六娘六奶奶是三月初三过生日，各房中没有三月初四过生日的。”

“丁侦探查问谁是这天过生日,你看他有什么用意?”

老夏又仰脸想了想,说不清楚他有什么用意。

“六娘的生日,你说能不能告给他?”

“不知他的用意,难说该不该告给他。”

“他说是为了破案,你看该不该告给他?”

“六娘的生日,怎么跟破案有关联?”

“我问你呢,你有何高见?”

老夏又仰脸想了想,说不清楚有什么关联。

“我看既是为了破案,又不牵涉生意上的机密,告他也无妨吧?”

“就是,万一能破了案呢!”

“好了,你去忙你的事吧。”

“不议事了?”

“不议了,你忙你的去吧。”

今日议事已经结束了,怎么还不明白!但大少自己仍然不明白,六娘生日与案事到底有什么关系。六娘会有嫌疑吗,一直也没有什么发现哪?难道因为她占了六这个疑数?那么六爷也会有疑问?他的第六位祖母也真可能有疑问?大少记得,是自家夫人最早向他暗示,祖母可能有嫌疑。后来六爷也提出了同样的看法,大家还曾秘密公议过几次,没有结果,更没有证据。现在丁侦探似乎也直奔这个嫌疑来了,而且将六爷六娘也划了进去。这样一来,老太爷的第六妇、第六子,都有了疑问,所历的第六朝又出了这桩疑案!丁侦探所言,看来还不能不信。

这几个月来,究竟应该选谁来做嫌疑,大少一直犹豫不决。怀疑何举人包武师夏管家这些人,他总觉意思不大,无论定了谁,也不过开缺出府吧。他们以下那些家丁仆佣老妈子,就更没有意思了,发放出府时,说不定还得陪送些银子给他带上,以显宽宏仁义似老太爷的高风盛德。他总以为做家贼嫌疑者,要堪配与老太爷挑战。这样的人选,合家之中真不好寻找。他不是没有怀疑过六爷,只是觉得他辈分虽大年纪毕竟还小自己几岁，文章也没有自己做得好，眼高手低嘴尖刻，大概不敢向老太爷挑战。对于祖母大人，他总觉得她也不容易。除了老亭，老太爷不用任何仆佣，只喜欢叫她伺候，因此她虽身居高位，却形同仆佣似的。在他的六位祖母中，也只有她不是出身大家，先前又是一位年轻的寡妇。老太爷说，你们祖爷就是娶了一位寒门的寡妇，他为什么不能娶？她还真坐稳了那个一直难以坐稳的祖母高位，服住了老太爷那不同于常人的天命。大少不想怀疑她。他也不想怀疑孙老总，康家的票号生意全托付给他了，他有疑问，那就太可怕了。孙老总是老太爷看重的人，不会有疑问。

那么你想怀疑谁呢？他一直犹豫不决挑不中一个满意的对象。你不是想怀疑自己吧？他也绝对不配向老太爷挑战，对此他很清楚。

大少猛然间才意识到三月初四是个什么日子。这不就是老太爷屋里发生盗案的日子吗！他居然一直没有意识到，老夏仰脸想了好几回也没有意识到，他够迟钝你也够迟钝。你日夜操心案事已经几个月了，居然忘记了这一天是什么日子。

这使他大吃一惊。

16

康府轿车将他们拉至华清池门前，丁侦探命刘守义对车夫说，他们洗过澡还要在城中游逛，登一登白塔游一游东寺下一下馆子，到天黑时候再来接他们好了。

车夫说他跟班伺候就是了。

丁侦探叫转告车夫，他想轻松自在地走走逛逛，请自便好了，骡马不是也得喂草料吗？

车夫仍坚持跟班伺候。

丁侦探想斥责这位多情的车夫又改变了主意，他十分客气地叫刘守义说明，他本人想步行不想坐车，是因为贵城太繁华太漂亮太迷人了，他不想走马观花，懂了不懂？

车夫终于答应在天成元字号恭候，挥鞭驱车走了。

丁侦探立刻命刘守义另雇一辆车。刘守义问，不去洗澡了？他说他们去拜访戴老帮。刘守义显出了惊慌神色。

“不用害怕，今晚叫你回家见太太。”

刘守义仍然迟疑着。

“那我们去洗澡好了，洗完立即就回康府。”

“我是说该禀告一下东家。给你雇轿车，还是洋车？”

“不是离城不很远吗，就雇辆东洋车好了。”

在南关雇到一辆东洋车。刘守义执意不肯与丁侦探同坐一座，要跟着车走。丁侦探说，那再雇一辆你独坐好了。车夫忙说，请二位同坐吧，座位宽敞得很。车夫想挣两人的脚钱。刘守义仍要步行押车，丁侦探说，那我也步行好了。刘守义这才勉强挤坐上车。

一路上，车夫问长问短。丁侦探用吴语示意刘守义不要多言，他自己仍用吴语对车夫说，他们是外埠客商来贵地谈生意。车夫听不懂说什么，暂时不再多问话。不久又说，他听那位掌柜是本地口音，不知是哪村人在哪家字号发财。丁侦探忙教导刘守义，你就说因为常跑贵地，学会贵地土话了。车夫说，掌柜你还学得真够地道。丁侦探教导说，不学会贵地方言，哪能做成大生意，对不对？不料，车夫反而越发兴奋起来了，更加问话不止。丁侦探又赶紧教导刘守义，你赶快装睡好了。他自己则指点着秋野，用浓浓的吴语问长问短。车夫不知所云，终于不搭话了，开始唱起婉转又粗犷的本地小调，真有风味。这使他感到这一路相当有趣。

戴老帮对有关案事的讯问，回答得很爽快，陈述得也很清晰。

他说那是宣统元年（1909年）冬至后第四日午前，端方派人来邀他进府。那天天气奇冷，他有些不想出门。但端方不是一般人物，当时虽被朝廷罢了官，可康家与之交往多年，在封疆任上对天成元生意多有照应。他不能不去。记得当时赴端府路上，他给冻得够呛，好几次轿夫踩滑了路面浮冰，几乎跌倒，他坐在呢轿里担惊受怕，不停地擦着清鼻涕。谁料到了端府，端方只交给他一个锦缎包袱，嘱转呈老太爷，就传令送客了。

不是说是一个匣子吗？

“锦缎包袱里包着那个匣子。”

你还记得匣子里装着什么吗？

“我们怎么能知道？守义你知道我们票号号规苛严，不许知道的事谁也不去打听。那匣子上贴着端方亲书的‘康老仁台意启’的封条，我就明白了无须我们京号去管内藏什么。没有这点信义没有这点规矩，我们还能在京师张罗银钱生意吗？你想，官场中卖官鬻爵的外快、暗里笑纳的私囊，为什么都喜欢往我们票号存放？而捐纳前程的支垫、孝敬权贵的‘土仪’，又为什么都愿意找我们票号借贷转汇？还不是因为我们有这点信义有这点规矩，不该问的不问，不该说的不说，即便有朝一日官丢了家抄了，油水还在我们的账上爬着呢，点滴不漏。所以东家怀疑我们京号走漏了风声，真令人心寒哪。他们忘了，我们这么不懂规矩，怎么能叫票庄的红利汇水一直像涨潮似的江河滚滚流往东家！”

你估计过匣子里装了什么吗？

“没有估计过，我们只管转送，估计它做什么。当时，我只是觉得它够沉重，像满匣银子似的那种分量，当然绝对不会是银子。你想老太爷还会缺银子吗？端方更不会装一匣子银子专送老太爷，我们就是专做银钱生意的。当时，梁副帮仿佛猜测过，说会不会是件值钱的古玩？你知道吧，端方是京中玩古玩的大家，梁副帮猜测他会不会通过转让这件古玩给老太爷来筹集东山再起的花费。当时我说管它是什么，我们只管安妥转给老太爷就是了。直到今年春天大少来问起这个匣子，叫我回想它的分量像不像装了七十多方石印，我才觉得仿佛有些像。但究竟是不是装着石头，我绝对不敢做证。”

那么，你当时至少也认为匣子内装着相当值钱的东西，所以就派了梁副帮亲自护送回晋?

“值钱不值钱,我们不是都得一样精心转交吗?但当时年关近了,柜上生意正忙得上劲呢,梁副帮怎么能离得开。何况还有号规,驻外人员未得总号准许,不能擅自回晋,虽老帮副帮不能例外,守义你是知道的。当时离冬标账期不远了,我们打算赶冬标过账期间,将它交镖局押送回去。你大概知道,我们西帮票商所托的镖局,向来万无一失。但不久,总号就发来密语电报,令我们速送秘方回家。我到这时才感到那个匣子不简单了。简单不简单吧,既然老总们准许派人回家,我们就放人了。守义你知道,我们票号驻外生意人三年一届班期,不到期满不能回家,又不准在外娶妻纳小,更不得寻花问柳,苦熬三年,谁不是猴急得似火烧屁股,更不用说守义你们这些年轻的伙友了,对不对?”

刘守义又瞪圆了眼,转译得吭吭哧哧。

丁侦探脱口说了句,你们老帮们也有陪客商吃花酒的时候吧。幸亏刘守义没有给他翻译出来。

“当时我们定了放一位年轻伙友回去,他刚娶了媳妇没守几天,就假满回京来上班,想媳妇想得人都傻愣了,没法张罗生意,放到厨房做饭了,新婚加远别,你也没有办法。”

刘守义翻译中仍显困难,眼珠有弹射而出状。

“守义你得了这份差事,能破例回来见媳妇,够你走运。当年京号那位伙友可没有你这么走运,他还未及启程,我就又接到老太爷一封亲笔信。信上只有两句话:戴掌柜你赶紧把货送回来,洋参不用买了。我当然明白,这是叫我亲自护送那个匣子回去,简直像催命的金牌。当时我正犯着痔漏,又决计告老回乡赋闲了,就由梁副帮代我回晋呈送。事情经过就是如此,春天大少来问,我也是这样说的。”

梁老帮回晋路上,没有发生什么意外吧?

“我明白你的意思,梁老帮绝对可靠,绝对不会有不忠不义之嫌。不然,我会举荐他来接替我主理京号吗?你可能知道,票庄京号等于大半个总号。当然自海禁开放后，票业生意南移，沪号也不简单了。”

当时京号谁还知道这件事？

“京号你谁也不必怀疑，丁先生若不怀疑我，那就不用怀疑京号的任何人。连这件事都办不妥帖，京号还怎么能做成那数不尽的库银生意？”

戴老帮丝毫不留余地地否认了京号走漏风声的嫌疑。这里又存在两种可能。其一是因为戴老帮当时主理京号，即使出了差错他也绝不会承认。他虽已退位，但也不会自毁一生英名吧，何况像他这样劳功卓著的老帮，据说退休后仍保有可观的身股。其二，当然就是戴老帮的陈述完全可信。丁侦探在上海就早已听说过，西帮票商内部有一套极其神秘苛严的号规，欲图谋不轨怕也很难。而且，他看这位戴老帮，陈述中谈笑自若，毫无隐晦，全不似大少他们那样对他充满戒备。

或许这位戴老帮是个更难对付的角色？

他有一副老辣的目光，又有一种从容的神态，还分明有着相当敏锐的反应。但对你却显出一见如故的样子，没有丝毫做作的痕迹，一种快人快语状叫你信任他。你知道他够老辣练达甚至奸滑，却又不能不信任他。在康府，丁侦探实在还不曾见过这样一位令人不可等闲看待的人物。当然，他还没有见到那位神秘的康老太爷。丁侦探比较熟悉的沪号孟老帮，原以为就是一位相当精明老辣的人物，他给你的第一印象，是他不可能欺骗你，久了又会有第二印象，你更不可能欺骗他。但他与这位戴老帮相比，显然就要逊色了。

见面之初，戴老帮得知他是上海来的，就显出一见如故的样子了，很问了一番上海商界近况，对那里的银行钱庄了如指掌。他说当年如果采纳他们之谏，西帮票商集股联办汇业银行，改票号旧制为银行新制，那国中钱业巨擘仍非西帮莫属。他说早在大清朝廷筹办户部银行之前，他们就力谏仿洋人有限股份新制，试办银行，曾联络各大号驻外老帮们为之同声呼喊，一直呼喊到光绪末年，可惜财东老总们一直推诿不决，眼看银钱生意被官家银行及洋人银行一步一步夺走。他心灰意懒了，决意告老回乡课孙啦。他谈论银钱生意的兴致一直异常浓厚，丁侦探简直难以插入询问案事。

戴老帮留他们用了午饭，酒饭也甚为讲究。戴老帮酒量也甚大。酒饭之后，他虽有酒意，仍将案事陈述得那么清晰。

在回城的路上，丁侦探闭目静思，感到这位戴老帮很叫他满意，但很可能也叫他一无所获。有问必答，有求必应，但你冷静一想，他什么也没有叫你得到。这是大手笔的做派。丁侦探又忽生灵感：会不会是这位戴老帮，或者还联络了其他驻外老帮，甚至还可能包括总号的老总们，他们一起策划了这件神秘的盗案？动机是什么，经理人员同财东之间的争斗？能干的经理们看到老太爷以下的各位老爷少爷都不足畏，因此想给老太爷致命的一击，以便于他们为所欲为吧。戴老帮所说的票号改制，从商务上看，那当然是开明的适世之举，但将财东的无限责权制改为有限股份制，无疑也扩大了经理们掣肘财东的天地。戴老帮极力为梁老帮担保，但据他途经京号时观察，梁老帮并不那么镇定自若。这其中很可能有文章，当然也可能没有。据戴老帮说总号的老总们对改制之举也不热心。这是他们放出的迷雾吗？越过老总，老帮们怎么来制造这桩盗案，他们直接雇用江湖中的盗手？

丁侦探本打算这天夜里就住宿于天成元总号了，以便同那位孙老总接触一下。但刘守义一脸恐慌，不敢陪他去总号侦查，他也只好作罢了。他想，刘守义一定是急于回家同太太过夜，就放了他的假，将拜见孙老总推到日后。因为进一步争取刘守义，似乎同样重要。

17

刘守义的家室就在城中。母亲去世后，妻子对他说：你爹那老东西不规矩。父亲对他说：我可给你管不住你那疯婆姨。他三年才能回来歇假半年，无法居间调停，只好在城中租赁了一处小院将妻室从村中搬出来了。

他对父兄说，这不是分家，他日后发了财，一定回村重建祖宅。他给妻子雇了一位老妈子做伴，妻子很满意。只是不满意他仍常年在外，一直无后。对此他也不满意，但能有什么办法吗？

第一次从康府私奔回家，当然主要是为了败火，不过如果运气好，也可能得喜。丁侦探叮嘱他路上不敢奔跑，他觉得很有道理，跑得太急慌了可能会失喜吧。路上他一直叮嘱自己沉住气往回走好了，但还是不知怎么就奔跑起来了。当然跑也跑不了多快，因为总觉得腿软心跳口中发苦。那时是午后不久，故乡秋天的太阳远不似江南那么炎热烤人，康府离城不过十几里路程，跑到家恐怕时候还早，不敢跑了。可惜走着也沉不住气，还不如奔跑起来，反正怎么都一样了。

跑到家时，西照的太阳仍然明亮得刺眼。街门紧闭着。他先轻敲不应，就发了重力敲击，响声在那条僻静的小巷里显得有几分可怕。他只好不轻不重地敲击不停。

刘妈终于开了门。见是他，吃了一惊，"是掌柜的回来了，不是写信说回不来了？"

他说怎么半天不开门，才想起刘妈有一条跛腿，年纪也大了，同时就看见了自己的女人。她正在院中一堆麦秸泥里踩踏，就如乡间泥瓦工们盖房时踩踏麦秸泥那样，又像江南女人们洗衣被时在木盆中踩踏那样，不过他们或者她们都是赤了脚踩踏，她却是依然穿了鞋袜在泥中踩踏。因此他不明白她在做什么。她好像仍没有发现他回来似的，踩踏得十分专心。

"我说你在做什么？踩泥做什么？不怕凉着吗？"

"山墙泥皮都快脱光了得重新泥一泥。"

她同他说话很正常，但一点也不惊奇，依然专心踩踏稀泥，啪啪有声。房屋都是砖墙，哪有什么泥皮？即使泥皮脱落，也该去寻房东，我们出赁钱哪。

"我说你快出来吧，不嫌冰凉吗？"

"太阳晒暖和了，不凉，快踩均匀了。"

他发现那一堆麦秸泥早稀烂了，麦秸已沤成了黑色。

他想问刘妈是怎么回事，刘妈已不在院中。他冲进正房厢房，墙皮都很好。在厨房他寻见了刘妈，问她是怎么了。

“不是在踩泥吗，掌柜的。”

“墙皮都没有损坏呀？”

“她的屋里剥了一片。”

“怎么不去找房东？”

“你媳妇说不用麻烦房东了。”

“你去把她叫出来，我回来了，我抽空来泥补好了。”

“她从五月踩到今天了，和泥都用甜水净水，跟吃的水一样花钱雇人担，怕苦井水有碱气。”

“你快把她叫出来！”

“她快出来了，太阳落下西房顶，她就出来了。”

“你去叫她！”

“掌柜的，她像是在练功。”

这叫练什么功？但他终于没有能把她叫出来。他发现正房里间的山墙上，不过剥落了屁股大一片石灰墙皮，其余都完好无损。太阳西落后，她出来了，洗换了干净鞋袜，跟他一起吃了饭，不惊奇也不惊喜，仿佛他并不是久别三四年忽然归来似的。他害怕了，又以为她是在怨恨他。

入夜，她不许吹灯，也不脱衣，当然更不叫他败火了。她说梦里做这事不吉利。

他说这不是梦，他真是得了差事回来了，在康家给一位上海客人做通事。

她说她知道她已经梦见过了。

他说这不是梦。

她说她知道不是梦，好几回梦见不是梦。

她又跟他讨论怎么把墙皮补好，用不用搭架，几天才能晾干，她害怕潮气。

她说梦里做这事不吉利，对你不吉利，她怎么有那么大的力气，她真在练功哪？

他真害怕了。

在黎明前的黑暗中，他出城往康府赶奔，寂静神秘的旷野叫他起了疑心。会不会是昨天午后奔跑得太慌张了，迷了路，误入坟滩狐窟了？一直腿软心跳口中发苦，后来就是狐鬼之境。但他记得一直顶着西照的太阳奔跑。或者她真是在练什么功？他该问问丁侦探，女人出现这种情形是不是病症，他把调查刮风的事完全忘记了。

第二次私奔回家，并没有在旷野慌慌张张地奔跑，他在南关下了洋车，就直接赶回家了。他本来应该伺候丁侦探到总号，招呼车夫套车上路，但他没敢去总号，怕他私奔回家的事被发现，那可了不得。

这次到家敲门时候，他才发现与第一次到家时分几乎一样，西照的太阳正好把影子投射到小巷东尽头的那块“石敢当”上，与上次几乎丝毫不差。这条小巷叫荞麦皮巷，东西走向，西头是十字，东头是丁字，丁字口那面墙下嵌着那块石敢当，这一切都与真实情形丝毫不差。

街门同样紧闭着。他先轻敲不应，不由发重力敲击，那声音在僻静的小巷里显得有几分可怕。他忙改为不轻不重地敲击，几乎同那天是一样的。

刘妈终于开了门，见是他同样很惊骇。

他同样看见了自己的女人正在院中专心踩踏麦秸泥。

他害怕了，可能真是梦境或鬼狐之境？

18

对他们进城洗澡居然洗了一整天，大少追问不止。丁侦探只好给大少编了一个故事。

他说他们进城后时候还早，就想在城里闲逛闲逛，贵城真是够繁华够可观够迷人了，你们可能是身在庐山吧？他说他刚到时第一眼就看呆了，荒凉的北地还有这么繁华的城市？他是从上海来的，眼光可不低，你不要忘了。贵城真不愧是西帮票商的发祥地，令他这个上海人都看呆了，你信不信？

大少说，西帮票商中几家大字号都是先在口外发家的，康家祖上也是。

“你知道人杰地灵这个成语吧，不管你们在哪发家，你们祖上是本地人吧？人杰地灵，就是说先要地灵，才能人杰，好比我们江浙地方出状元进士翰林多，就是因为我们那里钟灵秀地，明白吧。本探有幸亲临贵城，怎么能不想游逛观瞻一番？只是贵府案子紧迫，一直没能如愿。昨天进城洗澡，主要还是为了松弛一下脑筋，日夜苦思破案，脑筋累得很了，观瞻贵地繁华风景，当然更可以松弛脑筋的，大少，你们完全是身在庐山！”

大少说，他早该陪丁先生进城游玩了，迫于案事，无暇遂愿，请多包涵吧。

“我们昨天也没能遂愿，你猜出了什么事？我们刚游逛至鼓楼附近，就发觉仿佛有人在跟踪我们，当然是我发觉的，我们侦探有这种警觉，明白吧。”

大少吃惊地问：“有人跟踪你们？”

“开始只是怀疑。为了证实是不是真被人跟踪了，我采取了在上海办案时常采用的对策，忽然快走又忽然停下，忽然进一间店铺久久不出来，或者转眼间就出来了。当然这是很平常的对策，不过一般很灵验。经这样验证，我们无疑是被盯梢了，我们快走，他也快走，我们不走，他也不走，我们闪在店铺里多少时候，他在店外守候多少时候。”

大少问，那人什么模样？

丁侦探按照那位东洋车夫的模样，描述了一下。

大少很沉重地唔了一声。

“我明白这是跟踪我，不是跟踪他，但我怎么可能被跟踪呢？我来办案不是很保密吗，贵城不可能有人知道我是侦探，对不对？当时我猜测，会不会是贵府暗布的缉贼眼线，见我是个生客，就盯上了？请大少查问一下。”

大少说，有这种可能，可能是镖行的暗探。

“不过我记得大少说过，贵府盗案对镖行武界似乎也保密，对不对？也保密！那我当时的考虑就是对的。我冷静一想，如果是包武师暗中布的眼线，他是知道我的身份的，这个眼线不知道我是侦探，也应该知道我是你大少的朋友，不会来跟踪我吧。如果是镖行武界的人，他们并不知道康府出了盗案，更不知道请来了本探，对不对？因此我当时就又疑心，是不是其他势力，或者就是盗贼方面的暗探？要是那样，情况就复杂了，贵府采取了双重保密措施，对案事保密，又对本探身份保密，盗方仍然盯上了我。看来，盗方不仅仅像包武师所说那样是武功高手，还可能是一个神通广大而又神秘异常的势力。”

大少说，不大可能有这个势力吧，老太爷一生以仁德治家御商处世，并没有与康家势不两立的对头。

“当然，我也不敢肯定有，或许是盗宝的秘密势力，总之，当时我不敢大意。必须甩掉这个跟踪者，决不能叫他发现我与贵府的关系，即使是镖行的普通探子，也不能叫他发现我的身份，对不对？我问刘守义，本城人人都认得你吧？他说他进票号以来就一直驻沪，认识他的人不多。那我们就不必分开，一道脱身好了。我使了几种脱身术，仍没能甩掉这个探子，那时已到了南关。我立即叫刘守义雇了一辆东洋车，拉我们直奔乡下去了。中间，不断回头察看，还于五六里处停车静候了一阵。终于确认那个探子没有敢跟踪而来，估计他是害怕我们设有圈套，而且在僻静人稀的乡野大道上，跟踪也很困难了。”

大少很入迷地唔了一声。

“不过，我估计他不会罢休，可能仍会在南关一带守株待兔，因为我们奔往的方向，正与贵村相反。我们在乡下一直待到午后，才决定返回城中。返回时,我令刘守义仍由南关进城,进城后不管有人跟踪没有,一定要闲逛到天黑之后再设法赶回康府。我自己则改道由东关进城,先去洗了澡。出来确信再无人跟踪了,才赶往总号坐车回来。进城后我们都没有再发现有人跟踪,可能是我对形势估计得过分了,但这种谨慎对我们侦探是非常必要的。”

大少说,看来就是镖行一般的探子。

“但愿是这样吧。大少如有机会,可在城里吹吹风,说明我是贵府的客人贵少爷的朋友。你看,进城洗一回澡,竟惹出这么多麻烦。”

大少说,这只能叫包武师去给镖行说一声,可我担心武师们不够心细,又嘴笨,说得不巧妙,反而更会引起外界疑心。当时你们该大模大样回总号或回华清池,就说你是我请来的江南朋友,省得受这一份罪了,他还指责刘守义太不会办事。

听了大少的话,丁侦探吓了一跳,这位大少居然发现了他所编故事的一个大漏洞,这是前提性的大漏洞。你坐着康府镶铜饰银的马拉大轿车,招摇过市,来到华清池,怎么又要那么曲折离奇地逃脱与康府的关系?而且,你也不是第一次进城洗澡了,暗探要盯你早盯上了,对不对?

“我当时怎么能对那个探子说,我是贵府的客人贵少爷的朋友不是破案的侦探?跟踪盯梢都是暗里做事,对不对?我们做侦探的,当然得随时细心谨慎,如果真是镖行的人那倒没有什么,我担心会有别的势力。”

大少说,康家没有对头。

“但愿如此吧。”

大少似乎松了一口气,说叫丁先生受辛苦了,还说重九节时一定陪丁先生出游登山,求登高之吉。

丁侦探也松了一口气,他和刘守义已经得救了。大少显然没有怎么明确地意识到那个大漏洞,但通过这个故事,他也没有从大少那里刺探到什么新情况。大少对他有所戒备,可还不至在城里布下眼线。老帮们是否结成一种势力,大少一再否认,或者是在极力回避?

大少对丁侦探说，他已经问过管家老夏了，族中无人为三月初四生日者，只有六娘的生日在三月初三，不知族人生日同破案有什么关系？

“你知道三月初四是什么日子吗？”

大少说，是老太爷屋里失盗的日子，怎么能忘了？

“本探没有别的意思，只想找人再询问一下那天夜里的情形，初三初四紧相连，能见见六奶奶吗？”

大少说，见倒是能见，只是不明白她的生日同案子有什么关系？

“本探绝不是怀疑六奶奶。每个人对自己的生日，可能都有特别的记忆，对不对？六娘的生日既在案发前后，她可能比一般人更清晰地记着那天夜里的一些情形，比如听到什么异响没有，风声有多大。”

大少说，因为过生日太累了，她在那一夜，说不定比别人还睡得沉呢。

“有这种可能，但也可能因为太兴奋而睡不踏实，过生日的那种劳累，是因兴奋所致，是神累而非身累，心神劳累，往往不易入睡，你说对不对？”

大少承认他说得有道理，但仍然提出，案事在族中一直保密，女眷们更不知晓，你一查问，岂不要失密于她们，引起合家人心慌乱，怎么办？

“本探当然有办法。我会对六奶奶说，我们，就是我和你贵少爷，近日谈论西洋气象学问，中间打了一个赌。你想，我们旧友重聚，终日不谈天说地，打赌猜谜，难道是在忙于破案吗？贵少爷又热衷于维新，谈论西洋气象学问，不是理所当然吗？”

大少很入迷地唔了一声。

“我说今年三月初四夜里，贵地肯定刮了大风。你说我当时远在千里之外，怎么能推断得那么准，你说你记得那天夜里就没有刮风。我说是据西洋气象学问推断出来，不会有误，肯定是你记错了。”

大少很感兴趣，他问，你真懂西洋气象学问？

“我略懂一点。”

大少问，你怎么推断出那天夜里刮风没有？

“比如，那天夜里全中国都刮了风，贵地就一定也刮了风。”

大少说，就这么简单？

“简单的道理，往往是最聪明的道理。当然，我并不记得那天夜是不是全中国都刮了风，因此才向六奶奶做调查。”

大少又入迷地唔了一声。

“我说刮风了，你说没有，争执不下，于是我们就打赌，于是就请六奶奶来做证明。你说我们赌什么？”

大少说，随便说一个就是了，又不是真打赌。

“我说赌几两银子，她会相信吗，贵府一定没人稀罕银子，对不对？说赌一块值钱的石头，那她会不会说你是一个败家子？谁输了谁交代一件自己的风流逸事，可以不可以？”

大少说，六娘还年轻呢，赌这个不好。

“那你说赌什么好？”

大少很认真地想了想，说以前听何举人说过，他家老爷子处罚他时，往往逼他吃一碗肥猪肉。

“那我们就效法何举人好了，赌一碗肥猪肉，是输方吃不是赢方吃，对不对？”

大少说，对。

“那就请你尽快安排我们去见六奶奶好了。”

大少说，他会尽早奉陪去见六娘。

“你最好不必在场，因为这有些像演戏，你没有做过侦探，更没有演过戏吧，方一忍不住笑了，戏就不好唱了。我调查不成倒在其次，如引起她的疑心，那不是更糟糕吗？有刘守义在场呢，你不会担心本探可能对六奶奶非礼吧？”

大少说，这是哪里的话，他就不奉陪好了。

丁侦探觉得自己的正常水平正在发挥出来。

19

六娘对她能单独会见那位上海洋探，感到很兴奋。她们都只是暗地里远远观察，她却有幸同他面对面说话，说了一个时辰。

“到底是从上海大码头来的，在女人面前大方得很，不是低眉垂眼，不是满脸正经，一直谈笑风生又不失礼。我说你真能吃那么多肉吗？他说要是赌输了，也只好吃了。”

少夫人说：“你们刚见面就打赌吃肉，真够大胆的，还说没有失礼。”

“又不是我去私会他，是你们大少请我去见他，我们打赌戏耍，也是你们大少赐下的良机。”

“那也是我对他说的，说六娘看中了你的上海朋友，反正六爷也不爱见她。”

“他除了身上瘦，说话侉，我都满意。胖了有什么好，坐着读书爱犯困，那就干脆躺下读罢，正好睡舒坦了，打呼噜声同读书声也一样，还想考举人中状元。”

“你看他真是个会念经的远来和尚吗？”

“我看他人鬼精，又不显山露水，像个真把式。你看他多精吧，既不叫我们知道老太爷屋里丢了东西，又要向我查问那天夜里的情形，他编了一台戏。他要有他这三分精灵气，怕早给皇上点了翰林了。”

“一台游龙戏凤，怎么还打赌吃肉？”

“要不说他有多精！他说他跟你们大少打赌呢，谁输了谁就得吃一碗肥猪肉，特聘请你来做裁判，不知夫人肯不肯？”

“他既是我们大少的朋友，就与我们同辈，怎么又叫你夫人，他想长我们一辈？”

“他说这是新派的称呼，奶奶娘娘都有‘老’的意思，女人谁想老哪，对不对？何况夫人本来就这么年轻，他说他称我夫人可以吗？我说可以。他是尊敬我,不是想做你们的长辈。”

“你当下就说可以?”

“你们大少不是喜欢维新吗,我这也是维新。我问他什么叫裁判,他说就是中人吧。我问不知道你们打什么赌。他说他会看天象,当然是西洋看法,他说他远在千里之外的上海,就看出我们这里三月初四那天夜里刮过风,刮过很大的一场风。你看他有多精,三月初四是什么日子,你说?”

“三月初四不是什么节日吧,三月三倒是昧旦日,早年要拿杨柳枝条鞭打房屋周围,驱除蛇蝎毒虫。”

“看你成天在想什么,三月初四老太爷屋里丢了东西,你怎么能忘了?三月初三是我的生日!他说我三月初三过生日,一定记得初四刮风没有,你看他有多精!我说我只记得初三的情形,可记不得初四刮风没有。我心里说,初三还什么也记不得呢,哪里能记得初四?你说这几年谁给我们过生日?临近生日,不过是老夏来问一声,用不用采买什么就是了。他鬼精,我猜不透他查问那天刮风有什么用意,你记得那天刮风没有?”

“我只记得你过生日那天刮过风,不吉利。”

“你说那天刮风,你们大少就输了,我也是这么对他说的。”

“你偏向他,成心叫我们大少输了?”

“当然,可惜他们这是演戏不是真打赌。可我也得给他演一出戏。我就慢慢把话岔开,问他上海是什么模样,说我早想去上海逛一趟了,看看轮船电灯呀,新式女人的打扮呀,又问他在我们这里服不服水土。中间就问他见过我们老太爷没有?他说很想拜见,但听说老太爷贵体欠安,不见客。我说老太爷身子好着呢,一向又喜欢见大码头客人,老太爷一生料理通国大生意,你不见见,真是枉来一趟康家!“

“你这不是叫我们大少作难吗?”

“不给这位洋探点明盗贼是谁,早日破案,你们大少更得为难,你说是不是?我对他说,你见不着老太爷,怕是我们老太太拦挡着呢。她担心会累着老太爷,哪里就能累着,她是多心。你想他有多精,还能听不出我的意思吗？就怕那个沪号伙计翻话翻不清楚，这个伙计看着很精干，就是有些迷迷瞪瞪。”

六娘又说，她从过生日还想出一个主意来：“我们大家及早张罗着给老太爷办寿，这是办九十大寿，她还能不出来见见我们？”

“老太爷的寿辰还早呢。”

“我们这不是为了引她出来吗？她只要敢出来，我们就敢给她演几出戏，不信她露不出破绽来！”

“你是迷上演戏了，还是也想当侦探，跟他似的？”

六娘的这个主意，先由少夫人传达给了三娘。三娘说，也是一个办法，给老太爷办九十大寿，也真该张罗了，就是怕我们大少更得操心受累。不过你们说能抓着她的证据，怕不那么容易。

三娘又传达给了四娘。四娘说，她也编一出戏，她不信她们就比爷们能耐差。

四娘传达给了二娘。二娘说，你们二爷一生练武，体格多好，也给熬倒累病了，我们真得替爷们想想办法，光靠祝寿怕不保险，我再来想一个办法。

大娘听了二娘的传达，说大老爷多半不会出来说话，他一辈子说过几句话？二娘说，正因为这样，大老爷的话才最值钱。大娘说，她试试吧，老太爷九十寿辰不寻常，就怕他仍然不说话。

20

丁侦探在拜见过六娘之后次日，又带着刘守义突访了康府塾师何举人，因为这天上午大少一直没有露面，他想来一个出其不意。

开始时何举人显得很惊慌。

丁侦探说，他是大少的挚友，来贵地闲居避乱，早该来拜见何老爷了。

何举人说：“你们也不必遮掩了，我能看出你是大少请来缉贼破案的。

我给大少说过多少次了，我不敢肯定那天夜里就真听到了响声，敝人好歹也是正途举人，能为那种鸡鸣狗盗之事吗？都是老夏那狗才陷害本官。”

何举人竟然也知道了他的身份！昨天那位六娘似乎也猜测到了，一直那么得意地在看他表演。她们的洞察力居然这么出色，仿佛都做过侦探似的。一定是大少他们的保密出了问题。六娘很开通，不避戏笑，无羞怯形状。

丁侦探说，何老爷真是好眼力，既然知道了，那就暗话明说好。敝人是受雇办案，并不想难为何老爷，只请何老爷能提供真实见证。大少曾多次对我盛赞何老爷的道德文章，很信任何老爷。异响不能肯定，那听到风声了吗，那天夜里刮风了吗？

“没有听到风声，我能肯定。因为那天夜里，我一直在秉灯研读自家著述，那是敝人多年心血，拟题为《原商》或《儒商论》，定不下来，推敲得很晚了，没有听到风声。”

丁侦探问，何老爷用功，势必神心专注，可能没有留意当夜风声吧？

“我并不是只那一夜秉灯研读，天天都是如此，那夜肯定没有听到风声。敝人虽是正途中举，实在说仍是生意人，为商大半生，做到京号副帮，可以说儒商皆通。塾馆度日闲适，便发愤著书立说，将余一生习儒经商之感悟，两相融会，立一新说，或可裨益于西帮商界。像守义你这样的年轻的伙友，不可不读本官拙作。我夜间如是埋首著书作文，怎么能与盗案相涉？全是老夏那狗才陷害我！”

何举人仍坚持没有听到风声，而昨天六娘却说刮过风。何举人开口便不能止，总把话题扯得很远，他的证言大概不足为信。那六娘说的可信吗？

丁侦探问：“夏管家怎么敢陷害何老爷？”

“自从敝人中举后，辞京号副帮职，改就康家家馆教职，夏狗才就看不起我了。老太爷待我一直为上宾，老夫人也称我为何老爷，只有夏狗才对我不恭。我离开京号，是东家依大清朝制，民商不敢聘用官服老爷，并非违犯号规被开缺。老太爷老夫人恭敬本人，那是康家尊师盛德，你夏狗才眼红什么！东家赐予塾师武师管家的礼金虽然都一样，但尊卑高下也能一样吗？我每每深夜著书作文，神智凝聚，意发情动，常常忽闻一种异响，疑为天籁之声。平时就不免问问夏狗才，昨夜曾闻异响否？那狗才就每每嗤笑本官，说曾闻金银落地之声，实在欺人太甚。那天夏狗才忽然问我，昨夜听到异响没有？我不知已经出了盗案，就说听是听到了，仍是似有似无的。老夏就禀告了大少，大少从此就传问不止。当然，大少对本官很恭敬。你说那狗才不是陷害我是什么？"

丁侦探越来越失望了，何举人听到的所谓异响，很可能是一种幻觉之类，此公言语怪诞，证言完全不可取。大少说不必找此公调查，似乎不是阴谋。不过，何举人又提供了新的情况，他不知该不该相信。

何举人说，在大少停止传问他不久，拿来一册印谱，指着其中两方印拓，请他用油纸临摹下来，说临摹得越像越好，别人都没有这种功夫，非何老爷莫属。他浏览了一下，见篆法刀功都不算俗气，就承诺下来了，俗印他是绝不会临仿的，怕有污自家笔墨。

大少请他每方至少临出三十张，说有劳何老爷了。

临出三十张？他当时疑心是夏狗才蒙骗大少来戏弄他，就说，少爷你另请高明吧，在下已老朽，难胜此重任，临仿三十张，我还不曾以此重役处罚过贵府子弟。

大少才说出这两方原印，就是老太爷屋里的失物，珍贵非常。

他以为他们又来试探他。大少说，绝不是，请放心，临出印样是为了寄发各码头票庄，命老帮们在各地古玩市面暗中查访，发现了就赶紧买回来，老太爷急得都快病了，多大年纪了。

他又细细检看了印谱，原来是套印，印文系阴骘文全篇。刀功笔意虽然不俗，但也不至会有人冒险来盗它吧，石头很值钱吗？

大少听老夫人说，石头是很值钱的灯光冻。

这几十方印章全是灯光冻？大少说他听说全是，总共七十七方。他认为不大可能，谁肯拿这么多灯光冻来留这种印迹？大少听老夫人说，这套印是文彭真迹。

那就更不可能了。他驻京几十年，虽为商，但也略知几分金石学问，文彭为何人，灯光冻又为何等名石，他还是知道的。文三桥传世真迹极少，这几十方篆印又分明不是出自一人之手。

大少说，老太爷一生酷好金石，还会不辨真伪吗？他仍不能相信。大少说，或许被盗的这两方，是文彭篆刻的灯光冻石，不然老太爷会那么着急？何老爷就辛苦几天吧，临仿的越像越好，越快越好。

丁侦探问他临仿了没有。

何举人说，临是临了，劳累不堪。

丁侦探问他，临仿了三十张，觉得像不像文彭真迹？

何举人说，越临越不像，当然有所师宗文三桥刀笔神韵。

丁侦探问他，何老爷见过文彭真迹吧？

何举人说，文彭真迹怎么能轻易见到？

既然没有见过真迹，他怎么敢说不像真迹？丁侦探想，中国金石是一门很深的学问，何举人也许有鉴别的学问，他自己是完全不懂。但如果相信了何举人的看法，那本案就更离奇了。强人中高手，还可能是京师高手，使出神奇盗术，盗去了两块并非稀世真迹的石印，而失主又在大动干戈地缉贼追宝，这中间到底隐藏着什么谜底？

据大少说，老太爷视那两块石头如同性命，是为了悟禅悟道，并非看重系名石名篆。不过，嗜石到悟禅悟道的境界，更不会不辨真伪。老夫人说是名石名篆，难道不是听老太爷说的吗？如果只有这两方石头最名贵，那么为什么又偏偏只丢了这两方？显然，盗者只能是非常熟悉这套石头的人。据大少说，对他这套石头尚且闻所未闻，见所未见，那么谁还可能接近它呢？难道真如六娘所暗示，还是应该怀疑那位老夫人？

如果这套石头真是经过了端方之手，像端方这样的金石大家更不会不辨真伪。这套石头如果不值钱，端方大概也不会那么郑重地交给京号转还吧？但根据戴老帮的陈述，似乎也不好断定，端方是郑重还是不郑重。派人召了戴老帮去，未加多言，给了一个匣子，令转呈老太爷，然后送客。那么，也有可能是老太爷呈请端方为他鉴定这套石头吧？因此，老太爷当时急盼端方鉴别意见，便令京号速送回晋。老太爷究竟得到端方怎样的鉴定，不得而知。如果是赝品，而老太爷仍觉其中有禅道可悟，珍爱如旧，那么老夫人为什么又要私匿这并不值钱的石头呢？如果石头果然是稀世真迹，价值连城，那么老夫人私匿了去，就势必会极力否认它的名贵。但她显然并没有否认。难道何举人极力否认失物的价值，是怀有什么别的用心？但看他那副形状，倒真如大少所言，根本不像做贼的材料。

事后，丁侦探问刘守义，何举人既下海做了生意，怎么又考举人？

刘守义听说，何举人原是康家天成元票庄中第一名秀才。当然字号所有伙友，从学徒起都得熟读四书五经朱子释义，但谁也比不了何举人的文才。据说他是正经县学出身的秀才。因为晋地多巨贾富商，风气所及，乡中第一等有才能的子弟，都争投商号尤其是票号了，二三等子弟才读书求仕。乡谚称，秀才弃儒投商为改邪归正。不过听说何举人当年不仅文才好，做生意更是一把好手，不然能给放在京号几十年，又升到副帮地位？京号副帮一年身股分红可入一千五六百两银子！他后来应乡试求举，有的说是为了跟友人打赌。有的说是受了官场什么人的气了，想争回这口气。也有的说是东家总号想叫他给天成元大号争脸，一显我号广有人才，藏龙卧虎。说法不一，总之他是应试中榜了。中榜后，听说老总们才发现天成元虽生意遍天下，却仍为民商，怎么敢支使举人老爷？只好把他辞退了，老太爷就延请他做了家馆先生。都说何掌柜十分后悔，失意得很。

他口称本官，没有做过什么官吗？

他中举是在光绪年间，听说正是康梁变法维新前后，当时正途进士没有门路，还不能及时放官呢，更何况他一个举人。

丁侦探真看不出，这位半疯半癫的何举人原来还真是个有才干的人物，可惜才高反而官场商界两失意，够可怜的。但这种失意也不至迁怒于老太爷吧，偷去老太爷心爱的石头，把老太爷气死？他看何举人似乎还没有这种气性，而且他的失意已经过去许多年了。

那么，又是一无所获了？

21

丁侦探向大少问起，临摹了那么多印样，发往各地码头去追赃，有什么结果没有。

大少一听就明白他们去查问何举人了，虽有不悦，但也似乎无可奈何了。只问他们没有严逼何举人吧，逼疯了有损康家一向尊师盛德。

丁侦探说绝对没有，他们是去请教金石学问。

大少就说，你们跟我来。

他们被带到大少的账房里间。大少给他们取出一堆石印，有十几方吧。

大少说，看看老帮们给他追寻回多少石头来，可惜没有一方是真的。

丁侦探拣起几方细看，倒也觉得石质明莹可爱，对篆文他当然不甚了了，只看出各方间都十分肖似，如一模所铸。他问石头也是假的吗？

大少说，可不是，大多为房山石，辽东冻石之类，色似青田，所以常拿来混充灯光冻。印文也全是仿照何举人临仿的印样而刻制。各地古玩奸商见我们寻访这两方石头，都争相仿制赝品，老帮们也真一个接一个上当，还说报喜。我们赶紧送进老院，谁料转眼间祖母就出来说是假的，老太爷接住看也不看，就摔到地上了。一回是假两回是假，能都是假的？可不都是假的。

丁侦探问，把这么多赝晶当无价物买回，白丢了不少银子吧。

大少说，银钱上老帮们倒不外行，没有怎么上当。

据何举人说，将灯光冻石就于光亮处，通体明莹，灿若灯辉，石质文理细腻温润，易着刀，能得尽笔意，而且石性不坚不燥，易受印色，拓出印文丝纹毕现，是青田石中最上乘者。本来就夹生于顽石间不多见，早被开采一空，很难得了。问他见过吗？何举人仍说，哪能轻易见到？丁侦探看着这些晶莹可爱的假冻石，想象不出真冻石还会怎样明莹灿烂。他更没有见过真冻石。但这些假石头至少可以证明，老太爷丢失的是真正的青田灯光冻了。

他问，能见一见所剩的那七十五块石头吗？

大少说，他至今还无缘一见呢。

第二部

1

还有一个很重要的人物，丁侦探认为必须认真拜访一下。他就是康家天成元票庄的孙大掌柜，康府的主人都叫他孙老总。但刘守义仍然死活不敢去。

你是怕什么，我绝不会将你私奔回家见太太的事，禀告孙老总。在大少面前，我给你圆场圆得滴水不漏，你还信不过我吗？进城拜见过孙老总，我当然还会放你回家见太太。

刘守义就是死活不肯去。

对孙大掌柜比对康家财东还惧怕，可能是现管比县官厉害的缘故吧。丁侦探知道，西帮票号一面是财东具有无限职权，赔赚全包，一面是总号经理又具独裁大权，票号的商事人事，其实是他们说了算。各地分号老帮伙友的命运掌握在老总们手里，财东的荣损盛衰实在也掌握于他们手中。因此必须郑重接触一下这位孙老总。但刘守义不肯合作，他自己怎么去，直接同孙老总对话？丁侦探越来越感到，自己设下的这个圈套，除了套住自己，一直什么也没有套到。你既然装出什么也听不懂的样子，人家当然什么也不想给你说了。这个圈套可能有前提性的错误，本来就不应该设立。只是现在收回，恐怕为时已晚了。首先，这容易引起康府对他更严密的戒备，其次，刘守义势必会被打发回上海，那他就更孤单无助了。丁侦探只好暂缓拜见孙老总。

他其实已经见过两次孙老总了，可惜都没有能够交谈。第一回，是在他静候刘守义期间，大少为他引见的，就在康府。那时他是真听不懂他们的土话，只施礼点头而已。那回留下的印象，只觉得孙老总像个和尚，那种香火不盛的小寺院中的和尚。事后得知，这就是康家天成元大号的孙大掌柜，非常吃惊。他想，这可能就是西帮商人的风度吧，外拙内奸。沪号孟老帮显然就是这种风度，但与这位孙老总相比，还是要光鲜得多。京号老帮的风度明显有异于此，戴老帮梁老帮外表就有种华贵练达的气象，即便那位落魄的何举人，可以想象当年也是颇具丰采的，现在当然完全不可看了。

第二回，就是他们暗访戴老帮回来，洋车把他一人拉至天成元。他也没有想到，这家分号遍天下的票号总部，竟设在一条清静的小巷里，外观像一家大户私宅。当时，康府车夫与一名年轻伙友很快就迎出来了，他大体能听懂他们在问，刘守义哪里去了，孙大掌柜等候着要见他们。他本来就想接触一下孙老总，这不是正好吗！放走了刘守义，他装着什么也听不懂，说不定反而能听到有价值的意外情况呢，当时他就是抱了这样一种很可笑的愿望。

他从容地表演了一阵，才显出终于明白了那位伙友的意思似的，跟了他去见孙老总。

穿过一处两进大院，拐入一条夹道，又登上台阶，钻过一个月洞门，好像还经过了一处庭院，最后才来到那个小偏院。那位伙友进正屋通报了，他被允许晋见。

屋里可堂皇精致之极，又是外朴内华格调！孙老总仍似和尚模样，现在更看清了，满头几乎不存一根头发。他想，这省去了剪前清辫子的麻烦，却想象不出在前清时候怎么佩一根假辫子。

孙老总开口也是问刘守义哪里去了。

他仍用浓浓的吴语加比画表演了一番，才索来纸笔写出：派刘往市中替在下购寒衣去了，不知贵地秋风疾甚。

孙老总也挥笔作答：丁先生保重，另择吉日再叙。

什么都没有来得及，孙老总就下令送客了。他以为自己表演得太过分了，给孙老总看破了他的用意。其实当时彼此谁也没有来得及进一步看清谁，因为他自己对孙老总的印象，就仍然还似一个和尚。

但丁侦探总觉得，这位孙老总绝不是平庸之辈，说不定在本案中扮演着重要角色。他统领着康家天成元大号的通国生意，而且又是充满风险的金融生意，他至少不应当比各地老帮逊色。他如果真像外观那么平庸，当然就不大可能有向财东挑战的嫌疑了，但同时康家似乎也不大可能把这么大的生意交给他去统领吧，那票号生意几乎就是康家的盛衰生死。

丁侦探曾向刘守义打听过这位老总的背景，刘守义只给他说了一个传奇式的故事。他说这是听大家说的，天成元票号中谁都知道。

刘守义说，当年老太爷交给孙老总一笔银子，有人说是五万两，有人说是十万两，叫他去关外开分号。听说那时关外几厅是曹家的老地盘，当时曹家已是西帮票商中的巨头了。当然那时孙老总还不是老总，老太爷也还不老。可没有几年，孙老总就把那五万两或是十万两银子，全都赔塌了。孙老总回来向老太爷交代，老太爷只问他，你还敢不敢去，要是敢去，我就再给你五万两银子，有人说是十万两。听说孙老总想把赔了的银子给东家赚回来，就说敢去。去了没有多久，听说又都赔尽了，他想这回不好向东家交代了。可老太爷又问他，你还敢不敢去，要是敢去，我就再给你十万两银子，有的说是二十万两，总之比前两回多一倍。孙老总还真又去了，这回去了没有赔，发了。

丁侦探想，若是再给赔光了，那也太窝囊了吧，老太爷难道会像孔明七擒孟获似的，交他七笔巨款给他赔吗？这有些像诸葛孔明式的演义故事，但赞扬传诵的是老太爷的圣明，并不是孙老总的什么功绩。关于孙老总还有什么故事？刘守义只说，各码头老帮伙友都很尊敬他，别的不肯多说。

不肯多说又不肯去见，那你也休想再私奔回家见太太了。刘守义瞪圆了眼，却仍不肯合作。好了，你不用瞪眼了，本探也快被你传染上相思病了。

丁侦探真还没有这么长久地离开过上海，很可能不知不觉中产生了急躁情绪，他决定结束一般性调查，尽快转入重点侦破。他甚至觉得名震南北，也未必是一件好事，名震上海就差不多了，可以免去远离之苦。西帮商人也不简单，跑遍天下做生意，还不许携带家室，三年始得一归，他大概不会在这里破三年案吧？一切都几乎还是团团迷雾，按英人侦破术是不应该转入重点侦破的，因为每一种可能性都不应该轻易放过，更不应该希图有奇迹给你撞上。但他已经失去耐心了，急于想去冲撞一下。

去冲撞什么？有两个可供选择的重点，一个是外盗，一个是家贼，还是最初的起点。他的起点是上海。从上海出发后，也已经把先后遇到的每一位与康府有关的人，都收编进他的怀疑行列了。如果按照惯例，他得逐一排除每个人的每一种可能性，最后留下无法否定者，再设法取得证据，案就破了。但本案禁忌重重，试想康家主仆及其票庄掌柜伙友，谁会向他提供当夜各自不在作案现场，或者指认谁在作案现场之类的真实证言？许多人你连接近都还犯忌呢。如果按部就班，说不定真够他三年折腾了。

丁侦探觉得，必须采取一种聪明的策略，速战速决。

2

二爷终于病倒，这使包武师感到非常不安。

他问候二爷说，不怎么要紧吧？

二爷说，不过是偶感风寒而已，秋凉了，我没有怎么留意，怎么也不怎么，吃几服药，稍歇几天，我还会照旧去练夜功，你放心好了。

二娘在一旁说："还不要紧，你们二爷是什么体格，什么时候头疼脑热过，一股秋风能把他吹倒？你们撺掇你们二爷不定夜里做什么呢，包师父你说，你们见天夜里到底是做什么？"

包武师说：真是练夜功呢，我们一直劝二爷，说你老人家岁数不同于我们了，不宜练这种夜功了，二爷不听我们，他壮心不已。"

二娘说："怕是你们哄着你们二爷，替你们下夜捉贼，你们倒钻在什么背静地方打牌耍钱吧，强人易逮，家贼难防，你们懂不懂？"

二爷立刻朝二娘喝了一声，说这里没有你的事，你该做什么快去做什么！

二娘神秘地瞪了他一眼，退出去了。

包武师问二爷，二奶奶是不是知道什么了，已经知道出了盗案？

二爷说："她哪里能知道，我还会对她泄密？"

"二奶奶就是知道了也没有什么，她刚才又说外盗家贼，不知是什么意思。"

"她什么也不知道，你快说打擂的事吧，还是不能早日开擂吗？"

"我正在设法游说，又请我师父车大师父出面说话，二爷你就先静养好了。"

"我怎么也不怎么，强人驾到，我照旧能上阵，狗孙们驾到，你千万不能瞒过我，听清楚了吧？"

"二爷放心，你就静心养病好了，摆擂又不是唱戏，哪能说开场就开场，对不对？等开擂时候，二爷的病早好了，我们怎么能瞒过你？再说二爷只有养好病，到时才能上场吧，对不对？"

"我怎么也不怎么，狗孙今夜驾到，我今夜就能上场，一辈子练武还能没有这点功夫。"

"狗孙一驾到，我们就来叫你，行不行？听我一句话，先静心养你的病。"

"打擂的事,要不要我出面说话?我想来想去,觉得还是出面给各家财主字号说一声好。"

"不用劳动你大驾,还用得着劳动二爷?何况你还正有病呢,我已经请车大师父出面说话了。"

"车师父给武界说话,我给商界财主们说话,左右夹攻,这不是更好吗?"

"二爷你是信不过我,对不对?我早给你说了,二爷你一出面说话,势必惊天动地,哪还能保密,对不对?二爷你要信不过我,我就什么也不张罗了,二爷你亲自去张罗好了。"

"我怎么能不相信你,我是说车师父能出面说话,我也能出面说话吧,我惊天动地,车大师父就不惊天动地了?"

包武师越来越觉得二爷像个任性的孩童,真不好劝哄。仿佛是你答应了给他什么东西,忽然又不想给他了似的,他怨你恨你骂你,又扯住你不放,焦急得满眼眼屎,心火上攻又偶感风寒,终于病倒了。难道是你答应召来强人与他打斗一番吗?并没有。强人更不是你囊中糖果,想给他就能给他。武界打擂真是不比台上演戏,他的确曾去请教过车大师父。师父怒斥他,才有多少新长进,就想在武界张扬显露,如此浅尝辄止能有什么出息!他真是有口难言。车大师父也在一家财主护院,虽然是一家小财主,但他仍想把康府出了盗案的消息密告师父,一来请师父有所警惕,二来想请教破案缉贼高见。但他护院失职等于给师父丢了脸,而且师父一向看重忠是忠,孝是孝,各忠其主为护院武师第一武德。因此他怕师父骂他一不尽职,二不忠主,一直没有敢密告康府案事。现在,他既不能对师父说出打擂的真实用意,又不能对二爷说出车大师父根本不许他设擂。包武师一时无话可说,就失口将本来不想对二爷说的话说出来了。因为他对那个新情况,本来还将信将疑呢。

"二爷,镖行有了新探报,我们先不必忙着设擂好不好?"

"是不是强人要驾到了?"

“还不敢肯定,你听我说。”

“狗孙早该驾到了,你快给我说!”

“镖行前些天发现了两个可疑的生客,一位像南蛮子,一位像本地人,从城里坐了东洋车往乡下去了。我问了两人长相打扮,疑心是丁侦探和刘守义。就问他们怎么可疑,他们说是洋车夫觉着可疑。两人鬼鬼祟祟,一直很不自然,问什么都是含含糊糊,又总是南蛮教一句,本地人说一句。到后来,本地人装了瞌睡,只那位南蛮哇哇啦啦,故意叫洋车夫听不懂。”

“那二位到底是不是我们这二位?”

“我又问他们,这二位坐洋车出城是朝东去了,还是朝西去了?他们说,是从南关坐的洋车,往东南去了。直到后半晌才回来,叫拉他们去了我们天成元。镖行问了我们天成元,字号说就是我们的客人。”

“原来是我们这二位,还有什么意思!”

“二爷你听我说,我回来问了大少,那几天丁侦探进过城吗?大少说,他们进城洗过澡。中间发现有人跟踪他们,就坐了东洋车往乡下去躲避。大少还问我,跟踪他们的是不是镖行的探子,是不是我叫镖行盯他们?我说我并没有叫镖行跟踪他们哪?后来我又进城问了镖行,他们说怎么敢派人跟踪贵府客人,是那位洋车夫误会了,报告探子说二位可疑。二爷你看,这中间就有了文章了,到底是谁跟踪了丁侦探他们?”

“你说是谁?”

“我曾问过刘守义,他说真有人跟踪他们。他说那天洗澡前,丁先生想在城中游逛一趟,走至鼓楼附近就发觉有人跟踪,一直跟到南关也没有甩脱,才坐了洋车直奔乡下。我又问跟踪他们的那个人是什么模样,刘守义说得有眉有眼。我就疑心,是不是强人露面了?二爷你听明白了吧?”

“我说呢,强人迟迟不肯驾到,原来是请来这位洋探打草惊蛇了。你没有给镖行说一声吗,请他们也不要打草惊蛇?”

“我怎么能说,我什么都没有说,只说都误会了,那位南蛮的确是我们的客人。二爷你说我还能不懂这个吗?”

“你说我们该怎么办，是不是叫二位再进一趟城，引出强人来，我们去截拿？”

“二爷你这才叫打草惊蛇！跟踪人的多半是喽啰，正经强人哪会做这种营生？我们还是静候，不显山，不露水，恭候狗孙驾到，明白吧？”

“还是你智勇双全，城中闹市也不宜交手打斗。”

“所以二爷你得听我的话，安心静养，尽快把病养好，强人一到，我们就来请你，好不好？”

“我怎么也不怎么，今夜就能下夜恭候！”

“二爷你还是不听我的话？我估计近日强人不会驾到，他们既发现了丁侦探，一定得估量估量，看他是不是武林高手。”

“他半点武功没有，谁看不出来？”

“所以说强人还要驾到，你不赶紧调养，岂不要误了这个良机？”

“好了，我听你的，可强人一到，立马叫我，胆敢瞒我，有你的好看！”

谢天谢地，总算把二爷劝哄住了。但究竟是什么人跟踪了丁侦探，包武师仍有疑问。他想，会不会是孙老总派人尾随监视呢？孙老总最怕丁侦探是商界暗探。但如果强人仍无影踪，他是不是还得演一出戏？擂台是肯定设不成了。包武师还曾经设想，可不可以密嘱他的徒弟八大锤，假扮强人同二爷交一回手，先败一败二爷火气，也聊慰二爷斗志。只是八大锤太沉不住气，万一失手或是失声一笑，后果都不堪设想。而且，八大锤轻巧不佳，飞檐走壁令人不放心，万一失足跌落下房，也不好收拾。

但愿真是强人露面了。

3

如果本案系外盗性质，那么也有两种可能性，又是平庸的两种可能性。一种是作案的强人或某一未知的势力，与康府，包括天成元票庄，又包括它驻各地的分号，全都毫不相干。案犯行窃的目的，无非是为了钱财，被盗去的那两块石头，当然也应该认为很值钱。

但据大少说，康府值钱的东西多呢。比如，各房女眷屋里即随处可见很值钱的玉戒钻戒，有的扔在荆条笸箩里，几枚十几枚。那都是历年生意上大账结算后，循例赏给女人们的。既为了钱财，为什么不去大把偷这些东西，却偏偏去门禁最森严的老院，偷老太爷最心爱的石头？这显然不可思议。

如果是某种势力为了某种目的，比如专门为了追逐这两方稀世古印，派高手专来盗宝，那么又是怎么得知这件宝物藏在老太爷手中？因为即便在康府也一直几乎无人知晓这个秘密。假设是从端方那里探知了这件宝物的踪迹，那又怎么能知道恰恰在那一夜，老太爷取出来把玩，又把玩了很久，又在睡前置于床头小几上了？既是稀世珍宝，想必老太爷绝不会常常这样随处丢置吧，那一夜一定是偶尔疏忽，才没有密藏吧。偶一失手，就给盗走，没有内线怕不会发生。

假设真有内线，那么自端方送还这套石印至发案，已有数年之久，在这数年中就只那一夜有下手机会吗？这个机会，又偏偏是清廷退位民国改元之交，康家百年票号生意受到牵动，老太爷又九十高寿，选此时机，会不会还别有用意？

看来，完全与康府无关的外盗案，显然难以成立。那么，可能是与康家有关的外盗案吗？大少一再说，康家并无世仇宿敌。那就可能是票庄老总老帮共同策划了本案，借此向财东特别是老太爷施加压力，以达到某种未知的目的。这几个月来，他们不断提供些似是而非的线索，又寄回一堆假石头，甚至包括上海那位盂老帮，给东家请来他这样一位二流侦探。盂老帮说，他们不是请不起大侦探，而是为了保密，尽量不引人注目。大侦探连保密隐身都不会，还算大侦探吗？很可能是有意如此。现场作案的盗手，或许真是梁老帮暗请的京师高手。这便可以解释，梁老帮为什么会有做贼心虚似的神态，熟知本地武界内情的包武师为什么又那么肯定是京师的盗手作案。

丁侦探感到这种可能性相当大。因为他把自己都列入证人之中了。难道他自己还会作伪证吗？如果他是一流的大侦探，绝不会屈尊降格为二流侦探。当然，如能巧破本案，名震南北，说不定真能升格为一流大侦探的。不过，如果他真能把天成元老总老帮都定成案犯，那也就等于摧毁了这家大号及其财东康家，他们会接受这样一个案底吗？如果不接受，不用说替他扬名，恐怕那一笔可观的礼金也要泡汤了。还有别的可能性吗？

对于康府这样禁卫森严的大宅院，任何一种外盗入侵，恐怕都得有内线。内线就差不多等于是家贼了。外盗与家贼联手，这是不是第三种可能？

那么，谁可能是内线或者家贼？

最有条件做本案的内线者，当然是老太爷身侧的那两个人了，即年轻的老夫人和那位神秘的老亭。丁侦探至今还没有见过这两位一面。对于那位老夫人，他一直无法确认她会有作案动机，当然也无法否认她不会有作案动机。假如真有作案动机，那么她做内线又是通过谁与外盗取得联系？那天夜里，当老太爷取出那两块石头把玩或者悟禅时，她就应当把消息及时传递出去，盗手又必须神速潜来，严阵以待。等到发现老太爷终于把玩累了，又终于失手将石头丢置在床头小几上了，她可以轻无声息将房门门闩打开，但也必须给潜伏在外的盗手，发去一个暗号吧。那夜刮着很大的风，她发出的暗号也就必须相当醒目，或者是不低的声响。他们都说，老亭具有惊人的警觉，连蚊虫飞过都能截获，那么她发出的这种暗号，怎么可能不被老亭发现呢？

那么，会不会是老亭被她收买，做了她的消息传递者？但像老亭这种一生被留在老太爷身侧的老仆，忠诚当然是第一前提。在老太爷和这位年轻的老夫人之间，老亭恐怕只会更忠于老太爷。即便他真有忤逆之举，圣明的老太爷早应当发现了。

这样看来，本案又似乎是单纯的内盗案，即并不存在什么强人盗手，只不过是这位老夫人私匿了那两块石头。门闩被拨开，房门留下缝隙，这不过是她精心制造的外盗案假象而已。只是，圣明的老太爷和老练的老亭，事前居然对她没有一点觉察？当夜从她拿走石头到制造假象中间的一系列动作，老太爷居然也毫无觉察？九十老翁了，睡得会那么沉重？据大少说，老太爷在案发前，就已常常梦见有人来偷他的石头，这是不是老太爷对她已有怀疑了，因为她是己妇，不好妄加之罪吗？作案后，她又异常精明，不断代老太爷行言，诱惑大家去抓外盗。如果她能再精明些，可能会在门闩上稍留一点利器的痕迹吧，可惜她是女流，不可能考虑得如此周全。

然而，这样的案情，这样的案底，似乎也太简单了，连那位六娘仿佛也早有这种推测了，哪里还像一流侦探办的案例？这不应当是最后一种可能性，也就是最接近案情真相的一种可能性吧？

这种可能性之中，其实仍然也存在不少疑问。这位年轻的老夫人，既然是最明显而又最值得怀疑的人，那么大少为什么又要极力阻拦他去见这个当事人呢？如果大少经过几个月的侦破，也发现老夫人嫌疑最大，只是鉴于她身居祖母高位，不便定罪，才请来他这个远来的侦探，那就应当极力叫他接近这位嫌疑才对，怎么反而将她隐藏于禁地呢？不会是为了掩盖这件家丑，而设了陷阱，诱他这个傻侦探来做替罪羊吧？大少会不会参与了老夫人的什么阴谋，或者老夫人参与了大少的什么阴谋？这应该又是一种可能性。他们联手对付老太爷，会出于什么动机，这就更难以卜测了。

还有那位郁郁不得志的年轻六爷，他在本案中又扮演什么角色？从六娘那回给他做出的别有意味的暗示看，六爷六娘不会与本案毫不相涉。

当然还可以假设，老夫人并没有什么不规之举，而是发现了本案的重大隐秘，比如是大少策划了这件盗案，或者干脆就是大少顺手牵羊，袖走了老太爷的那两块石头。他疑心老夫人可能对他有所觉察，所以找出各种借口，极力阻止大家去见老夫人，当然更不能让他去见了。所谓门闩被拨开，所谓老太爷将石头丢置于小几上，这也主要是出自大少之口的转述，老夫人对案事到底会怎么陈述，可能还是一谜。那天，那位九姑娘突然闯来，会不会是受老夫人之托，来暗送什么消息？因为见刘守义不在，以为他听不懂她的话，就疯言疯语起来了？她说她爹没有疯，是不是在暗示她自己没有疯？

似乎还可以假设许多种可能性，但他实在无法确认哪一种可能性，最接近本案的真相。因为他不知道本案的真相。但如果已经知道了本案的真相，还有必要来假设这么多的可能性吗？不过，他据以做出假设和推测的材料，几乎都不是确凿无疑的事实。本案禁忌重重，康府所有的人又对他戒备重重。因此，每一个人向他提供的情况，做出的陈述，都可能是虚言和伪证，甚至他们在你面前的表现，都可能带着某种伪装。因此，他所做出的那一切假设和推测，很可能都毫无意义。

丁侦探终于再次发现，他仍然停留在最初的起点上。至今他唯一能确认无疑的，只不过是：今年春天某日，老太爷屋里丢了两块石头。到底是不是在三月初四夜里丢的，那夜有风无风，那两块石头到底值不值钱，都还是疑问。这简直是越侦破，越向后倒退了，他居然还想提前去做聪明的冲撞！但他现在即使不想进入重点侦破，留给他的也只有一个唯一可信的调查对象，这就是那位神秘的老太爷。老太爷丢了石头，这是目前唯一确定无疑的事实，因此也只有老太爷不可能给他提供伪证。他必须见到老太爷！

丁侦探终于意识到了，设法冲入或潜入老院禁地，见到本案的第一当事人康老太爷，才是侦破本案最关键的一步。

4

当时太阳刚刚照到窗纸上，还是金黄颜色，他起来得还不算迟。昨夜思理万机，又忧又急，一直难以入眠，幸好醒来得还不算怎么太迟。

当时他想到的，就是无论如何也要召集一次议事会，各位谁也不能缺席。他想，他可以亲自进城去请孙老总，好几次了，孙老总总是托辞生意紧急，不肯来出席。你亲自去恭请，他还会推托吗？你可以说，生意上即便有塌天之危，也有我顶着，我是财东，你是领东，天塌下来有我顶着还不行吗？当时他对这个想法感到很兴奋，本来决定当天就加以实行，甚至想赶紧洗漱更衣毕，就令老夏去套车。

但他刚刚下地，少夫人就说，今天就在家中吃早饭吧，不用去老伙的膳房吃了，大灶茶饭太油腻，你就在家中吃口清利的好不好？

他说他不去膳房吃饭，就更没有人去吃饭了。这是当时真实的担忧。因为自从他试图重振家风，要求各门男主一律重回府中大膳房，享用讲究的膳食以来，成效一直很理想。男主们虽较以前来膳房用饭的次数多了，但仍然有些三天打鱼两天晒网的样子，挑拣着吃几顿，又使出各种借口，躲回各房重吃女眷的清茶淡饭去了。有福不来同享，更不顾全康家的大家气象，这使大少很伤感。他自己当然不能带头坏此规矩了。不过，当时他也的确有些动摇，很想吃几口夫人小灶上的清淡饭食。

所以，当少夫人说，你在家吃一顿早饭，大灶就能散了伙？他就更动心了。他终于答应了，说，那就快些张罗吧，吃完饭，他还得进城，有要紧事。

夫人好像接着就说，哪有那么多要紧事，怎么要紧事都压到了你一人身上，像你这么当家有什么好，怪不得一个个都不想当家，习易练武行医考功名，携了美人游天下，都寻见了轻闲，修行养身积德扬名图快活，就你们这一门只知道寻罪受，幸亏我还没有为你们这一门生养接替你们受罪的小祖宗，你说什么能比给你们这一门生养小祖宗要紧，你说夜里不吉利就改在白天，白天又说后晌也不吉利阳气开始衰沉了，即便有了喜将来也不会聪明不会富贵，那就改在前晌好了，前晌阳气最盛，现在阳气就正盛你看今日大早太阳多好，照在窗户上一片金光，小祖宗一定会有锦绣前程，你说什么能比小祖宗的锦绣前程重要？

她可能不是一口气就说到了锦绣前程，从吃早饭一口气就说到锦绣前程，这得有多好的口才，不过她的口才也够令人害怕的，没有那么好的口才，他怎么会常常上当？

中间她好像还说到了给老太爷祝寿。她说早该张罗老太爷的九十寿事了,已经没有多少日子了,都说九十大寿是鲐背之寿,不是家家都能逢上,老太爷一生仁义一生富贵才享了这种高寿,你还不赶紧操办,该采买什么及早告给各地字号,该请的能请的都得请到,不是一般的排场热闹,写几天戏唱图一个喜气洋洋,冲一冲你们康家今年的愁闷,老太爷高兴了病就好了,要是我们又有了喜,喜上加喜,老太爷就更高兴了,你看太阳多好一片金光一片吉祥一片锦绣,你看屋里也不冷吧,已经叫柳嫂烧温了暖阁你没有觉出温暖来吗,不知你还在操什么心。

她的口才真是好得叫人害怕,从祝寿一口气说到屋里温暖,他真应该向她请教破案的高见,破不了案,怎么给老太爷祝寿?族中女辈都在叫喊赶紧张罗寿事,可各位爷们却一直拿不出破案的高见。他当时仿佛真的向她请教破案高见了,因为他将"破不了案怎么祝寿"这句话失口说出来了。

她好像说案子好破你用不着发愁赶紧张罗祝寿吧,那口气颇似老太爷那种大将风度,仿佛案底就在她的手中。她又说先得喜上加喜,你看太阳多好,一片金光一片吉祥。

于是你就又上了她的当了?当时他可能还迷迷瞪瞪未从夜梦中完全清醒过来,以为那一片金光一片锦绣满屋温暖还有什么大将风度,都仍是梦境。她说她要亲手给他做这顿早饭,等完了事之后。

她说她决定把柳嫂那双天足给他填房,柳嫂人也不难看吧,但只填那一双天足,因为不能违犯你们康家祖规,不是给你收房纳小是只纳一双天足,你不是提倡天足吗?

这更像是梦话,但那份足智多谋那份奇想,又很像是她说的话。他说他喜欢维新反对缠足更反对纳妾娶小。她说她是给他纳大不是纳小,柳嫂年轻时也是美人,可惜脚大又不会生养,但她还是我的人不许你动她。

可能就又被她这番梦话奇想,还有那大将风度给蒙骗了,他又上了当。

他只确切记得当时太阳金黄灿烂,此外都迷迷蒙蒙,似梦非梦,也不记得事后是不是她亲手做了早饭,又吃的是什么,是不是清淡入口。他急急忙忙跑出来了,但已经没有兴致亲自进城去恭请孙老总大驾了。他还是打发下人去请了,嘱务乞其拨冗光临。

但他知道不可能会有什么好结果,房事之后多半不会有好事。她这么足智多谋,又不断吃着广升远的定坤丹,却仍然一直有不了喜,是命里注定了,还是因为流年不利?去年清廷轰然倒塌,今年老太爷屋里又出了这样一桩疑案。老太爷的原配,他们的第一位祖母,就没有生养,听说她死的时候还年轻,得的什么病,他没有听人说过。其后的四位祖母,先后生了六子,但仍然都没能服住老太爷那非凡的天命,她们接班似的相继故去,似乎都把自己的天年转呈给老太爷了,以阴补阳,长命百岁。他从来也不敢奢望自己也会有非凡的天命,但她也太足智多谋了。她越足智多谋,他越会上当。他一上当,就不会有好事,哪里还会有喜?但有不了喜,她又会越来越足智多谋。这简直是一个死结,就像老太爷屋里出的这件疑案一样难以解开。只有当时的太阳的确金黄灿烂,那是杲杲秋阳。如果真能因此得喜,他就给他起名为杲。

进城的下人回来说,孙老总仍然抽不开身,说是一切都请大少做主。难道原来就不是由他做主哪,我是财东,你是领东,我这是使唤你,你以为是请你来做主?当然这也是他意料之中的结果,幸亏下人还给他带回一封兰州分号的来信。拆开过目,是兰号老帮禀告查访到两块石头,酷似东家所求的那两块石头,并已遵少东命请方家细加鉴别,确系灯光冻石,篆刻也同印样无误,只是不敢贸然购回,请东台定夺。既然石印两真,怎么不随信寄来印拓,兰州远在天边,这里怎么能知道是真是假?

大少当下就给兰号老帮复了信,令其速将印拓寄来,要请方家精心拓印,但不可露出定购之意,最后还写了句蒙你们操心,辛苦了。这是老太爷作风。

不过,大少还是受到了一点鼓舞,也许这回是真查访到了那两块石头。因为以前那些老帮,不是贸然购回石头,就是来信说印迹如何逼真,似乎还没有人先说石头是真冻石。有真石,才可能有真篆,这是很简单的道理吧。看来,这是一个好兆。看来秋阳杲杲,金黄灿烂,真有吉祥之兆。她说案子好破你安心张罗祝寿吧,她真有先见之明吗?如果真追回了石头,那当然就能给老太爷祝寿了,至于石头究竟是怎么被盗出去的,可以从容追查。只是,石头怎么会跑到兰州,兰州并非古玩荟萃之地,也许专门到这种偏远地方销赃吗?

大少决定暂隐此事,等到证明确系失物,再叫大家吃一惊好了。当初经六人议定,二爷和包武师管缉贼,他和孙老总管追赃,如果赃物真能先于盗贼被追出,当然也要功归于大家,大家都辛苦了,大家都有份,其中也应该包括他那足智多谋的女人。如果真是好兆,她会不会有喜呢?

这天午后,大少在大膳房吃了晚饭,又睡了一小觉,一直平平静静。

5

丁侦探开始对老院禁地进行第一次潜入尝试时,是相当慎重的。

当初他设想的夜中潜行方案,经反复考虑,感到很难实行。入夜后不久,人们刚刚入睡,护院武师家丁还未进入十分警戒状态,这个时机还选择得可以。越过客房院的漏花院墙,这也不难做到。穿一身玄色便装一双软底便鞋,贴了墙下阴影隐身潜行,他也能够做到。困难在于老院的那三道门禁,不好突破。他曾考虑乔装成一个守夜家丁,由房上的巡夜通道跳入老院,可惜那个高度不同寻常,他没有飞檐走壁的功夫,他只是一位英式侦探。而且弄一身守夜家丁的号衣,也不是那么容易。这种差事只能交给刘守义去办,但刘守义太胆小了,他自己又不能直接使用北地官话来收买家丁。他这半生不熟的北地话,只有在见到老太爷或者老夫人那种关键时刻,才值得最后使出。

问题在于怎么才能见到这两位关键的当事人。丁侦探想来想去,认为突破老院三道门禁的关键,可能仍然在于时机。为什么要选择门禁严闭的时机,而不选择门禁尚未关闭的时候?这句话虽然近似废话,但它却在丁侦探眼前闪出一片辉煌，对了，你应该选择在入夜前夕，门禁即将关闭而又尚未关闭的那一刻行动！现在正是秋深昼短的时节，康府关闭各处门禁一般都在夜色朦胧，华灯初上之后。这时候既便于隐身，禁卫家丁又没有进入警惕状态，真是极佳的时机，很可能也是唯一可以利用的时机，你早应该想到这个时机了。老练的盗贼似乎也应该想到这个时机吧？如果本案真有外盗参与，盗手可能就是利用这个可乘之机，提前潜入现场，埋伏到午夜作案。康府虽然加强了戒备，但重点显然在午夜，因此这个时机他仍然可以利用。

在这个时机潜入老院，一切就变得容易多了。不需要越墙，不需要乔装，更不需要飞檐走壁的功夫，英式侦探本来即以机智取胜，不是靠侠客式的勇武。在这个时候见到老太爷，他大概也不至于怎么惊慌，不必太费口舌即可说明自己的身份以及来意。极佳的时机。

丁侦探在决定行动的当天中午，不动声色地放了刘守义的假。只对他说，你快回家见太太去吧，路上还是不敢奔跑，你想跑也请小心些，现在就可以往回跑了，明天天亮前回来，不敢忘了。

放走刘守义，丁侦探即闭门用功，再次仔细考虑晚间行动的每一个细节，特别是如果发生意外，怎么应付，怎么脱身，当然他不希望发生意外，导致这次行动失败。大少不会有什么事来打扰他吧？他提前放走刘守义，主要就是为了防备这种意外，刘守义不在了，他等于一个聋哑人，谁也不会久缠于他。那位九姑娘，更不可能再次突然来访吧，她不可能专门趁刘守义不在时才来见他，除非是来同他幽会。

刘守义又打听到有关这位九姑娘的一些背景材料，主要是一个桃色故事。他听说九姑娘曾经看中本府一位车夫，先是不断借故乘坐这名车夫的轿车外出游玩戏耍，后来竟于夜半到车棚马厩幽会，终于被发觉，那个车夫被康家撵走了，九姑娘从此就半疯不傻了。

他问刘守义，那位车夫一定年轻英俊，对不对？

刘守义说，他没有打听车夫的长相。

你跟了我这么长时间，就什么都没有学会？

刘守义这样粗心，丁侦探感到很失望。据他对康府车夫的观察，可以推断出那位与九姑娘幽会的车夫，一定年轻英俊，因为所有车夫都够年轻英俊。康府车夫的号衣又很讲究，更将年轻英俊的车夫装扮得精干利落，英姿勃发。再借了康府车马的富贵气，车夫们当然就一个个都帅气迷人得很。不止车夫，康府的年轻男仆都够清俊精干。他早产生过一种疑问，康家对男主人防范那么苛严，不许纳妾不许雇用年轻女仆，但却挑选了这么多年轻清俊的男仆满府当差，就不怕女主人受到诱惑？这位美色的九姑娘终于验证了他的疑问。不过，这是谁都能发现的逻辑错误，你们既要防范男女不规，当然得从男女两面防范，怎么能只防男不防女？既然顾此失彼，当然势必会出问题，这也是很简单的推理。同样简单的道理，九姑娘看中的那位车夫，绝不可能与你相貌近似，难道她会专门挑中一个其貌不扬的车夫？那可真是半疯不傻了。像你这种长相，只适于做侦探，当跟班车夫出入于社交场合，一定会给主人丢脸的。脸面与贞洁，可能都同样重要。

他还问过刘守义，那位被撵走的车夫，现在何处？

刘守义说，他也没有调查车夫的下落。

你什么都不调查，只知道想太太，对不对？

当时他曾考虑，是否值得把这位车夫收进本案的嫌疑之列。这个被斩情又被解雇的年轻人，会不会暗中与九姑娘合谋了这件盗案，以发泄忧怨？只是又考虑到这位车夫在康府是熟面孔，臭名声，白天作案恐怕太引人注目，夜间作案又未必有飞檐走壁的功夫，所以暂时排除了疑问。现在发现了这个极佳的作案时机，丁侦探就忽然又觉得，似乎不该解除对其的嫌疑。他和九姑娘对康府是何等熟悉，他们一定也会发现这个极佳的作案时机，说不定他还保留有康府的号衣，趁华灯初上时的朦胧夜色，潜入老院伺机作案，应当十分容易。九姑娘那天来见他，装成半疯不傻的样子，可能是想做什么试探吧？康府说他半疯不傻，谁又能证明她是真疯还是假疯？

多了一个嫌疑，远不能影响潜入老院的必要性吧。你得专心致志，从容机敏，尽量使这次行动能更漂亮一些，更像大侦探的手笔。

康府终年都是一日两餐制。男主人都在府中大膳房用饭，饭前又鸣钟为号。据夏管家说，京中王府也是这种气象。这就是钟鸣鼎食的气象吗？但如果夜间护院，也有发现异常，击钟示警的规矩，那可就麻烦了，好像无此陈规，可能这不合王府气象。当天康府敲响晚膳钟声之后，丁侦探有意迟迟不去膳房客席就餐，有仆佣来请，他亦比比画画，示意随即便到，但仍迟迟不动。他怕在用膳中间，被谁纠缠，或者发生什么意外。

一直延迟到估计已无主人在用餐时候，他才匆匆赶到膳房，又草草进食毕，比画着示意肚腹不适，匆匆离去了。

归来仍担心有人来打扰，又后悔刚才不该示意腹中不适，如果给大少得知，前来探问，必然又要追究刘守义行踪，说不定会引出什么麻烦。因为康府晚饭在午后三时左右开，距天黑还有不短的一段时间。所幸终于没有任何人前来打扰他，九姑娘当然也没有来幽会。

太阳也终于西落了，夜幕在慢慢落下。有仆佣来为他点亮美孚灯。他做出伏案冥思状，仆佣很快退下去了。

丁侦探正要抓紧时机更换玄色便装，忽然又改变了主意。因为他及时意识到了，换装后会更像盗贼，恐怕不好取得老太爷的信任，仍穿了这身西式服装，倒可能更容易使老太爷相信他是上海侦探。同时，在到达老院之前，万一出现意外，也俨于借故脱身。所以，他只换了一双软底便鞋。

时机已到，不能稍迟，他深深吸了一口气，忘记了在胸前画十字请主保佑，就开始行动了。这可能是一个失误，他当时完全没有意识到。

走出客房院很顺利。他尽量显得从容，又尽量行动快捷，这是侦探的普通功夫。

出了客房院是比较背静的甬道，空无人影，他放心加快了脚步。举目四望，果然是夜色朦胧，一片寂静，几处刚刚亮起的灯光，依稀可见，但不分明，又没有月光。当此秋深昼短时节，康府主仆显然还没有十分意识到，此刻昼夜已在交接。当然，也可能因为盗案旷日持久侦破不了，护院禁卫已经有所倦怠了。总之，他事先的估计是正确的，走完眼前这条甬道，没有发生任何问题。

远望高处眺楼，还没有发现亮出灯光，也没有发现房宇之上有巡走的家丁。

甬道接着一条夹道，顺利通过。出夹道，是比较宽阔的巷道，两边有主人庭院。庭院的门楼，已点起灯笼。灯光下，能看清院门没有关闭，正如他所预料。这时如果遇到康家哪位主人，就说他在散步，遛腿，同时做出悠然状，这也是早已设计好的。只是仍然没有遭遇上什么人，他甚至能够透过门洞，从容朝两处庭院中张望，院中有依稀的灯光，没有看到人。

当时他以为真是顺利极了。

走出这条巷道，又拐上了曲折的甬道，两面比较开阔，又没有树篱树株。他极力装出悠然自在的样子，但心里已经开始有几分紧张，因为谁也没有碰上，什么意外也没有发生，一直极其顺利，叫人有些不敢相信似的。可这条甬道还是相当顺利地通过了。

接着又是巷道，又有主人庭院，上下台阶，左拐右弯，老院已经越来越接近了。但他依然不曾遇到任何人，顺利的令人吃惊，以至使他怀疑大少包武师早已觉察到他的企图了，正将计就计，设了什么新圈套。但老院已经在望，再走完这条不长的巷道，就是老院大门了。他已能清楚地望见，老院门楼挑檐下悬挂着的灯笼，正在微风中轻轻晃动，整条巷道更静无声息，显得比白日越发神秘而又冷寂。

他虽然有些紧张，但还是轻捷地走完了这条巷道。依然很顺利。老院的第一道大门，为他敞开着！

丁侦探丝毫没有犹豫，夺步跨入老院门楼，冲过了第一道门禁。

根据那次大少带他来察看现场时所留下的印象，这里的第一进院，好像只有仆佣之类的人住着，或者还有接待一般客人的厅室之类。这时有一两处房屋亮着灯光，还能听到屋内有说话声，但院内无人。

丁侦探放轻脚步，直奔第二道门，然而这道门已经向他关闭了。他急忙登上台阶，朝紧闭着的那道门推了推，先是轻推，后来加了力，仍然没能推开。他迅速退下台阶，仰脸观望了一下，朦胧中只见高墙无情地笔立着，实在没有逾越的可能。在这二门右侧，高墙中部似乎有一帧凸出的砖雕饰图，但那也难以做攀援而上的支撑。

是迅速撤退，还是继续寻找破门而入之策？丁侦探当机立断，选择了撤退，虽然这令他感到沮丧。

撤出老院大门，又撤出那条冷寂的巷道，丁侦探松了一口气，同时也放慢了脚步。他完全没有估计到，第二道门原来要提前关闭。它比大门提前多少时间关闭？或者他今天的行动，在把握时机上是不是迟了一步？但行动一路如此顺利，未遭遇任何麻烦，再提早一步，还会不会这样顺利？不过有一点似乎可以确认，大少他们并没有发现他的企图，因为如果他们发现了，又故意一路放行，那么在老院早应该把他抓获了。

谁！

听到这声低喝，丁侦探不由两腿颤抖了几下，因为这声低喝似洪钟低鸣，太不同寻常了。当时他脱口用吴语回答了一声。事后回想，这是完全正确的。

他很快认出了是护院武师八大锤，他们相距已经很近了。

八大锤说，是丁先生哪，你闷头在寻思什么，这么晚了，你到哪去？

他忙说他在散步，就是遛腿，又比画着示意。

八大锤显然不知所云，问他独自一人做什么去，刘守义怎么没有跟着伺候。

他肆意哇啦，又指了指与老院方向相反的一条巷道，想示意从那里来。

八大锤说，你是去见夏管家了，不叫刘守义跟着，老夏能听懂你说话？

他仍然肆意哇啦，甚至说了几句英国话。

八大锤终于骂了声什么，说狗屁也听不懂，就丢了他，朝老院方向去了。

真够危险的,再迟一步,就给这位八大锤堵在老院里了。当然你可以按预先设想的托辞,说散步迷路了。但八大锤什么也听不明白,对这一点事先似乎没有考虑到,更没有预料到会遭遇上这位八大锤,他只要给你一锤,可能就足够了。幸亏没有迟了这一步,幸亏当时你又正在低头思索,不可能显出鬼鬼祟祟形状,一切都仿佛是事先设计好了似的。遗憾的是,第二道门禁已经关闭,可能还是迟了最关键的一步。当然后来他才知道,这时老院的这第二道门,其实还并没有关闭上闩,只是那两扇厚木门板太沉重了,须发大力才能推开,他当时用力不够。当时你是不是太紧张了?你并不是盗贼,为什么要那么紧张?

6

直到第二天上午,八大锤才把夜遇丁侦探的事告诉了包武师。

包武师立刻责问他,为什么不早说。

"我一句也没有听懂,给你说什么?"

"听不懂才更应该疑心,这个道理你也不懂?"

"他闷头走路,几乎撞倒我,不像是做贼的样子。只发现他不经冻,刚刚秋凉,他就给冻得发抖,南蛮真不经冻。这样不经冻怎么能做贼?"

"他诡诈得很,说不定故意装成那种稀松模样来蒙骗你。"

"你们知道他是贼,怎么还请来恭敬着?"

"我们要是知道他是贼,早把他捉拿起来了,还用得着叫你们提防吗?"

"既然不能肯定他是贼,为什么又叫我们提防,嫌我们轻闲是不是?"

"你怎么还不明白,南蛮子都诡诈得很!"

"你们知道南蛮子诡诈,为什么还要请来叫他破案?"

"他是我请来的吗?他是大少请来捉贼的。"

"雇贼捉贼,以毒攻毒,对不对?要是这样,我就明白了。"

“谁说他是贼了？只是叫你们多加提防，他诡诈得很。”

“我们也得诡诈些，对不对？兵不厌诈，以毒攻毒。”

“拉倒吧，你能学会诡诈？昨晚你只遇见他独自一人，没有看错吧？”

“刘守义要是跟着，我还能听不懂他说什么吗？”

包武师又细问了当时的详情，临了再次叮嘱，一定要对这位南蛮严加提防。

八大锤说：“再遇见丁侦探，要不要再给他练一手，就像师父上回那样？”

包武师说：“你万一失手，还不要了他的命？千万不能鲁莽，再说你也不能打草惊蛇，明白吧？’

“师父你那回把他扔到假山上，是不是已经打草惊蛇了？”

“你少放屁。”

根据八大锤提供的情况，包武师立即去见了夏管家。

老夏说，昨晚丁侦探并没有来过，他有什么吩咐，应该打发刘守义来，他独自一人来，岂不要多费笔墨？不知出了什么事了？

包武师一直嫌老夏对丁侦探有些巴结，就没有多说什么，只说什么事也没有，随便问问。

老夏却反问他，平白无故，问这做什么。

包武师一时兴起，就编了几句谎话来挖苦老夏，他说：“丁侦探这位南蛮子太不经冻，这才刚刚秋凉了，他就给冻得直发抖。我说你怎么不去找我们大管家老夏，他那里有的是衣裳！刘守义说，丁先生穿的这种西式衣裳，康府除了大少有，只怕再不好找到现成的了。我说你们也太小看我们康府大管家了，除了皇上的龙袍，他那里什么衣裳没有？东洋西洋衣裳全有！”

老夏很不悦地说，他那里只有下人们穿的号衣。

“你手里有什么衣裳，我还不知道吗？”

包武师神秘地一笑，丢下老夏，去见大少了。

大少对八大锤夜遇丁侦探的新动向，感到有几分吃惊，因此十分详细地询问了当时的情形。

“包师父，你看他可能有什么企图？”

“他诡诈得很，他肯定是想刺探什么。比如，寻找东家的银窖，或者窥探我们的防备，什么可能都有。他说他在城里给盯住了，可镖行说并没有派人盯他，那么是谁盯他了？”

“我看就是镖行的探子，他们知道了是我请来的客人，当然不好承认了。你说他是在寻找我家的银窖，可银窖不在老院附近哪？”

“我只是猜疑，但他诡诈得很。”

“他窥探我们的防备，又是为了什么？”

“他一定有他的企图。”

“你们对他多加提防就是了，但也不必草木皆兵，你们辛苦了。”

大少听了包武师的禀报，开始的确有些吃惊，因为他立刻就想到了自己的房事。难道又要应验了？白天刚刚以为有了好兆，夜晚居然还是出了事，金黄的太阳也仍然无济于事呀？仔细听了事情经过，不能肯定是好事，但也同样不能肯定是坏事。丁侦探即使真是江南商界密探，大概也不去寻找他家的银窖吧，难道他也兼做盗贼不成？再说，银窖绝不会像菜窖似的，能被人一眼发现，丁侦探既然诡诈，他就不会不懂这个道理。至于家宅之内的防备，丁侦探早应该一清二楚了，还想窥探什么？他或许真是遛腿遛迷了路，并没有发生什么不吉利的事。

因此，大少忍不住又去见了丁侦探。

丁侦探说，昨晚他的确在贵府庭院散过步，散步就是遛腿，明白吧？近日苦思破案之策，脑筋劳累得发胀了，几近要爆炸，爆炸是甚么意思，你明白吧？所以在晚间就出去散步了，当然散步是为了散心。谁料遛着遛着不知不觉又苦思起案事来，后来竟分辨不清是遛到哪里去了，真有些迷了路。贵府这种寿字形布局简直像九曲十八阵，已经来了这么长时间了，居然还能走迷了路。

大少说："你是夜晚散步，又苦思冥想，走迷了路，不能埋怨我家院大。"

"还是这寿字形布局不好认路。"

大少问刘守义，怎么不跟着伺候丁先生？

刘守义说，是丁先生不许跟着他。

"我不许他跟着，他成天像个尾巴似的跟着我，去散步还不能清静清静吗？我是个侦探，在贵府怎么可能走丢了，结果真迷了路。"

丁侦探快活地笑了起来。

丁侦探又说，贵府修建得九曲十八弯，怎么不修座花园？有座花园，最适于散步散心了。

大少说，本来是要修座花园的，只是当老太爷得见寿字天机后，就断然不许修造花园了。老太爷说，已经奢华太甚，子曰仁者寿，知者乐，我辈何仁之有，妄享何乐，不叫修花园了。

大少终于放了心，大体确认了昨晚并没有发生什么不祥之事。他问丁侦探，案事有什么眉目了吗？

丁侦探说，有了眉目，还会苦思冥想得走迷了路吗？

大少说，西洋式破案法也这么费功夫哪，听说不是奇巧得很吗？

"我们是靠智慧不是靠武功，所以脑筋劳累得很，贵府这件案子不同寻常，不费功夫破不了，奇巧不同于快捷，对不对？"

"丁先生你辛苦了。"

"我能不能再去察看一回现场？"

"请多包涵，祖母说近来老太爷越发暴躁，越发疑心大，越发喜怒无常了，只是茶饭稍有长进，觉仍睡得不沉稳。"

"大少爷你也辛苦了。"

7

四娘终于想出一个主意来了。她说:趁给老太爷办寿,叫大少把城里的裁缝请来,你们说,九十寿辰,能不给老太爷添置新衣吗? 制新衣,裁缝就得给老太爷量体定尺寸吧? 给老太爷量体,能不见老太爷吗? 她与裁缝惯熟得很!

“你惯熟又能怎样,能叫裁缝给你偷出证据来?”

“可以叫裁缝给老太爷传话呀,当年你们四爷主理家政时候,年年请裁缝,你们四爷厚道慈善,他们忘不了他,会听我的吩咐。”

“你能叫裁缝传什么话,让他去对老太爷说,是老太太偷走了你的石头? 老太太不把他打出来才怪!”

“叫他传话给老太爷说,你老人家怎么也不出来走动走动,外头菊花都开了,今年贯家堡的菊花价钱依然够贵,可还是卖得够快。还可以说说,城里谁谁谁也铰了辫子了,各家字号也都悬挂起新五色国旗了,商界财主们一直在念叨你老人家,都盼着老太爷能进城走动走动,老太爷是商界第一老寿星,大家都想沾你老人家的吉利呢。这种可说的话,不难找吧?”

“一个裁缝能把老太爷劝出来,你想得也太美。”

“裁缝嘴巧得很,老太爷当年就喜欢跟裁缝说话。”

六娘对四娘的这个主意,怎么说也不赞赏,她认为让裁缝替她们看看,老太爷是病了还是没病,是气糊涂了,还是精神依旧,倒还差不多。说能把老太爷劝出来,她觉得绝不可能。

三娘说:“请裁缝也真到时候了,她有空就向大少提提这件事,只是大少就要更劳累了,什么事都压在他一人身上,真叫人心疼。就怕老太爷不许给他添新衣,好几年了,一直不叫给他添置新衣。”

四娘说:“今年是他的九十寿辰,不比寻常。”

六娘说:“与其叫一个裁缝去传话,还不如我们去见老太爷,她凭什么不许我们去见老太爷? 去问声安也不准许,她凭什么? 你家大少也太绵善了，她说不许大家见老太爷，就真拦挡着不许大家去见！”

三娘说：“不是她不许大家见老太爷，更不是我们大少拦挡，是老太爷自己谁也不想见。我们大少怕气着老太爷，才劝大家不用去见老太爷。老太爷丢了心爱的石头，气正大呢，这么长时间了又寻不回石头来，心里更得熬煎，我们谁忍心再去惹他生气？”

四娘说：“我们谁想气老太爷？我们就是为了给他消愁解气，捉住贼，追回赃，老太爷还会生什么气？要说气老太爷，谁能比过她？老太爷成了这样，还不是她气的？”

六娘说：“谁知道是老太爷不想见我们，还是她怕我们见老太爷？今年自丢了石头至今，半年多了，就只在伏天允许我们去给老太爷问过一声安。除此之外，一直只能听她传出的话：今天老太爷不吃饭了，明天老太爷又不睡觉了，半年不吃不睡，谁能经得住，更不用说老太爷多大年纪了。”

四娘说：“好不容易准许我们去给老太爷请一回安，还专门挑了一个傍黑时候，又在院当中间，朦朦胧胧也没法点灯，我们刚问候了一声，就听见老太爷说，你们都回去吧。当时我都没有看清躺在躺椅上的是不是老太爷，甚至都没有听清是不是老太爷的话音，就叫退出来了。”

六娘说：“躺椅上躺的倒真是老太爷，我离得近，看清了，但没有看清她的脸色，只看见她站在躺椅跟前，在给老太爷扇扇子。她成心做了这种安排，怕我们看清她的脸色。”

三娘说：“那天是热，热得屋里坐不住，听我们大少说，那天老太爷心情好。”

六娘说：“半年多了，老太爷就只有那一天心情好？那天是伏天中最热的一天吧？”

四娘说：“那天黑天黑地的，我就不信你们能看清，你既然看不清她的脸面，怎么能看清老太爷的脸面？我听着就不像是老太爷的声音。”

六娘说：“是不是老太爷，我还能认不清？你说不像老太爷的声音，像谁的声音？”

四娘说：“反正我听着不像是老太爷的声音。”

三娘说：“你们又争辩起来没有完了，都争辩了一夏天一秋天了，不像老太爷，那躺在躺椅里的能是谁，你们说？”

六娘说：“那天你也去了，你说是真是假？”

三娘说：“那天我可没有顾上分真假，多时没有见老太爷了，当时就只顾又急又慌了，赶紧看了一眼问了一声，哪里能顾得上疑心，老太爷还能有真假吗？你们快不用争了。”

四娘说：“反正她听着不像老太爷的声音。”

三娘说：“快不用争了！她的语气变得严厉起来。”

六娘说：“那能不能再准许大家去见见老太爷？”

四娘也附和六娘的要求，说早该准许大家去给老太爷问声安了。

三娘答应下来，说有空就跟大少提提，还有请裁缝的事。

二娘也想出一个新主意来。她说，听看守祠堂的下人说，祠堂里供着的那盘石磨，见天黑夜它自家转半圈，不知是怎么了。

三娘说，哪会有这种事，是下人亲眼见了？

“下人说他开始也不相信，以为是谁动了磨盘，但谁敢动呢？除非是不懂事的孩童们，他说他不记得有小少爷们钻进祠堂来玩耍过。”

“平时也不准许他们进祠堂玩耍。”

“看守祠堂的下人怕你家大少知道了怪罪，就把磨盘转正了，打扫干净，锁了门，留心看守着。过了一夜，它仍旧又转了半圈。”

三娘说，是不是下人记差了磨盘摆放的原样？

“祠堂那盘磨的磨眼，应该对着朝北的一方，这还能记差吗？”

三娘问，那是谁转动它了？

“就是说呢。叫我看，这盘磨是我们康家祖爷在口外靠磨豆腐起家的圣物，被供了上百年了，有了灵性，自家转动，也不奇怪吧。”

“你说这是祖宗显灵了，对不对？”

“我看有些像。”

“出了这样的事,怎么也不先来禀告我们大少,我怎么没有听我们大少说过?有多长时间了?怎么能不禀告我们大少!”

“听守祠堂的下人说,开始时他疑心怕是夜里藏了歹人,就先禀告了你们二爷,你们二爷叫包武师派家丁守了几夜,什么动静也没有发现,但磨盘还是每夜转半圈,磨眼今天朝南,明天又朝北,不知祖爷们想说甚么意思。”

“那得赶紧禀告我们大少。”

“我看得赶紧禀告老太爷,恐怕只有老太爷能知道,磨眼今天朝南明天朝北是什么意思。”

“那就赶紧禀报老太爷吧。”

‘你说能不能把老太爷吓着?”

“吓不着吧?老太爷活了这么大年纪,什么都经见过了。”

“我进康家多少年了,可还没有经见过祖宗显灵的事,只听说早年有过。”

“你没经见过,我就更没经见过了。眼下老太爷因丢了石头,心慌意乱的,但这种事又不能不禀报他老人家。”

“我看,说不定是祖爷们暗示老太爷石头藏在何方。”

二娘终于忍不住笑了。三娘问她忽然笑什么,她还是笑。她问三娘:“我想出的这个主意怎么样?”

三娘才明白了,立刻沉下脸,极其严厉地说:“你怎么能编这种故事,祖宗祖爷能由你随便请出来吗?大不敬!你不怕报应?我们多大年纪了,还编这种故事,大不敬!”

“我真是做过这样一个梦,梦见祠堂祖宗显灵了,这不是我编的故事,我哪能编这么好的故事?说不定真是祖爷们托梦给我,你说现在除了祖爷们,谁能救出老太爷?”

三娘仍然严厉地说,对祖宗祖爷不能儿戏。

二娘受到三娘的严正指责，也觉得有些犯了大不敬罪，不过她还是坚持说真做了那样一个梦。

如果三娘说这个故事很好，能救老太爷，二娘就会把这个故事接着告诉大娘了。然后，通过大娘设法求大老爷占一卦，看看磨眼朝南又朝北是什么意思。由于受到了三娘的指责，她也就没有对大娘说出来。但忍耐了几天，还是忍不住了，就把这个故事告诉了四娘和六娘。她只说做了这样一个梦，没有说这是她想出来的一个主意。

四娘说，梦难成真。

六娘说，就对他们说真出了这种事，传到老太爷那里，他老人家必定要去祠堂敬香磕头。

二娘说，编这种故事，对祖爷是大不敬。

四娘也说，不能演戏似的把祖爷请出来，不恭敬。

六娘说，我们是为了救老太爷，全然出于一片孝心，不能说是大不敬。只是看守祠堂的下人，怕不好收买。

二娘说，吓着老太爷怎么办？

四娘说，不敢吓着老太爷。她还是认为老太爷的声音有些变了。

二娘说，她在伏天听见老太爷说话，有些像是祖爷的声音。

六娘说，你们又来了，你们谁听过老祖爷说话？快不用说这种不吉利的话了！

二娘说，她不该做这个梦。

四娘说，祖爷不是儿戏。

六娘说，她也不想把假梦当真了，还是张罗办寿吧。

二娘、四娘问六娘，没有再见过那位洋探吗？

六娘说，见是见过，都是远远见到，没有再面对面见过。

8

“你这次回家见太太归来，大有变化，发生了什么事？”

刘守义说，什么事也没有发生。

“你变得机灵多了。”

刘守义说：“我本来也不傻吧，我要傻能进了天成元票庄，能被派到沪号，能给选中来为你做通事？”

“我刚说你机灵，你就又瞪眼，你不要给我瞪眼好不好？那天大少责问你，为什么没有跟着伺候丁先生，当时你就没有瞪眼，表现得很机灵，我很满意，明白吧。”

刘守义记不得那天瞪眼没有，只记得当时仍旧有些不能集中精力，仍旧得费很大气力才能听清大少和丁侦探在说什么，有时听清了又在翻译当中给忘了，只好给他们胡诌一句，所幸一直还没有被发现。东家的案子这么难破，是不是因为他一直在给双方胡诌乱扯，常常发生翻译上的差错呢？当然，出了差错也有好处，案子久攻不下，他正可趁机在这里多停留些时候，多回几趟家。丁侦探常说，你跟了我这么长时间，什么都没有学会。看来他真应该学点破案术，以便调查清楚她为什么要践踏麦秸泥，或者她练的那是一种什么功夫。

这回他又问了她，堆那么多麦秸泥做什么用？

她还是说泥墙皮。

哪能用得了那么多？

你说预备得多了？

我来把那块墙皮给你补好，用不了多少泥。

不用你补，不能用你补，你回来不是为了补墙吧？

夜里她又问他，你回来不是为了补墙吧？

她说她已经梦见他回来了，梦见你回来是为了别的事，不是为了补墙。但梦里有那种事不好，你三番五次回来，到底是为了什么事？

他说不为别的事，回来见见你。

想见你就见吧，想走你就走吧。

后来她又说，你想有就有吧。

那夜真有了那种事，但他一直觉得她无声无息，就像在梦里一样。

他不是怕她装疯卖傻，是怕她真疯真傻，或是受了谁的欺负。但刘妈说，你家婆姨常年不出门，也没有谁来串门，就只有担水的那个后生天天送两担水来，一担吃喝，一担和泥，担水的后生是城里的一个傻子，每回倒下水，就把他撵走了。掌柜的你在天成元驻庄，谁敢来欺负我们？掌柜的你就放心走吧，你爹按时送来米面蔬菜，我们也出门买盐打醋，你放心走吧。

刘妈对他一直有几分惧怕似的，还仿佛是人鬼之间的那种惧怕。

他每次到家，几乎都在同一个时刻，太阳正好照到小巷尽头，而每次离开时，又同样都在第二天鸡叫前，走得慌慌张张。这是无可奈何的巧合，他绝不是鬼魂。

刘妈说她相信，掌柜的你就放心走吧。

他的女人却丝毫不怕他是鬼魂，这叫他更加害怕。她说，你是三月初四那天夜里出的事吧，那天夜里的风就是你刮来的吧，我知道是你刮来的风。他说他没有出事，是在替东家查一件案子，你亲耳听见三月初四夜里刮过风？她说是件人命案吧。他说不是人命案，是什么案子我不能说，你放心吧，我没有出事，我这不是回来了吗？她说她什么都知道什么都记得什么都不怕。他问她踩在泥里也不怕冷？她说不冷，晒了一天，泥里很暖和，她说那一夜的风有些阴森气。

鸡叫前奔跑在阴森森的旷野，刘守义才明白了女人所说的阴森是什么意思。她们怀疑他是鬼魂？他夜里私奔回来，本来就像鬼魂似的，丁侦探又叫他调查夜里阴森的风，这不是成心让他更像个鬼魂吗？她们如果怀疑他是鬼魂，一定要去总号打听他的生死。总号当然能证明他还活着，没有死。她们可能不会相信，他既然是人不是鬼，为什么每次回家总是太阳西下时来，第二天鸡叫前走？如果她们把这种怀疑对总号说了，他违犯号规，私奔回家的马脚，就露出来了。不知道她们去过总号没有？如果去过，她们就不应该再把他当鬼魂了，总号也早该训斥处罚他了。可能还没有去过。根据丁侦探那种破案术，他能推测出她们没有去过总号。那就得赶紧向她们证明，他是人不是鬼，还活着没有死，以防止她们去总号泄密。怎么来证明？已经跟她有了那种事，她仍然不相信他是活人，还能有什么更好的办法？恐怕得请教一下丁侦探，看他有什么高见，只是这种事有些不好启口。

他问丁侦探，下次回家，能不能恩准在上午时候。

“你回家不是为了同太太过夜吗？你想上午回家，那就请在下午返回，不许你在家过夜。”

刘守义说：“我回家不是为了过夜，是有家务要做，比如修补屋里的墙皮，明白吧，墙皮。”

“修补什么墙皮，你是为了同太太过夜！你太太又记起那夜的风了，她是怎么记起来的？”

“我每次回家都是夕阳西下时候，每次又总是第二天鸡叫前匆匆离去，像个夜游的鬼魂似的，没法给太太补墙皮。”

“谁说你像鬼魂似的？”

“太太也怀疑我是鬼魂，所以想请你恩准我上午回家。”

“你回来是什么时候？”

“每次都是鸡叫以前离开，像个鬼魂似的。”

“我是问你回到康府是什么时候？”

“进康府大门时候，鸡叫过了，天还不亮。”

“一路没有什么阻拦吗？”

“鬼魂似的，谁敢阻拦？”

“你不用说了，你跟了我这么长时间，就什么也没有学会？你不用多说了。”

“我正想请教丁先生呢。”

但丁侦探厉色斥责他，不用多说了。难道丁侦探也会怀疑他是鬼魂吗？

9

丁侦探本来计划把第二次潜入老院的时机，仍然定在傍晚华灯初上时候，只是要比第一次提前一步行动。因为这样可以充分利用第一次行动的经验和教训，成功的可能性可能会更大些。

但这一步究竟应该提前多少时间，仍然没有任何可供参照的依据。当然，这时他还不知道老院那道二门原来是虚掩着的。他只能从常识推测，认定那道门不可能终日关闭，因为里面住着的是活人。活人起码得吃饭喝水吧，那就会有人往里挑水送食物，有人进出挑水送食，就无法终日闭门不开。丁侦探早已发现，康府之内专司挑水的仆人不少。据大少说，本地一般水井都苦涩不堪饮食，祖上出资在村外掘得一口甜水深井，井远而族中人众，只得雇了许多挑水夫。早年只担甜水供饮食，渐渐洗涤乃至花房浇灌花木都全使甜水了，老太爷每有世风日下之叹。大少认为苦水洗涤衣物，衣物不鲜亮，浇灌花木，花木不繁茂，所以他主张多使甜水。老太爷虽珍惜甜水，但也得有挑水夫给他挑送甜水或者苦水。丁侦探曾设想过，是否可以假扮成挑水夫来潜入老院？经仔细推敲，认为难度太大。给老院担水的挑夫，估计是特别挑选出来的，不够忠主，往水中投了毒，那还了得？因此出入老院的挑夫，恐怕很难收买。

他只好假设那第二道门不是终日关闭，那天他只是迟了一步。根据第二道门比第一道大门提前关闭这个规矩来看，第三道门可能又会比第二道门提前关闭。那么老太爷的房门呢，会不会又提前一步关闭？这样依次提前，各提前多少时间，总共又是多少时间，这正是使丁侦探犯难之处。如果是一流侦探，如果要保证第二次潜入行动能有六成以上成功的把握，他应该精确计算出这个时间来。但如果能精确调查到这三个时差，那就差不多等于已经潜入老院禁地了。你连那位老夫人什么时候关闭老太爷的房门，都能精确地知道，那还会无法见到这两位当事人吗?

你就提前一步，提到昼与夜交接的最早时刻，大胆去做第二次潜入尝试好了。

当然，昼与夜交接的那个最早时刻，也不大好把握。但是这一次，丁侦探有了很理想的伪装。他感到这真像大少所常说的，是一种天意，谁能想到夏管家会雪中送炭似的给他送来潜行的伪装?夏管家说，丁先生可能经受不住我们本地的秋凉吧，我见你冻得发抖呢，是给你定做新衣，还是暂借一件旧衣应急，请吩咐。当时他还以为夏管家在故意挖苦他，他什么时候冻得发过抖?忽然间他想到了潜行所需的伪装，立刻就喜出望外了。他说暂借一件旧衣就很好了，因为旧衣好做伪装。夏管家说，虽是暂借一穿，但也不能屈尊穿我们下人的号衣吧，丁先生似我们大少爷，喜欢穿西式服装，借大少一件暂穿如何?借大少的衣装来做伪装，那当然是再好不能了。

当时他很为自己没有能早想到这种获取伪装的办法，深感羞愧。他是南人，天又冷了，向康府讨一件成衣来做伪装，这是多么简单多么容易多么合乎情理的事，居然经苦思冥想后认为难度太大，你的确不是一流侦探。你一直在下人的号衣上打主意，怎么不想想借一身主人的伪装该是多么光明正大!夏管家这样雪中送炭似的巴结他，会不会有什么企图?他还没有认真怀疑过这位夏管家，会不会是一个重大的漏洞?有漏洞也先不管它了，只先感谢大管家这番及时的巴结。

大少很客气地送给他一件西式细呢黑大氅，还表示了照顾不周的歉意。他也由衷感谢大少赐下的这件伪装，它很可能是通行无阻的伪装。

现在，刘守义又为他找到一个新的行动时机，那就是将傍晚改作黎明，从昼与夜交接之际移至夜与昼交接之际，这实在也是他没有想到的。第一次在傍晚作案，第二次仍选择傍晚作案，谁会这么愚蠢，当然你不是作案。刘守义私奔回家，一直没有被康家发现，这可以证明黎明时候似乎更易于隐身。这时，刚刚解除了一夜紧张的戒备，门禁开启，仆佣洒扫庭院，挑夫开始往各院各房挑水，像康二爷那样习武者，要往村外练拳演武。在这样一种朦朦胧胧，忙忙碌碌，来来往往，熙熙攘攘的极佳时机里，你身披大少的伪装，如果再不能成功地潜入禁地，那你就真该回上海去见太太了。

这可能真是天意，天赐良机，你得感谢上帝。大少说过，他很想改而信奉基督教，祈上帝饶恕他的伪装吧。

丁侦探十分珍惜这个天赐良机，他没有急于行动，尽量使自己冷静下来，尽量使行动方案能更周密。接连几天，他都是在黎明前就醒来了，静候夜与昼交接。因为这一交接过程相当啰唆，他试验了几种火候，披着大少的伪装出去侦查，从中把握到了最佳时刻。其时大体如他所预料的那样，康府中一片朦胧，忙碌，人来人往气象，只是不够熙熙攘攘。有一次他已经潜行至老院前的那条巷道入口，几乎忍不住要冲进去了，还是忍住了。那里有人在打扫巷道，真有挑夫往里挑水，老院大门外悬挂着的灯笼已经熄灭了，朦胧中这里一片静悄悄。

他反复考虑了行动的每一个细节，认为都没有问题，只是对带不带刘守义参加行动有些犹豫不决。鉴于第一次行动的教训，似乎应该带他去，以备发生意外时可以顺利传达出脱身的借口。但带着这个舌头，也有不利的一面，首先刘守义不够机灵又不够大胆，万一在紧要关头他胆怯了怎么办？其次刘守义也不像大少身边的仆人，与那身伪装不相称，难道也得给刘守义借一身伪装来？最后决定还是单独行动。

决定行动的那一天，丁侦探醒来得相当及时，并没有静候多久，也没有慌张出门，当时还从容考虑了要不要戴帽子。因为那两天刮了北风，有了真正的寒意。正因为有了寒意，他可以合情合理地披大少的呢大氅了，才决定行动。但大少没有借给他帽子，他估计不出大少披了大氅时戴不戴帽子，或是戴什么帽子。大少的衣着习惯似乎是中西结合，那么戴帽子就中式西式都有可能。都有可能,也等于都不可能。他当机立断,决定什么帽子也不戴了。

这次出门前,他没有忘记在胸前画十字,向上帝致意。

行动路线又是经过试验选定的,既快捷,更安全。

行动中,他一直异常冷静,一直从容不迫,遇到有仆佣问候,他极力显出大少平时的风度来,只是不能答话,仅点头应诺。一路顺利,很快又接近了那条静悄悄的巷道。

夜间的北风已停了,黎明时分真有些冷,静悄悄中能听到扫地声,走路声,扁担弹动的声响要尖亮些,偶尔也有说话声。灯笼熄灭了,但远处眺楼上的灯光还依稀亮着。

他从容地走完了这条悄静的巷道,其间很有风度地点过两次头,没有发生意外。老院大门为他敞开着。他毫不犹豫地再次跨进了这道大门门楼。

"是大少爷吧,起这么早,天气真要冷了。"

丁侦探从容地点了点头。

"不是大少爷,原来是丁先生,不知有什么吩咐?"

他不能只点头了,开始比画,开始说上海话,开始加进英国话,又开始哈哈大笑,但他明白这是在开始脱身,开始撤退,开始败阵,其实已经败阵了。

他望了望那可望而不可即的第二道门,此刻仍然紧闭着。

丁侦探安全地撤出了那条巷道,在大院里遛了很久的腿。他不知道这次的失误又在什么地方,但这次的失败真叫人痛心疾首。可能是大少的身材要比他高大得多,也可能大少从来不向仆佣点头,而是爱说你们辛苦了。最大的错误,还可能在于不该选择大少来做自己的伪装,大少在康府是何等引人注目的人物,你怎么可能装得像?也可能因为近日夜间有风,防卫格外加强了。这一切可能都证明,你不是一位一流侦探。

10

孙老总忽然驾到，大少以为是兰州字号送回了好消息。可惜孙老总依旧满脸无情，无喜无忧的，什么也看不出来。

老总令斥退下人，说有要紧事相商，不许任何人前来打扰。

大少当然赶紧照办。

孙老总说，他实在是太忙了，各地市面动摇无序，险象丛生，令人张罗不迭。

大少说，孙大掌柜辛苦了。

孙老总说："常家大德玉、大德川两大票号，已经支撑不住，我看搁浅倒闭，难得一免了。"

大少除了吃惊不知该说什么。大德玉大德川也是西帮票商中大号，百年盛业就这样倒闭了。但孙老总依旧无忧无喜，一脸无情，大少也不敢十分惊慌。

孙老总说："所幸我号去岁正值四年合账大账期，生意早做收敛，外欠、欠外两清，及事变突发，尚能免受大牵动。不似同业中许多字号那样猝不及防，外欠处处倒账，欠外家家提款，以至汇兑中断，伙友逃散，不倒闭还等什么！"

大少忙说，全凭孙大掌柜张罗得圣明。去年以来，孙老总就把这番话挂在嘴边上了，大少今天听了还是大受宽慰，只是猜不出会有什么紧要事。

孙老总说："其实在前年，朝廷叫瑞澂这种无能之辈署理湖广总督任，我号就看出清室无人，势必大变，即毅然命各码头老帮预作保守打算，力还欠外以减少架本，催回外欠以收缩生意，更中止了北存南放，以备不测，真叫我号不幸而言中了。"

大少说，全凭孙大掌柜张罗得圣明。不过他知道，前年收缩生意之议，各码头老帮呼叫得最厉害，尤以京号、沪号、汉号几位大码头老帮呼叫取保守势最力。他们与瑞澂都有交往，素知其人无能，听说端方之死同这位弃城逃将也有些关系。孙老总今天又说到瑞澂，是不是得到有关石头的什么新消息了？

孙老总说："还是老太爷圣明，还是老太爷素有盛德，老太爷精神好些了不好？"

大少说："仍是时好时不好，茶饭尚能稍进，只是觉仍睡不沉稳，尤其夜里不肯安睡，令人焦虑。"

孙老总说："还是老太爷圣明。"

大少说："还赖孙大掌柜圣明。"

孙老总说："汉口地当要冲，为天下商务总汇，所幸我号早有保守准备，得以免受大牵动。但生意已不好做了，一直惴惴小心，如临于谷。"

大少说："你们辛苦了。"

孙老总说："永德顺驻汉口老帮，月前携银潜逃了，字号被抢，留守伙友遭打。"

大少也只有吃惊，不知该说什么。永德顺是同业中小号，有此不测，更可怕了。

孙老总说："消息传出去了，挤兑蜂起，永德顺各地分号都招架不住了。"

孙老总说，他家老总几次跪求天成元，乞援手一把，他家财东已做变卖家产打算。

孙老总问："我们救不救他？"

大少说："救是该救，只是该救的字号太多了，由孙大掌柜定夺吧。

孙老总说："我看这家可救。"

大少说："全赖孙大掌柜圣明。"他当然不明白为什么这家可救。

"这是一步险棋。"

孙老总叫大少招呼下人来续茶。大少当然赶紧照办。他心里想，老太爷一生礼贤下士，但恐怕不会这样伺候老总吧。

“这是一步险棋。当此非常危难之时，西帮票行百年老号竟纷纷倒闭，历来卓著于世的信誉，几近扫地。信义一失，我票业生意还能立足吗？这是一步险棋。我号在此非常之际，援手于永德顺，既为救人，更为救己。如令我号驻各地分号张榜昭示于市，凡持永德顺宝号汇票及他种银票者，本大号均认票兑现，本息不爽分厘，那就不仅可解永德顺被挤兑之危，更可水落石出般显出我号超众实力，信誉自会鼎隆。众号信用危窘，独我号从容自若，尚有余力援手于人，所以叫水落石出。”

大少说，到底是孙大掌柜圣明。

“这是一步险棋。以我估计，这步棋可收空城计之妙。商界见我号出面力保永德顺，当会恢复对其信用，或可平息挤兑，说不定生意会很快起死回生，我号不必垫支多少银本。当然，商界对我号更要刮目相看，市中从各号仓皇抽出的资金，当会转而拥往我号。当然，我号绝不是在唱空城计，东家资财本就雄厚无比。”

孙老总问：“这出空城计能唱不能唱？”

大少说：“孙大掌柜张罗得圣明，怎么不能唱？”

“这是一步险棋，我号当然不能真唱空城计。永德顺是小号，股本只二十万两，我看东家至少得新拨十万两银给字号，我们才能唱好这出空城计。”

大少说，那就再给字号十万两新银好了。

孙老总说，大少有乃祖气度。

大少说，还是孙大掌柜张罗得高妙，就命各地老帮照办好了。

孙老总说，已经发电报令他们照办了。

大少说，那就更好了。他想，如果是老太爷，孙老总也敢这样先斩后奏吗？当然现在是非常危难之时，你当然更不是老太爷。但这叫什么空城计，从你这里搬走十万重兵，还说是唱空城计。

大少问：兰号老帮还没有回信吗？

孙老总说：“兰州地处偏远，受辛亥事变牵动不大，市面尚稳定有序。”

大少说,“兰号来信告知,他们查访到两块灯光冻石,很像老太爷丢失的那两块石头。”

孙老总说:“在兰州查访到石头,有可能是真的,那里市面未乱。”

大少提出,趁孙大掌柜驾到之便,召集一次公议会。因为有许多事项早该公议一下了,比如,老太爷的近况,丁侦探的表现,揭案有望无望,还有老太爷的九十寿辰,等等,大堆的事。刚才说到的空城计,要不要也公议一下?

孙老总说,空城计就不必公议了,其他诸事请东家各位老爷少爷议定吧,字号上实在是忙碌得很,又危急得很,他无法奉陪了。

经大少一再恳请,孙老总才终于答应留下来参加公议,条件是请各位不要啰唆。还说大少真有维新的风度,这么喜欢公议。

大少正要亲自去恭请各位,孙老总把他叫住了,说还有话问他,何必要这样事必躬亲!

“我怕有人借故不来。”

“就说我到了,各位都会来。”

“都想听孙大掌柜高见。”

“那位上海侦探,你刚才说他怎么了?”

“我正想请大家公议。”

“那回他进了城,我本想试探他一回,不料刘守义未跟着,听不懂说话,只好算了。”

“他那回进城洗澡,说城里有人跟踪他,我疑心是镖行的人,但包武师说镖行没有人跟踪他。”

“那可能是哪家票号的跑街伙友跟踪他,现在各家都有些像惊弓之鸟了,我号有刘守义领着这样一位生客,引起别号疑心是很有可能的。”

“你说刘守义哪次没有跟着丁侦探?”

“那是午后了,时候不早了,刘守义去给他采买什么御寒衣物去了。我们北地天冷,你早该叫老夏给他备衣御寒。提防他,也不能这么太冷落了他，我不是叫你显出豪华气象给他看吗？”

“我已经把自己一件细呢大氅，送给他了。”

“一件呢大氅顶什么事，你没有叫他见识一下我们西帮商家所独有的千两大银锭吗？”

“没有。”

“快叫他见识一下，从东家银窖里抬出几锭，快请他见识一下。”

“叫他是见识几锭？”

“三锭两锭即可。这也是空城计中一笔，他若真是商界暗探，正可为我号传扬声威了，明白吧？”

“孙大掌柜圣明。”

大少心里想，西帮财主谁家没有大银坨子，听说那是先人为了防盗而想出来的方法，取其不易搬动之妙，并无显示豪富的意思。不过，他仍决定照办。

11

丁侦探决定将第三次潜入老院的时机，改在康府膳房开晚饭中间，即午后三四时左右。

隐身于早晚的朦胧中，居然连连受挫，他在恼怒之下决定干脆白天行动了。反正隐身也没有什么用，本探干脆不隐身了，难道除了飞檐走壁一途，就真无法巧入老院吗？这个决定，分明有几分赌气式的冲动在其中。但冷静了一想，更觉这是一种出其不意的机智之举，好得很。大白天你也门禁不开吗？大白天，康府的武师家丁们更松懈了防卫，那回闯上眺楼时，值日家丁就正在垂头打盹。他不信机智胜不过勇武。

当然，白天行动也得选择有利时机。丁侦探几乎没有怎么思索，就想到了康府用膳时候。康府男主人们在膳房用饭，男仆们也都在膳房用饭，当然是在主人客人进膳之后。丁侦探想，在这个仆佣用饭期间，很可能是老院门禁最松懈的时候吧，即使有一二家丁留守，饥肠辘辘，大概也难以十分尽职。你用过饭后，可以装作在户外做饭后百步走，悠然走到老院附近。等亲眼见到老院的男仆家丁，一个接一个奔往膳房用饭之后，就抓紧这个时机，开始潜入行动。这似乎又是一个不错的行动方案，出其不意，简单易行，但绝对不能再高兴得太早了。

早晚两餐，选择哪一个时机好？当然是晚饭期间好。丁侦探根据自己的体验，感到对晚饭的期盼要甚于早饭，仆佣们应该也是如此。期盼得急，就会蜂拥而去得疾。晚饭比早饭丰盛，主客席所余菜肴又赐仆佣消受，进食也就比较费时。这使潜入行动有了足够的时间。

这一次，丁侦探还决定带刘守义一道行动。因为是大白天，必须有这位尾巴跟着，才会显得不反常。何况大白天如果发生意外，即使能急中生智，没有舌头也难以化险为夷。既然请刘守义参加，恐怕得向他交底，也就是要进一步把他收买过来。能不能成功，丁侦探感到把握不大，因为这种潜入行动，同做贼作案也差不多。

他对刘守义说，近日要到发案现场再做一次侦查，不能放你的假了。

“哪天去侦查？丁先生，我家真有急事。”

“还没有确定在哪一天，要见机行事，明白吧？”

“我先回一趟家，行不行？家中真有急事。”

“你又来了，你能有什么急事，不就是回家同太太过夜吗？我已经放过你几次假了，怎么还是这么急迫！这几天不许你再提回家啦，太太啦，过夜啦，明白吗？我破案到了紧要关头，你不要影响我的情绪好不好，我也同你一样成天想太太，这案子还办不办？办不成案子，你我就得回上海，到那时你怎么再同太太过夜？你懂这个道理不懂？”

“我不是急着回家过夜，因为太太可能以为我是鬼魂。我多年不归家，现在又是残阳西照时忽然飘来，黎明鸡叫前仓皇逃逸，她们以为我是鬼魂。”

“笨蛋，哪会有这种事，你回家同太太过夜了没有？”

“过是过了,她以为是同我的鬼魂过呢。”

“那你太太也是笨蛋,同你过了夜,还不知道你是活人死人,我不相信。”

“我还不比你清楚,丁先生,你得给我证明一下,我不是鬼魂。”

“好吧好吧,等我破了案,就去给你证明,不就是拜访一下贵太太吗?”

“等你破了案,恐怕我真成了鬼魂了。”

“那你就去做你的鬼魂吧!”

“我是怕太太真会到总号打听我的生死,那我私自回家,违犯号规的大错,就被老总们发现了。我们票号最不能容忍的,就是伙友擅自回家,怕挟带柜上银钱。因此,即便在本地本城驻庄,也不得违此号规。叫总号得知我不断私自回家,我还能活吗?”

“既然你们号规如此苛严,你为什么还敢私奔回家,你说!”

“不是你放了我假吗?”

“我可不是你的掌柜,你说,是你的前程重要,还是你太太重要?”

“丁先生,你不是也远离太太,来这里办案吗?”

“你这句话说得还够机灵。你不必担心了好不好?总号如追究你的私奔罪,我来给你证明是经大少准许的,明白了没有?你先放心跟我去办案好了。”

“大少并没有准许哪?”

“你又不机灵了,我有办法让他准许,你每次回家同太太过夜,都算给我办案,好不好?”

“我太太她真有反常的表现,她每天都在院中踩踏稀泥,女佣说她是在练功。”

“你太太终日踩泥练功?”

“就是。”

丁侦探听了还真吓了一跳,难道刘守义的太太是位女侠吗?每天是在练飞檐走壁的轻功吗?不过从刘守义的样子来看,不大可能,女侠怎么能看中这样的丈夫。

“好了好了，你不要啰唆了，我有办法证明你不是鬼魂，你太太也不是鬼魂，但你必须专心跟我去侦查现场，明白吗？”

刘守义说明白了。

“我们要进入发案现场，有许多困难，因为那是老太爷屋里。”

“有大少带我们进去，还有什么困难？”

“这次没有大少带领，你不用惊慌，我奉命破案有权这样做，这不是做贼，你不必这样惊慌，这次暗闯老院是破案的关键，明白吗？这样对你说吧，你去也得去，不去也得去，所以你还是安心跟我去好了，你要敢临阵逃脱，我有厉害给你看，懂我的意思不懂？”

刘守义瞪圆了眼，说懂了。

“这就对了，你已经是一个机灵人了，跟着我办案，必须是机灵人。你得记住，我们是白天行动，我已初步选定了时机，就是在康府用晚膳时候，估计这时老院的仆人家丁都吃饭去了。你跟着我，装作饭后百步走的样子，从容进入老院，可能会相当顺利。但万一出现意外，你必须机灵，不能慌张。我不慌，你就不要慌，当然我绝不会慌。”

刘守义听得开始入迷了。

“进入老院外那条巷道，如遇到什么人，就说是饭后百步走走迷了路，明白吧？进入第一进院后，如遇到人，就说是我丁先生来欣赏那里墙上的砖雕，你记得那里有砖雕吗？”

刘守义说他记不得有什么，没有什么。

“你跟了我这么长时间，怎么什么也不学？那里千真万确有砖雕，你说我丁先生来欣赏砖雕，还可以替我吹吹牛，说这位丁先生很喜欢美术，写写画画都不外行，贵府的砖雕令他爱不释手，等等，你要机灵，又要从容不迫。进入第二进院，再遇到什么人，还可以说我丁先生是来欣赏艺术，这里有什么可欣赏的，你记得吗？你什么也不记得，这里有没有一个百寿图屏风？我也不记得了。到时候见机行事好了，我说什么，你翻译什么，关键是不要慌。”

刘守义听得完全入迷了，因此也就完全被收买过来了。

丁侦探在确定行动的具体日期以前，带着刘守义每天两次做饭后百步走。凡遇到人，无论主仆，都叫刘守义宣布，丁先生是在做饭后百步走，散步散心，延年益寿，天冷了出来走走，真是好极了。江南没有这样美好的冷天，北方的冷天真是冷得美好。

刘守义说，上海的冬天也冷得可怕。

丁侦探说，这是在掩人耳目，你懂不懂？

“难怪都说你诡诈。”

“谁说我诡诈？”

“我说你诡诈。”

“很好，你越来越机灵了。不过这不叫诡诈，这叫机智，我们侦探就是靠机智吃饭，你们商人才是靠诡诈吃饭。当然，你们不诡诈怎么能赚到钱，对不对？西洋人说，赚钱是商人的天职。中国人说，兵不厌诈。我说，你应该诡诈。你们的冷天真美好！”

“冷天美好，你怎么还冷得发抖？”

“我虽然没有发抖，但你这句话还是说得算机智，很好。”

丁侦探很想这样多演练几天，以昭告康府主仆，同时也训练刘守义。但是只演练到第三天，就听说孙老总来到康府。那是刘守义打听回来的消息，带着一脸老鼠见了猫似的惊慌。他感到很好笑，就产生了趁此便利，拜访一下这位大掌柜的念头。进城洗澡，刘守义不肯带他去见孙老总，而孙老总似乎又很久没有来康府了。难得来了，就拜访一下，或许会有意外收获。

他请刘守义去见一下大少，通报他要拜见孙老总。刘守义一听就慌了，连说你见他做什么。

“你慌张什么，孙老总绝不会是为你私奔的事而来，你这是屁大一件小事，他是地动山摇的大掌柜，明白不明白？我去拜见他也是为了办案公务，更不会是为了告发你，你再推诿退缩，我可就不客气了。”

总之是恩威交加，才把刘守义支使去了。但他很快就返回来说，大少的底下人守在院里，说大少有吩咐谁也不见，孙大掌柜在里头呢，谁也不见。他说这是真的，不是耍机智。

丁侦探看出刘守义不是在说谎，孙老总和大少一定是在商谈什么机密事，不知同案子有关无关。但无论如何今天也要见见这位老总。他吩咐刘守义到外面静守着，一旦发现孙老总出来，立即来叫他，要机灵些。你不情愿也得去，否则，我就不客气了。

因此，丁侦探本来没有打算在这一天实施潜入老院的第三次行动。得知孙老总驾到后，更没有打算采取行动，一直在静候着，一直在考虑怎样试探这位大掌柜，又一直静候到膳房敲响了晚膳的钟声。刘守义发誓没有放走孙老总，他说总号的马车还停在那里呢。

丁侦探决定先去吃饭。

进了膳房，他们发现主客席全都冷冷清清，没有几位来就餐者，连大少、夏管家都没有到。膳房领班说，大少有吩咐，请丁先生稍候，今日孙大掌柜到了，要陪丁先生坐席，几位老爷也要来。

就是直到这时，丁侦探才忽然意识到，时机到了，要赶紧采取行动！这可能是一个难得的作案机会，显然孙老总和大少以及其他几位重要人物，正在秘商什么紧迫事，无暇他顾了。而膳房凡有宴席，因拖延得时间长，仆佣下人被允许提早用饭。不赶紧行动，更待何时？

他不动声色地叫刘守义给膳房说明，他近日肚腹又有不适，难陪孙老总吃酒了，请弄些汤水便饭来好了。膳房领班客气了一番，遵命了。

丁侦探略进了几口汤水便饭，就漱了口。但刘守义仍在从容进食，丁侦探在桌下踢了他一脚。

有什么吩咐？

饭后百步走。

丁侦探起身离席而去。刘守义很快也跟了出来。

等候不等候孙大掌柜了?

先做饭后百步走。

刘守义好像仍不明白。

“你从现在起跟好了我,机灵起来,不许慌张不许害怕,更不许临阵逃跑,明白吧? 否则,我可真不客气了! 记住,我是去欣赏砖雕,跟着我见机行事。”

他们做从容散步状,尽快向老院方向移动。刘守义表现得还不错,遇到人即说,他在伺候丁先生做饭后百步走,今天天气好,不冷。仆佣下人家丁果然在纷纷赶往膳房。一切都顺利得如他所预料,不过,他仍不敢太高兴,因为上两次都高兴得太早了。

接近老院时,他对刘守义又恩威交加地叮咛了一番,简单明了,毫不客气。刘守义表现得意外地好,居然没有怯场。他们顺利地跨进了老院大门。

第一进院内,果然未见一人,也没有任何声响。

丁侦探给刘守义指了指对面墙上的砖雕。同时,他已经沮丧甚至是恼怒地发现了,那第二道门竟然依旧紧闭着,已显陈旧的黑漆颜色是那样沉着而无情。他忍不住登上台阶,朝这道仿佛永远紧闭着的二门,用力猛推了一把,两扇厚门板居然涌动了一下! 他几乎是下意识地就接着奋力推去,这道门终于吱呀一声被他推开了,可它接着又撞响了那清脆的铃铛声。铃声很悦耳,但那是多么可怕的铃声!

铃声之后,就有一个强悍的男仆出现了。

“谁! 是丁先生,丁先生有什么吩咐?”

“听说孙大掌柜到了,我想见一见,有人说来老院了。”

“孙老总并未到此,老太爷也不见客。”

“那就不打扰了。”

当时他实在不该自己就先打了退堂鼓,但给那意外的铃声一击,他是再也无法急中生智了。从那道门前的台阶上退下来,他似乎真还故作观赏砖雕情状，指指点点了一番，但这还有什么用？刘守义当时的表现，他完全没有顾及注意，可能早慌了。他记得那个强悍的男仆一直跟随着他们，好像刘守义也没有吹嘘他怎么怎么喜欢美术。

那位男仆说，你们还没有吃饭吗？这句话才给了他们一个脱身的借口。他装出恍然大悟的样子，问刘守义听到膳房的铃声没有，刘守义摇了摇头。

他们趁机撤出了老院，当时可能谁也没有发现，他把膳房时钟声说成了铃声。

12

孙老总说，你们江南的秋天，没有我们这里这么冷吧？

丁侦探说，你们的秋天冷得很美好。

孙老总说，丁先生很会说话。

丁侦探说，的确冷得美好，你们是生在庐山，不识庐山。

孙老总说，我们的秋天，倒真是不冷不热。

丁侦探说，我们的秋天也没有夏天热，就是潮湿。

孙老总说，我们的秋天有时也潮湿，今年秋雨不多。听说丁先生受冷了，他们没有给你备衣御寒？他们疏忽了，守义你不应该疏忽吧？你是本地人，又常年驻沪，两地都熟悉，丁先生经住经不住我们的秋冷，你最清楚吧！

丁侦探说，他关照到了，是我自己想享受一下冷天，首次北上，应该享受一下你们的秋天，大少夏管家都关照到了。

孙老总说，听说你肚腹不适，是受凉了吗？

丁侦探说，绝不是秋冷的缘故，恐怕仍是水土不服。我又贪嘴，不怕孙大掌柜见笑，我每贪嘴，必然要起腹中风云。当然，康府美食也太诱人了。

孙老总说，今天本想同丁先生喝几杯，可惜你腹中不适。日后请到城中字号来喝酒吧，丁先生当有酒量。

丁侦探说，贵地的美酒，我更没有本领享受。

孙老总说，我们杏花村酒并不暴烈难驯哪。

丁侦探说，像你们西帮商贾，外柔内刚，外圆内方。

孙老总说，还有外拙内诈，对不对？哈哈。其实我们西帮商家最重商德，康老太爷就是一位外商内儒的商界高人，否则，丢了两块石头能这样着急吗？

丁侦探问，孙大掌柜没有去拜见老太爷吗？

孙老总，听说老东台精神仍不佳，不便去叨扰。丁先生喝花雕如何？

丁侦探说，花雕我也无福消受。

孙老总说，那可进城去赏赏菊花。本地贯家堡艺菊世代相传，艺法独精，村人每于此季进城卖花，获利还不薄。眼下正是赏菊佳期，虽说天下不太平，菊花开得还是依旧奇艳。

丁侦探说，所以我说贵地秋天冷得美好。

孙老总说，你说得对，菊喜傲霜。

孙老总吃了酒，丁侦探不知该怎么把话题引到案事上，总是在秋凉秋菊美食美酒上扯淡。也可能自己还没有从刚才三闯禁地受挫的惊慌和沮丧中脱离出来，生不出灵感，布不下迷阵。孙老总醉眼蒙眬中，大概也不可能看出他掩藏着惊慌吧。不过，这次很唐突的会面是孙老总主动约见的，他请你来，也不可能是为了让你来欣赏他的醉态吧。

但也很难说是孙老总主动召见你，你不是早让刘守义通报了大少，要见孙大掌柜吗？说不定孙老总还是应你之约而来会面的。可你同样也是一直扯淡！谁能想到居然会这样连连受挫，三次都没有突破那一道门禁。

13

二爷说他的病早好了，狗孙怎么还不驾到？

包武师说："二爷你也不能全信孙老总的话，他说跟踪丁侦探的是票号的跑街伙友，我看不大可能。他孙老总也是猜测。"

"你说是强人，那怎么还不露面？"

"二爷你说，强人能听我调遣吗？"

"当初是你说的吧，强人只摸走那两块石头，一定是来探路，他飞檐走壁过关斩将来一趟，不能只是为了那两块石头，必定还要再来，好戏还在后头，咱们得不动声色沉住气恭候狗孙驾到。咱们都恭候了半年了，狗孙真比咱们还能沉住气？把我熬病了又熬好了，还是请客不到，你说我什么时候病过？"

"当初我也是猜测。"

"你不是智勇双全吗，就这么猜测？害得我们给老六那么挖苦取笑！你听见他怎么说了吧，二爷正张着天罗地网捕贼呢，你们又请来个洋探，贼也给吓跑了，还得回头来招架这个暗探，全是病笃乱投医。听听他说的这是什么话？"

"六爷就是那么个人，二爷你还不知道？六爷也挖苦大少了，派人满天下追赃，就追回一堆假石头来？他既不管缉盗，也不管追赃，当然好说话了。当初我也说过吧，有我们呢，何必劳动二爷你的大驾，你不听呀，非得亲自下夜不可，你要不下海，谁能说你什么。"

"不用啰唆了，我当初相信你智勇双全。大少说，他已经在兰州追查到真石头了，你说我们怎么才能抓住真强人呢？当初公议就是我们缉拿强人，现在就不用啰唆了。眼看还得给老太爷过九十寿辰，你说我们该怎么办吧？"

"我又不是智勇双全，二爷你说怎么办，我们就怎么办。"

"你快不用啰唆了，好不好？你没有听孙老总说吗，真能追回石头，就好给老太爷过寿了，缉盗可以从长计议，好像我们已经指靠不上了，偃旗息鼓拉倒吧！你看我们也不能就这么认输吧？我们一直这么守株待兔，可能不顶事。"

“我们也杀向江湖码头，满天下追拿强人？”

“我们也在各码头派出暗探，先查到强人行踪，我们再去追拿。”

“雇那么多暗探，只能靠镖行，但一直又叫保密。这次公议，孙老总不是又说第一要紧还是保密吗？他说财东府上被盗的消息传到江湖码头，说不定会拖累倒康家字号。他说的不是戏言，你这里本来只丢了两块石头，可在这种乱世，传出去难保不会以讹传讹，越传越大，最后说你们康家金银财宝全给抢尽了，你想康家票庄还能立足吗？镖行虽同我们相与甚厚，但也不只伺候我们天成元一家，谁能保险他们不把案事泄漏给别家？”

“保密我知道，我一直叫你们千万保密，对不对？既然派不出那么多暗探，你看这么行不行，我们就去兰州私查暗访！”

“怎么先去兰州，我一点也不明白。”

“你还智勇双全呢，大少不是在兰州追查到石头了吗，石头是怎么到了兰州的？我们私查暗访，不就追查到强人的行踪了吗？”

“二爷你才真是智勇双全，好主意！我怎么就没有想到呢，找出赃物，当然就能顺藤摸瓜追见盗贼了，好主意！”

“你不用啰唆，你同意我们先去兰州？’

“说走就走？”

“那还等什么？”

“我看还得稍候几天吧？大少不是说，还没有最后验证是真是假，万一又是假石头，我们辛辛苦苦远行千里去做什么？”

“孙老总说，在兰州寻见真石头，很有可能。”

“我看还是稍候几天吧。再说，即使赃物真在兰州，我们也不宜一齐出动，我们都走了谁来护院？”

“我看你是不想出门，那你在家护院，我和八大锤去兰州，行不行？”

“我一介武夫还怕出门，我是忽然想到这会不会是强人使的调虎离山计？”

“你说说，什么调虎离山计？”

“我看强人也许打探到我们布下天罗地网，久久无从下手，才使出这个调虎离山计，把石头在兰州抛出，引诱我们到千里之外去追贼。我们一走，他们不是正好来下手吗？”

“他们也是智勇双全？”

“强人是高手，他们知道去兰州追拿他们也得派高手。我们追到兰州，十有八九还得再往京师追，追到京师，说不定又得往天津南京上海追，强人既是高手，不会轻易叫你追到。”

“那我们就只有守株待兔了？”

“如果石头真在兰州，我们这里当然得严阵以待了。不过，我想出一个人来，去兰州查访，正是他的活计。”

“这个人是谁？”

“就是丁侦探哪，明查暗访，跟踪追寻，这不正是他的行当吗！等他查访出眉目来，我们再去抓拿。借此差事，也正好把他打发出康府，省得我们再分心去提防他。听老院的下人说，这位南蛮子已经往那里转悠了两次，谁知他打的什么主意，真叫人不放心。支他去兰州，一举两得。”

“你还是智勇双全。”

“还是二爷智勇双全。那天公议时，大家一直在争吵兰州的石头是真是假，谁也没有想到顺藤摸瓜，去查访强人行踪，还是二爷高见。”

“打发丁侦探去兰州，可是你的高见。”

“我也是受了二爷点拨。”

“你不用啰唆了，兰州的消息也快到了吧？”

“你没有听孙老总说吗，兰州偏远，现在邮路又不畅，着急也没用。二爷你就静候着调养身体吧。”

二爷说他的病完全好了。

包武师说，那就养精蓄锐吧。

包武师终于又把二爷安抚住了。不过，他觉得二爷今天想出的主意，真还是高见。这顺赃追贼比那打擂召贼，可行得多，高明得多了。车大师父说，打擂召贼简直是儿戏。二爷长进不小，有勇又有了智，仿佛也有些学会破案了。包武师对自己想出这一个调虎离山计，把丁侦探支使到千里之外，也感到很满意。

14

六娘说，老院第二道门分正门偏门，正门一向紧闭着，老太爷老爷们进出，或有正经宾客，才开这道门。其实平时连老太爷也不爱走这道门，都爱走偏门。偏门在正门东头，通往里头的两进偏院，下人仆佣都走这道门。偏院里有厨房、库房、柴炭房、茅房、下人住房，所以这道偏门常开着。

丁侦探听了大吃一惊。

他三闯老院，每次都顺利地跨进第一道大门了，但屡屡在这道二门外碰了壁，怎么就没有发现另外还有一道偏门洞开无阻？

第一次潜入老院是在傍晚，已是夜色朦胧了。第一次行动有些紧张，也有些激动，特别是高兴得太早了。当时没有撞上任何人，但也没有推开那道正门，在失望和懊丧中退下门前的台阶，还朝四处观察了一番。发现了墙上的砖雕，当时考虑以它作为攀援越墙的支撑，因为没有翻墙上屋的本领，只好丢开它。这时就应该去寻找这道偏门，或者意外地发现了这道偏门。当时光线是太昏暗了，但凭你做侦探的眼睛，应该能发现它。但你没有发现。

第二次潜入老院是在黎明时候。当时曙色朦胧光线也不好，但应当比第一次行动时明亮。这一次不够走运，刚进大门就撞上了枪口，当时你相当镇静。你比画着哇啦着上海话，还哈哈笑，这都是为了观察第二道门。发现它依旧紧闭，你可能被激怒了，注意力一时无法他移。但你也不可能撞了南墙仍不回头吧，此路不通，应该想到另辟蹊径。这时只要多张望几眼，就完全能够发现另有偏门洞开无阻。但你仍没有发现。

第三次潜入老院可是在大白天。太阳虽已西照了，仍光明辉煌，这时蛛丝马迹之类都能看清，正所谓可以明察秋毫。当时正是秋天的艳阳。这一次也没有撞上什么人。发现第二道门依旧紧闭，这时完全应该对那里的地形重做仔细观察，但你目不他顾，一头撞响了那可怕的铃声。铃响之后，你又欣赏了很久门旁的砖雕。六娘说，这砖雕就在正门与偏门之间。你发现了正门，也发现了砖雕，偏偏没有发现偏门。

六娘说，老院那处砖雕是土地祠，这又使他大吃一惊。那么精美的砖雕饰图，原来是土地祠！六娘说得很肯定，就是供奉土地爷的，花草山峦下面有一个小窑洞，难道你没有看见？煞有介事地欣赏了半天，原来是土地祠不是艺术，幸亏当时刘守义没有为你吹牛。应该说，那是一座艺术化了的土地祠。

如果这一切都是真实的，他还像个侦探吗？是不是那位六娘在戏弄他？他是应大少请求重见六娘的，她不应该戏弄他，除非她已经发现了他想潜入老院的企图。

大少来请求他时，很有些惊慌。

发生了什么事了？原来是六爷突然提出要往外埠码头去游玩，把大少吓坏了。大少想到了五爷偕五娘出游京津被绑票的惨案，断然不赞同。现在是什么世道，改朝换代，兵荒马乱，怎么能去出游？当年还是老太爷主政呢，都没有能救了五娘，现在万一发生了什么不测，谁能救得了他！听说当年曾求京师九门提督，现在能求救于谁？

丁侦探说，求了九门提督，不是也于事无补吗？

大少说，可不是啦。

丁侦探问，当年票匪索价多少？

大少说，当年详情他不怎么知道。

丁侦探说，凡遇绑票案，应先筹银救人，不宜先求援于官兵，是不是此举激怒了票匪？

大少说，他不知道当时详情。

丁侦探问，五娘是不是遭辱后殉身了？

大少说,绝对不是。你调查这个案子做什么?

丁侦探说,以防万一再出一个这样的案子。

大少说,万全之策就是不许他出门。

“那你不许他出门就是了。”

“他是长辈,我怎么能管得住他!让他去向老太爷讨示,他不去,说老太爷不会见他。我说老太爷这么大年纪了,因丢了石头身心俱伤,眼看又要过九十寿辰,你怎么能出门远游,父母在,不远行,对不对?他说家中有事他就回来了,执意要走。”

“六爷打算往哪里去出游?”

“他说或许京津,或许沪宁,或许汉口,不一定。他说他不是出外云游逍遥,是要看看什么好,京师学堂、同盟会、新军,还有银行,看看什么好。他说他想见见孙文大总统,也想见见袁世凯大总统,看看谁好。”

“六爷是身怀大志。”

“但现在不宜出门,请丁先生能替我设法劝阻。”

“六爷对我一直不屑一顾,他怎么会听我劝告?”

“他对谁都是那样,请多包涵。我是想请丁先生先劝一劝六娘。”

“六爷也要偕六娘出游吗?”

“他说他不会带六娘去。六娘很生气,因为她早想出游都市码头了。五爷六爷是同母所生,不知他们秉承了什么血性,都爱出游,当然天下太平时候我也愿意出游。请你先劝劝六娘,可以说说外埠世面如何不宜出游,否则你怎么会来此避难等等。六娘本来有气,听了你的劝阻或可拦下六爷,辛苦丁先生了,请巧为劝阻。”

“你是叫我说,外面如何杀人越货兵刃相见险象环生血流成河,对不对?”

“请巧为劝阻。”

他答应了。不过,他只对六娘说,别的地方他不怎么知道,上海一带是万万去不得的。为什么?绑票倒在其次,贵府开着大票号还怕绑票吗,你们有的是银子,对不对?最可怕的是娼妓,那里的高等娼妓年轻得很,漂亮得很,文雅得很,手段高明得很,像六爷这样才貌双全,家富万贯的年轻老爷,必定是有去无回的。他说这种案子他在上海办得多了。

六娘说,她不怕这个。

那么你怕什么,怕什么那里就有什么。洋人都说我们上海是冒险家的乐园,这就是说那里什么都没有,只有危险。你们要喜欢危险,上海遍地都是,当然最危险的还是妓女。

那丁先生也喜欢冒险吗?

他说他就是靠冒险吃饭的。

她说她也不怕冒险。

那你们就去冒险好了,出了什么案子,由我来办好了。

丁先生也会破案哪?

丁侦探这才发现他说漏了嘴,直骂刘守义怎么也不给他把关圆场?刘守义说已经尽力给你遮掩了,你刚才已经说漏过一回了,我说你只是喜欢破案,还喜欢美术。

丁侦探只好改口说,上海遍地危险终日冒险,不学会破案怎么能活,对不对?

六娘说那你是在帮大少破案吧,还说她知道他两次独进老院,一次时间短,一次时间长。

他听了吃惊不小。看来六娘是肯定知道这件盗案了,而且居然知道了他暗闯老院的行踪。她是怎么知道的,是六爷对他说的吗?如果六爷知道了,那么大少也一定知道了,难怪他连连受挫。

他说他不过是在贵府各处随便走走看看,贵府富丽堂皇,特别是老院很有看头,外院墙上的砖雕装饰真是精美极了,只是二门终日紧闭,不知里院还有什么更精美的雕饰,贵府出了什么案子?

六娘就笑了,外院墙上的雕饰是土地祠,正门不开,偏门常开,正门东头还有偏门呢,没有发现?你还说会破案。

他听后更加吃惊了，完全被自己的无能所激怒，你这个笨蛋！他没有顾及细想这位六娘为什么要这样详细给他介绍老院地形，也无心再替大少劝阻六爷出游，只是一心想着那个偏门是否存在。最后，六娘好像说，六爷不带她一道出去，他也休想出去。但刘守义说，六娘最后是说，六爷想出游由他，她才不管呢。是他自己记错了，还是刘守义记错了，给她吹了半天上海妓女怎么可怕，她真不怕？刘守义发誓他没有记错。

丁侦探向大少交差时，仍旧坚持了自己的看法，说六娘坚决表示，六爷如不偕她同行，她绝不会放六爷走。当然他还交代了一句：本探只渲染了上海怎么可怕怎么去不得，六爷要是去别的都市码头，他可不负责任了。这时，丁侦探才发现自己在劝阻六娘时，犯了一个策略上的错误。你不应该渲染上海怎么可怕，正相反，应该向她鼓吹上海如何新异奇幻似外洋世界，满目红男绿女馨香扑鼻，诱她十二分神往，执意与六爷同行，六爷甩不下她，就可能暂缓行期了。这样才像大少所要求的那种巧为劝阻，你以可怕相恫吓，毫无机智可言，哪里像个侦探！

丁侦探带着一种对自己的愤怒，又伺机冲上了可以俯视康府的眺楼。那是一个中午，秋阳相当明丽，他没有顾忌什么，也没有带刘守义。刘守义可能比自己还呆笨，同样也没有发现那个偏门。

在眺楼值日的家丁，仍旧在垂头打盹，仍旧被他惊醒，慌惶中低喝了一声谁，又很快认出了他。家丁给他笑了笑，问他又上来看风景吗？他点头，比画，哇啦，说你还是睡你的觉吧，你这个傻瓜。

他明白他是出声咒骂自己。

村中的和村外的树木已经开始凋敝，落叶在悠然飘零，田野中也没有浓郁的绿意了。只有秋阳明丽，碧天如洗，远山逶迤，可惜此刻不见北雁南飞，风景是不错的。但他已经在一片鳞次栉比的房宇中，找到了老院，不必怎么费力就发现了那个偏门，你这个傻瓜！

那道偏门后面，是低矮了一截的平顶房舍，那就是偏院吧，它更衬出正院房宇飞檐翘脊的气象。那道难以突破的第二道正门，原来是一座二层倒坐门楼，怎么可能逾越过去！此刻视线也被它遮挡着，很难对老院深处进行瞭望，越过它只能望到老院最后面那座二层主楼的上半层。

丁侦探决定沿着巡夜路线，再次向老院靠近，以仔细窥视一下这片禁地。那次登高窥视，被大少演义一个寿字分散了注意力，没有发现那个偏门，很可能是上了大少的当了。不过，如果真有外盗入侵，那一定是先借助飞索越过围墙，滑下偏院，然后再潜入正院。妈妈的，前面的通道是座险要的过天桥，你沉住气大胆往前走吧，这不需要多少勇武，桥板虽窄，但很厚绝不会发颤，你也没有肥猪似的体重。

你这个笨蛋！

刘守义又带着包武师追杀上来了。

“丁先生在观望风景吗？”

“是的，碧云天，黄花地，北雁南飞。”

“丁先生还真有文才雅兴。”

“你这个笨蛋，你这个傻瓜！”

刘守义吃了一惊，忙翻译道，他说贵地的风景很好，风景真好。

事后，刘守义问丁侦探：“你为什么要骂包武师，你怎么能当面骂他？”

丁侦探说：“我是骂你，你为什么把他引去了！”

“不是我引他去，是他叫了我去。”

“那就是骂错了，好不好？”

“幸亏我没有把原话翻给他听。”

“你跟我这么长时间了，有这么一点机灵还要我夸你吗？”

“你不是答应给我想一条妙计，证明我不是鬼魂吗？”

“你这个傻瓜！”

“你怎么又骂人？”

“我又骂错了，好不好？你听我说，今天晚饭后，我们再做一次饭后百步走，如果成功了，我就放你假，叫你回家见太太，妙计也会告诉你，明白吧？这一次我们当然是从偏门进去，你不要插嘴听我说好不好？我当然知道可能遇到人，我们就做必然会遇到人的打算，估计我们遇到的多半是老院仆佣吧。这时一定要镇静自若不能慌，上次那讨厌的铃声太意外了，这次就是天崩地裂也不能慌，明白吧？对方一定会问我们有何贵干有何吩咐，我会说我们是应老太爷之命而来晋见，你不要瞪眼好不好？上次只差一步没有想出这个借口来，门楣后那个讨厌的铃铛太讨厌了。对方一听是老太爷约请，绝对不敢阻拦。但因为我们是走偏门，对方可能会请我们去走正门，我会说不必麻烦了就走这里好了。对方可能会给我们指点怎么往里走，也可能会请我们稍候，他先进去通报。这个时候你得记住，我会不说话，只表现出满脸不高兴，你必须立刻接着说，丁先生是遵老太爷之命前来，你们还啰唆什么！口气要硬，要理直气壮，不能露出心虚气短来，最好能有种狐假虎威盛气凌人的样子，明白了吧？”

刘守义说明白了。

“你现在可不够理直气壮，这是很关键的一步，你必须照我的要求去做。如果你表演得成功，对方被你镇住了，我们就可以顺利地长驱直入了。如果仍坚持进去通报，我会很客气地说那就劳驾了，你这时也要镇静自若。等对方一走，我们就紧跟了往里走，这时你更不能犹豫慌张，明白吧？因为这是我们潜入成功的最后机会了，进去通报会有什么结果你也知道。稍一迟疑，等进去通报的仆人返出，我们就可能再次前功尽弃。我们必须在此之前冲进去，当然也用不着太慌张。我估计进去通报的仆人，应该先见老亭，老亭感到莫明其妙，应该再去见老夫人，老夫人同样莫明其妙，她可能会否认有此约见。不过经过这一番请示，我们的时间已经足够了。如果老夫人还要请示老太爷，老太爷又偏偏正在睡眠中，那我们的时间就更充裕了。假如老太爷老夫人中有一人本来正想见我们，那就更顺利了。”

“老太爷想见我们，那还不容易？那回大少带我们去看门闩，老太爷老夫人怎么都避而不见？”

“因为当时有你跟着，懂不懂？”

“你和老太爷说话，难道不用我做通事了？”

“你不必多问了，我自有巧妙安排，照我说的行事就是了，你都记住了吗？”

刘守义说记住了。

丁侦探就这样开始了潜入老院的第四次行动，可能稍显仓促了。

当天用晚饭时他倒很从容，吃了不少东西，也费去不少时间。期间与陪他用膳的大少还谈笑不止，只是刘守义在翻译他的连珠妙语中间，常常出现差错。他知道刘守义有些紧张，相形之下，倒觉得自己已经从自我愤怒中脱离出来了。

他拖延用膳时间的另一层用意，是怕大少陪他去做饭后百步走。拖延到大少即将无法忍受时候，他才恭请大少尽可自便：你何必这样客气哪，我可不客气了，还要多贪几口嘴。

其后的饭后百步走很顺利。

跨入老院大门也很顺利。进这道大门，从来就没有不顺利过，这也是外圆内方吗？

在老院的第一进外院，没有遇到任何人。

艺术化了的土地祠东边，那道偏门已经清晰可见。他们轻轻走了过去，果然洞开无阻。丁侦探捅了刘守义一下，就果断地跨进了这道偏门。

第一进偏院里，没有看见有人，但听见厢房里有说话声，似乎还伴着一种很清脆的响声。当时他没有驻足，一直在往里面深入。

出现了一个仆佣，认出了他，问他有何吩咐。正如他所预料。

丁侦探神气地“哇啦”了几句，刘守义依计转告是应召去见老太爷。

就在这时发生了意想不到的情况：忽然从房屋里传出了一阵笑声。

当时他的第一反应，竟以为中了圈套了，但努力保持着镇静自若的样子。

那位仆人回头望了望笑声处，似乎无意间也笑了，说请稍候，转身就进了厢房。

当时刘守义没有按原定计划进行很关键的表演,可能被那意外的笑声镇呆了。丁侦探也略略犹豫了一下,正决定要长驱直入,那个仆人已经引着八大锤走出厢房来。

八大锤脸上笑意犹存,说丁先生要见老太爷吗?

丁侦探说是的。

八大锤说,此时怕老太爷正在睡眠哪。

丁侦探说,是老太爷叫我们来的。

八大锤说,那去通报一下。

八大锤将那个仆人支走了,自己却挡住了他们的去路。

丁侦探显出一脸不悦来,但刘守义却什么反应也没有,这个笨蛋。

八大锤仰脸看了看太阳,忽然问,你们已经用过饭了吗?

刘守义说,我们早吃过饭了。

八大锤显出几分惊奇,说已经到吃饭时候了?

丁侦探这时才忽有所悟,刚才听到的那种清脆响声,很可能是骨牌声,八大锤和仆佣可能一直是在打牌,并不是设了圈套在等他们。大少说过,康府为了禁赌,主仆一律不许打牌。好了,有了转机了。

他收起不悦说,武师今天手气不错吧,乐而忘食。

八大锤立刻说,我们是在下棋,俗话说下棋误饭是常事,一点不错。

丁侦探知道自己猜测不错,就故作神秘状,笑了笑。

八大锤问:丁先生也下得一手好棋吗?

丁侦探说,他只喜欢打牌,不过只小附赌资提兴,大赌不敢为。

八大锤慌忙说,我们从不打牌,仅偶尔下盘棋而已,武人喜欢车马炮。

丁侦探正想再做一击,那位仆人已经返回来了,说里头回话老太爷不见客。

八大锤很客气地说,丁先生怕是见不成了,连大少求见也常常这样,老太爷说不见,就不见。

丁侦探说，我们是老太爷传命要见的！

那个仆人问：不知是谁传的话？

丁侦探怎么也不会料到，这时刘守义居然会直接回答道："我们是听九姑娘说的。"

八大锤顿时就大笑起来，他说九姑娘半疯不傻，你们不知道吧？

一切都无可挽回了，你这个笨蛋。

15

大少遵孙老总所嘱，把两砣千两大银锭准备好了。正想请丁侦探来见识一下，六爷忽然提出要离家出游，把他吓坏了。孙老总刚在各码头布了一个康家财大气粗的阵势，六爷跟着就出去游逛，不绑他的票还客气什么。

现在好了，六爷终于改口说，眼看隆冬将至，等春暖花开再说吧。看来丁侦探还真不简单，不知是用什么高招把六娘吓住，又把六爷拖住。他问六娘，六娘不肯细说，只有一句话：他想去由他去。但六娘既不生气了，也不见惊慌，肯定得了什么不寻常的点拨。

丁侦探既是一位高手，破案可能有望了，但提防这样一位高手，也更叫人操心担忧，防不胜防哪。请他来见识千两大锭，恐怕也不能太露骨了，不要弄巧成拙给他看破孙老总的空城计，虽然孙老总的空城中已新添了十万重兵。

大少寻思良久，才由丁侦探又蹿上眺楼，观赏秋天风景，想到自己曾许诺重阳日相陪去登高。好了，今天请丁侦探来不谈案事，只就重九失约赔礼，之后闲话秋景秋菊一类，让他无意中见到这大银坨子就是了。他若指问，也一定要轻轻一笔带过。他很满意这个方案，觉得主持破案以来，自家破案作案的能力已有大进了。

丁侦探被请来了，情绪似乎不佳。

“丁先生不是又闹水土吧?”

“不是,不是。”

“那是一定是办案劳累过甚了,今天我们不谈案事,丁先生太辛苦了。我早应该陪你去散散心,只是冗务缠身没能如愿,失敬得很。早允诺重九日陪丁先生出游凤山,求登高之吉,你看重九日已过,我居然还不知道,真是太失礼了,请多包涵吧。”

“大少你出游就不怕被绑票吗?”

“我们本乡本土,还有什么可怕,又有老太爷仁德庇护呢。”

“不是说京师高手在窥测贵府吗?”

“那只是一种猜测。”

“贵府戒备何其森严!”

“出了盗案,只得如此了。”

“那是什么?”

“不过是两个银坨子。”

“就是你们西帮商家独有的千两大锭吗?”

“丁先生眼力不错。”

“第一次亲睹此奇观。”

“不过是为了储藏安全吧,俗名‘莫奈何’,意为盗贼无法窃去。其实银子有什么稀罕,铸成这么一大砣子就是奇观了吗?”

“大少真不稀罕,那么等结案之后,请赐本探这一砣银子好了。”

这个南蛮子真会乘虚而入,但孙老总已经有言在先了,他想要什么,就给他什么,必须显出巨富气派来。现在也只好一显这种气派了。

“丁先生真能揭案,奉送这么一点礼金不是太失敬了吗?”

“那就再赐一砣好了。”

“仍有失敬。”

“足够了。”

“难道案子真有眉目了吗?”

“大少你说过，我们今天不谈案事。”

事后大少回想，自己唱的这一台戏，即使赔了两砣银子，似乎仍没有显出巨富气象来。既慷慨赐银，紧接着又追问案事，而忘了清谈秋景秋菊，那份慷慨中的忍痛意味，可能早流露出来了。他诡诈得很。

但愿在兰州寻到了真石头。

16

丁侦探说他散步去了，是真正的散步，不是借饭后百步走去查案，因此不许刘守义跟踪，更不许他去报告大少或者包武师。

刘守义当即表示坚决从命。

自从他在八大锤面前给丁侦探帮了倒忙，丁侦探一直就对他很不满。当时他实在是替丁侦探捏着一把汗，怎么能假传老太爷圣旨，这种危险的把戏很容易被东家揭穿。一旦败露，丁侦探可以巧言掩饰，自己可怎么逃脱罪责？这是不赦之罪，与外人串通图谋财东，你是不想吃票号这碗饭了？情急之下，居然真急中生智了，不知怎么就想到了九姑娘。连丁侦探也不得不承认，这是一个相当机智的脱身之策，但你用得不是时候，明白吧，你这个笨蛋！丁侦探说他当时正有一步好棋要走，却被这一手金蝉脱壳给毁了，那时并不到脱身的时候，你这个傻瓜。

丁侦探虽然痛骂不止，但毕竟还是承认他想出了一个相当机智的计谋。他很可能已经从丁侦探那里学到一些侦破术了。你学会侦破术，当然得先侦破一下自家女人到底是怎么回事，何必多管丁侦探的闲事，省得好心反落一顿恶骂。

那天他问丁侦探，还放他的假吗？丁侦探怒吼道，你快滚吧，你就知道回家睡太太，你这个笨蛋。他见丁侦探虽然愤怒却仍旧放了他的假，就又问，你不是有妙计指点我吗？丁侦探又怒吼道，回家痛打你太太一顿好啦，你这个笨蛋。

这一次回家的路上，他没有奔跑，一直在思考丁侦探给他指点的是不是妙计。如果是妙计，那就太妙了，你久别加远离思情如饥似渴，忽然归来重逢团圆解渴败火，怎么也不会想出痛打她一顿的验证办法来吧，你千寻万觅不可得，验证之法却原来这么简单。痛打她一顿，就能证明你不是鬼魂吗？在闹鬼的传闻中，也有被鬼痛打的例子。不过，痛打她一顿，倒似乎可以验证她是否在练功。你打疼了她，证明她不是在练功。她打疼了你，说明她真练下了功夫。丁侦探指点的还真有些绝妙，可你能下得了手吗？

你这个傻瓜，丁侦探很可能是在讥笑你。但你绝不可能是傻瓜，你是傻瓜票号能要你吗？入票号之不易简直甚于科举，你是千里挑一挑出来的乡中俊秀。能被派驻上海，更是俊秀中俊秀。拿出你张罗生意的那一份机敏，再加上向丁侦探学到的这一份机智，足够用来侦破自家女人了，完全不必动手打她。

你这个傻瓜，你这个笨蛋，她在冰凉的稀泥里乱踩，是不是为了打胎呀？忽然闪出的这个猜测就像那次急中生智一样，令他很满意，很激动，当然也很气愤。

你这个笨蛋，你这个傻瓜，早应该朝这里猜疑了，还需要甚么机敏机智，你就是真成了鬼魂也应该猜出这种事来！票行驻外伙友谁没有这样一份忧心，终年牵肠挂肚，因为出事的例子很多，流传的故事很多，她们打胎的方法也很多，打不了胎生下野种杂种的也很多。有一种传闻说，那个给他家挑水的半憨半傻的后生，就是这样一个私生野种。你这个傻瓜，知道了那个憨后生给她担水和泥，怎么还想不到她是在打胎！当然她的野男人不会是这个憨傻蛋，她一定是看见了这个卖水的憨傻蛋才害怕了，赶紧打胎。你如果按期下班回来，她可能就遮掩过去了，后来你按期回不来了，她怕遮掩不住了，才赶紧打胎。很可能案情就是这样。刘妈的惊慌原来是怕他识破她在打胎，并不是疑心你是鬼魂。女人不惊慌是在装疯卖傻，或者已经视死如归了。她可能是梦见她自己死了，不是梦见你死了。丁侦探叫你痛打她一顿，可能早猜出她是怀了野胎了，听你一说她的情形，他就明白了，他毕竟是洋式侦探。

一切疑团都可以圆满解开了，你这个傻瓜。

刘守义还是忍无可忍不由奔跑起来了。只是起跑时已经里程过半，那天离开康府时也有些晚了，因此跑到家门口时，天色差不多已经大黑了。

这回，他很容易地就敲开了街门。

刘妈好像没有怎么吃惊。

女人当然已经停止练功了，她似乎有些吃惊。因为天黑，他没有分辨清楚她是惊骇还是惊喜。

但你怎么能动手痛打她，你得找到证据。丁侦探说定案得找到证据，他们那么做贼似的企图潜入老院，就是为了找到证据。

那一夜他没有找到证据，女人仍然是视死如归的样子。枕席之间，他判断不出她是不是怀了野胎，听不出来摸不出来他也不会诊脉。她还是说梦里情景，镇静得真似视死如归一样，他无法痛打她一顿。

鸡叫前他只得按时逃走了。一夜之间你就能破了案，那不是比丁侦探还要高明了吗？

归来之后，他很想再请教丁侦探，只是丁侦探似乎仍不肯饶恕他，仍要骂他，你这个笨蛋。他真是忍无可忍了，就学习丁侦探骂人伎俩，用本地浓重的土语回敬了一句：狗日的你才是笨蛋！

丁侦探立刻问他：你骂我什么？

他说，我不是骂你，我怎么敢骂你，我是说丁先生你不要着急。

丁侦探说，我能听出来你是在骂我，我又不是笨蛋。

他问，你能听懂我们的土话了？

丁侦探说，我听不懂，我能看懂，我不是笨蛋。

丁侦探什么都能看出来，他相信。他还得向丁先生请教如何发现怀胎之证。

就在刘守义为自家的案子苦思冥想的时候，九姑娘忽然闯进来，真把他吓得不轻。他以为九姑娘一定是来找他算账的,看你还怎么再急中生智吧,你这个笨蛋。

九姑娘向,那位上海来的先生走了没有走?

他说,丁先生没有走。

九姑娘问,他是不是看戏去了?

他说,不是看戏去了。

九姑娘问,你是票号上的伙计吧,是不是在天津驻庄?

他说,我在沪号给东家跑腿。

九姑娘问,沪号在哪个码头?

他说,沪号在上海。

九姑娘问,上海离天津远不远?

他说,远呢。

九姑娘问,上海也唱戏吗?

他说,也唱。

九姑娘问,你喜欢唱戏不喜欢?

他说,我不会唱戏。

九姑娘问,你看戏不看?

他说,有时伺候客人看戏。

九姑娘问,你多大了?

他说,我二十八了。

九姑娘问,你叫什么名字?

他说,我叫刘守义。

九姑娘问,你看我有多大了?

他说,看不出来。

九姑娘问,你看我不老吧?

他说,不老,正年轻呢。

九姑娘问,你看我学戏行不行?

他不知应该怎么回答。

九姑娘问，你看我学戏行不行？

他说，行是行。

九姑娘问，就怕戏班不要我，对不对？

他说，不是戏班不要。

九姑娘问，就是老太爷不许我去唱戏，对不对？

他不敢回答任何话。

九姑娘问他，你在上海能吃饱饭吧？

他说，能吃饱。

九姑娘对他笑了笑，正笑得他心惊肉跳，她转身走了。

刘守义不明白九姑娘这一串问话是不是在算账，也不明白九姑娘是否像康府所说的那样半疯不傻。她问话很清楚，她要学戏那扮相会很迷人。但康家不倡犬马声色，不养戏班，节庆时候也极少演戏助兴，这是谁都知道的。九姑娘对他笑了笑，似乎不像是冷笑。

17

丁侦探不带刘守义去见八大锤，第一原因当然是怕他再来帮倒忙，其次也怕有刘守义在场，八大锤不便就范。所以他决定独自去私会八大锤，只带了纸笔。

当时八大锤刚刚睡醒，见了他，客气中藏着几分慌张。这给丁侦探增加了几分信心。

他努力显出诚恳友善的样子，先哇哇啦啦几句，听不懂，就开始使用纸笔。但不管他写什么，八大锤也是一直摇头摇手。这位武师真是目不识丁呢，还是故意装傻，以推拒他的纠缠？你既会打牌下棋，怎么能目不识丁？

八大锤开口说："有何吩咐你就直说吧，不用啰唆。"

"我能说的话，你听不懂，你能听懂的话，我又不能说。"

"伺候你的刘守义怎么不来?"

"他是一个笨蛋,带他来做什么。"

"我什么也听不懂,你把刘守义叫来再说吧。"

"我把他叫来,你还肯帮我的忙吗?"

"我是说你把刘守义叫来,懂了没有懂?"

"你不要着急好不好?我能大概听懂你的话,当然你听不懂我的话。"

"你说刘守义有事不能来了,对不对?"

丁侦探本来觉得这种密谈也不错。你就一直对他哇哇啦啦,他必然会猜测你在说什么,大概不会听急了给你一锤吧。他会做怎样的猜测,或者会做怎样的解释,你从中可能会捕捉到有用的线索,对迫他就范有用的线索,以及对破案有用的线索。那次想对孙老总采用这种侦查手段,只是那个老和尚太精明了,没有能用成。八大锤不会比孙老总更精明吧。

但是,这次密谈的结果不能说很理想。他一直哇哇啦啦,不时辅以手势和表情,八大锤仿佛一直在耐心猜测。可这位武师显然不是那么简单,终于什么也没有脱口说出来,甚至连打牌也极力否认。他一再做出打牌的手势,口中模拟洗牌声音,八大锤一直摇头摇手,同时比画棋子棋盘形状。他难道连打牌与下棋的声响都分辨不出来吗?不过,八大锤能这样一直耐心地猜哑谜,不把你撵走,更没有给你一锤,就什么都说明了:你抓到了他的把柄。还有,那天你假传老太爷圣旨,这是非同小可的事,但至今还没有在大少那里见到反应,说明八大锤并没有向大少报告。他为什么不报告?难道他真相信了刘守义的遁词?当然刘守义脱口而出的那句脱身遁词,也是太绝妙了。

丁侦探归来,对刘守义又先训斥了一番,然后才把潜入老院的新计划给他说明了一下。你不必害怕,这次行动你想去,我也绝不会带你去,我只要求你跟我去见一见八大锤,明白了没有明白?当然是在我正式行动以前。

刘守义说明白了。

“这不是一般的见面，这是一次密谈，密谈一笔交易，或者说是一次讹诈。你又瞪什么眼，我这么对你说吧，谈成谈不成事关重大，谈成了，我独自去行动，你也平安无事了；谈不成，我的行动落空，你也洗刷不清罪过，明白吗？”

刘守义说，你这也是讹诈吧。

“这叫同舟共济同荣同损，你明白吧。我们去见他，开门见山就说找他打牌来了。他一定会说他不会打牌只会下棋。我会说我不是来寻赌局，只不过想来过一过牌瘾，自离开上海就没有摸过骨牌了实在是牌瘾难耐。你翻译完我的这段话之后，再加上一段你自己的话。你说这位丁先生在上海是有名的牌迷，牌技虽不算高可牌瘾大得出奇，什么场面都敢上，办案挣的银子全扔到牌桌上了。当然你还可以加上几句话，说明你已经劝告过我了，在康府绝不会寻到牌局牌友等等，这是为你洗白，明白吧？”

他要仍说他不会打牌怎么办？

“你着急什么，我还估计不到这一层吗？如果他仍这样说，我就会说实在想象不到，像康府这样的豪门大家居然没有人会打牌，谁信。不打牌，不听戏，酒宴饭局也不多，你们主仆闲暇中间怎么度过？不管他怎么回答，我都会抓住打牌不放，比如我会说牌艺和你们的武艺十分近似，其间的功夫、招式、机巧、韬略、绝妙，都有无限天地，都有出神入化的境界等等，总之是不引起他的牌瘾，我不会罢休。”

他要真不会打牌怎么办？

“你少说这种丧气话好不好？我问你，我是照刚才说的，扮演一个牌技不高，但牌瘾极大的角色好，还是扮演一个上海的赌界天王好？”

刘守义说，他怎么能知道谁好。

“你有时不是也能忽然想出个绝招来吗？”

刘守义说他只急中生智了一回，还落了个笨蛋的美名。

“我装作牌技不高，是不想把他吓倒。不过，如果装成一个天王，又表示可以教他几手,效果也许更好,对不对?”

他听说你是上海的大赌家,那还不向东家报告?赌和盗挨着呢,谁不知道。

“你这是高见,很好。你这样向他介绍我好了,第一,我办案之余嗜好打牌,瘾头极大。第二,因为我是侦探,上海一流侦探,所以牌技也极高,丁先生脑筋好使哪,眼急手快啦,等等,上海赌界的四大天王八大金刚都很看重他,办案中给他送信跑腿那是常事啦等等。你就这样说好不好?然后我就照你说的那样,开始给他吹牛。当然,我会装成闲聊的样子,但又兴致极高,俨然一种找不到牌局,只好借谈牌来过瘾的样子。好了,就是这样了。”

他要真不会打牌怎么办?

“吹完牛,我们告辞就是了。如果他上了当,夜里我就去同他打牌,你尽可放心睡你的觉去。”

“你真有那么高的牌技吗?”

“当然。”

“在上海怎么没有听说过你的大名?”

“你们票号不是严禁打牌吗?你不要多问了。”

丁侦探又等来一个时机,即包武师外出了,而八大锤于值夜后又昼睡初醒,他带着刘守义不期而至,来到这位武师的住所。结果,一切都如丁侦探事先所预计,八大锤终于中了圈套。当然八大锤仍不会承认染赌,只说是偶尔打牌解闷,能有幸学两手绝招真是太好了,就怕东家及师父知道了吃罪不起。丁侦探当然表示会严守秘密,说如果你能看得起我这位新朋友,就请放心好了,我们只要打牌不带赌,这位刘掌柜也绝不会多嘴。刘守义当时也很得体地说,二位要是食言,可就断送了我的前程了。八大锤发誓说兄弟也是吃康家的饭,你还信不过我?我们武人以义气为第一。

这样好的结果,促使丁侦探修改了原来的行动方案。原来他只是想以发现其赌牌为口实，要挟八大锤答应自己参加巡夜，然后再伺机潜入老院。至于如何潜入，他实在无法再做精细的策划了。四次失利的无能，深深刺痛了他，他已经不敢大胆发挥自己的才智了，只剩下一种难以按捺的冲动：他绝不会相信自己无法见到康老太爷！你要冲不进老院，见不到老太爷，就让康府把你当盗贼抓去做替罪羊好了。这很像是一种自杀式的冲动，所以他也不想再做十分精细的谋划了，反正他可能真是一个笨蛋。

没有想到事态居然会出现这样意外的转机。好了，不管是骂出了机智，还是时来运转了，或是大少许诺的那两个大银坨子起了作用了，总之是出现了不错的转机。于是他就把跟随八大锤巡夜，改作同他们彻夜打牌，当然是在老院的偏院里。入夜之后，老院的各道门禁都关闭了，但他已身在其中。由老院的偏院潜入老太爷所在的里正院，一定不会很难。据六娘说，老院的厨房及茅厕都在偏院。老太爷既然昼眠夜醒，吃不吃夜宵，喝不喝热茶，去不去茅厕，他不去茅厕也会有人端屎倒尿吧？那么偏院与正院之间，必然彻夜有路可通。你可以借去茅厕之便，悄然潜入，甚至可以在牌桌上机智地刺探出老太爷吃夜宵的时辰，准时潜入拜见。很好。

关键就在于你的牌技了。

事实上，丁侦探以自己的牌技镇伏八大锤之流，是绰绰有余的，因为他们的牌技太差了。他给他们表演的小花样，绝不是天王手笔，但他们仍然看不明白，他又不能用官话给他们讲解，正好哇哇啦啦，故作玄妙。所以问题没有出在牌技上，而是那位康二爷忽然驾到了。

应该说，丁侦探在事先已对发生这类意外，有所估计了。可惜他只是防备了包武师，完全把康二爷忽略了。他虽然没有忘记二爷一直亲自下夜候贼，但怎么能想到这位年近花甲的二老爷，会一头钻进偏院中仆佣的陋室，谈天说地，竟夜不去！

当时他连一趟茅厕还没有来得及去，就见一名仆人慌张闯来，说二爷驾到了。八大锤一把拖住他，飞速把他拖到另一间陋室，吹灭灯，反锁了门。在黑暗中，丁侦探惊魂稍定之后，第一反应又是以为自己中了圈套，他们一定是将计就计了，在圈套外又设了圈套。他不由又骂了自己一声笨蛋。费了多少心思，眼看就要成功了，老太爷已经近在咫尺，却忽然被这位康二爷打入深渊，几近身陷囹圄了。可能不应该改变原先的潜入方案，当八大锤答应打牌之后，就应该同他摊牌了，要么你同意掩护我潜入老院见到老太爷，要么我向包武师甚至大少，告发你暗中带领仆佣打牌赌钱，完全应该这样速战速决。可你却被自己想出的小花样给陶醉了，你这小花样可能同你的牌技一样，绝不是天王手笔。

康二爷既抓拿住他，为什么不来提审？

他侧耳倾听，黑暗中隐约有说笑声传来，但他听不清他们在说笑什么。如果真是一个圈套，他们是出于什么动机，想巧拦他接近禁地？或许真是康二爷意外地驾到了？

他被关押中间，八大锤曾提着马灯来过一次，神色慌张，行动匆促，只递给他一张纸条，留下一只夜壶，用马灯照着叫他看了看纸条，就赶忙返出，又轻轻反锁了房门。那张纸条上写着：二爷来了。那只夜壶显然是叫他做彻夜被囚的打算吧？他仍然判断不出这是不是圈套。

为什么还不趁机冲出去，你这个傻瓜！

丁侦探后来的确做过越狱似的努力，都没有成功。那陋室可能也是仆佣住处，没有可以开启的活动窗户，笨重的厚木门板，他也无法卸下。

做了一夜囚徒，冷得发抖，更愤怒得发抖，这就是他第五次潜入行动的结果吗？

18

那天早晨的阳光照到窗纸上，又是那样金黄灿烂，屋里又不那样温暖，大少醒来觉得心情很好。

他到外屋洗漱的时候，发现柳嫂又赤着天足在地上走动。

他问，你光脚不冷吗？

柳嫂说，不冷，有地毯呢。

他问，你光脚走路习惯吗？

柳嫂说，习惯，跟穿了鞋走一样。

他问，你为什么没有缠足？

柳嫂说，姐妹多，顾不上了吧，大姐二姐缠了，我们都没有缠。

他问，你说是缠足好，还是不缠好？

柳嫂说，缠了足好看，就是得受罪，不缠足不用受罪，但不好看。

他说，我看天足就好，自然天成。

少夫人出来问他，我就不是自然天成了，那我是谁捏成的？

他说，今天的太阳很好。

夫人说，太阳是天生得好。

他说，你也是天生得好。

夫人说，我不是自然天成。

他说，你是女中丈夫。

夫人说，那你是男中巾帼？

他说，我是真心敬佩你，你足智多谋，要是由你来破案，一定比我强。

夫人说，我早说案子好破，你总不信，但破案得靠你不能靠我。

他说，今天的太阳很好，先不说破案了好不好？我今天不去膳房吃早饭了。

后来夫人仍说破案又说到祝寿又说到请裁缝，他一直觉得很奇怪。后来夫人忽然又说，我们喝一点酒吧，这更使他觉得奇怪了。家中有规矩，即便男人用饭，膳房平素也不上酒，只在宴请宾客时才准加酒，而且他不记得她会饮酒。你会饮酒吗？她说只饮这一回。听说酒后有了喜长大会疯癫。她说她要破此禁忌。后来柳嫂真端来了烫过的酒，她喝了一盅叫他喝了三盅。他忽然想到这可能又是她的维新之举吧，但酒后她一直静若处子。当然也可能是因为他的心情很好，没有觉得是上了她的当。

事毕，他感到自己的心情仍然很好。

你足智多谋，你看什么时候能破了案，破不了案怎么给老太爷祝寿，不过我看兰州那里很有希望，他们察访到的石头，我看十有八九是真石头，你看是真石头还是假石头，孙老总也说在兰州寻到真石头很可指望，因为兰州没有怎么乱，我们满天下追查石头，已经追查了这么长时间了，也该追出真石头来了吧，你说？

破案还得靠你不能靠我，我十有八九是有了喜了，刚才就是跟你喝喜酒你还不明白吧，你怎么能说酒后得子长大要疯癫就不怕不吉利呀？

这是真的吗？

这是真的吗？

我相信是真有了喜了，隐约想吃酸辣东西，你娘说不会这么早，就想吃酸辣东西可我比她清楚。

什么时候有的就是那天早晨吗，那天太阳也像今天似的金黄灿烂，我就觉得那天秋阳杲杲不同寻常有种吉祥气象。

还不能保准就是那天清早，我只觉得十有八九是有喜了，但你先不要张扬小心冲了喜要沉住气，我只对你和你娘说了，连柳嫂也没有对她说。

还是你足智多谋，我说呢今天醒来心情这么好，可你怎么不早说，刚才的房事不怕冲了喜吗？

你怎么又说不吉利的话，我刚才不是一动也没有动吗，你偏偏有些不同寻常。

我不知道哪，我还以为你又在出新呢，你知道了怎么不说？

我也是因为有了喜高兴了。

那你喝酒不怕吗？

我说是喜酒，酒也是辣的我想吃酸辣东西。

还是多保重吧，你不是说要沉住气，对不对？

你先沉住气吧。

我看有了这一喜，说不定案子也快破了，兰州那里十有八九寻访到了真石头，丁侦探也说案子已有眉目了，只是还不知道盗贼是谁，给老太爷祝寿看来也不用发愁了，六爷也改口暂不出游，孙老总张罗生意也很出力，字号度过眼下危难大可指望，诸事总算转危为安了，我们又有了喜。

你又沉不住气了。

我只是对你说说心里的喜气。

你不是说亲生不亲生长门不长门都不必太看重吗？

真有了喜，当然也得高兴吧。

你先沉住气吧。

事后出门来，大少才发现这一天有了明显的寒意，看到院中的菊花，他也想起了“碧云天，黄花地，北雁南飞”这句名曲，只是觉得与自己此时的心境有些不很相称。由此他又想起了包武师向他提过的一个建议，如果在兰州寻见了真石头，应该派丁侦探到兰州去追访盗贼行踪。当时他有些犹豫，现在他同意包武师的高见了。就叫丁侦探去兰州好了，这算南雁北飞吧，春天的气象。

19

丁侦探对大少说，他必须再查看一次现场。

大少问他是不是快破案了。

他说现在还不能多说，但必须再查看一次现场。

大少说最近老太爷精神稍有安稳，白天能吃几口汤水，夜半也稍打一会儿盹，当然仍是喜怒无常。

丁侦探说，务必得准许他再去查看一次现场，否则就坚决回上海去了，请贵府另请高明好了。

大少说，有那么紧要吗？

丁侦探说，贵府请本探来是为了破案，而不是来做食客，对不对？

大少说，那是当然，我们也只盼贵探神机妙算，早日破案。

丁侦探说，你们不会怀疑我是奸细或者是上海来的盗手吧？

大少忙说，你这是从何说起，我们如有伺候不周之处，请直言吩咐就是了，不必客气。

丁侦探说，那就请准许我再去查看一次现场！

大少问，什么时候去？

丁侦探说，越快越好。

大少说，请容我们为丁先生稍作安排，可以吧，老太爷实在是喜怒无常。

丁侦探说，越快越好。

在第五次潜入行动遭到惨败之后，丁侦探彻底失去了暗中巧见老太爷的耐心。难道你真成了作案的盗贼了，那样费尽心机，鬼鬼祟祟，东藏西躲，又是伪装又是演戏，又是收买又是讹诈，使尽了你的机智，却连连受挫，终于不得破禁而入，这样无能，你怎么能吃侦探这碗饭！这是他从未有过的羞耻纪录，但也是他从未遇到过的办案处境，既请你来破案，又不给你任何办案的自由，处处是禁忌，时时防范你，这算怎么一回事呢！真是一个奇特的案例，在案件背后一定隐藏着一个巨大的阴谋或者陷阱。但你能把这个羞耻的纪录带回上海吗？

在做了一夜囚徒之后，丁侦探曾经努力使自己冷静下来。他细细回想那五次潜入行动，觉得还是一次比一次机智，一次比一次更接近了成功。相比之下，第五次行动方案是最出色的，那是一个充满机智的圈套，巧妙地越过了难以逾越的道道门禁，而且对落入圈套的几个当事人都不会形成大的伤害，完全不需要飞檐走壁的武功，就置身于禁地之中了。康二爷的突然驾到，这是属于事前考虑不周所造成的漏洞，完全可以加以弥补，八大锤说二爷并不是天天到他们那里坐镇。他甚至觉得这个打牌圈套很可能是一件杰作，似乎带上了传奇色彩，简直可以供说书人去演绎了。他应该把这件杰作完成。

可惜他还是难以自制地失去了耐心，一种焦躁加恼怒驱散了他的冷静，很可能他还宿命式地想到了大少常说的一个词：天意。你潜入老院的企图屡屡受挫，很可能是一种天意，因此每加进你的一份机智，反而失败得更惨，这不是天意是什么？第一次行动有些草率，没有推开那道厚门，但脱身很顺利。第二次有了伪装，却没有等接近那道门禁就被阻截了。第三次推开了那道厚门，接着就响起了怎样可怕的警铃，以至将土地祠当作艺术欣赏了很久。第四次找到了洞开无阻的偏门，没等长驱直入呢，又给刘守义一句话弄巧成拙。第五次是杰作了，竟然做了一夜囚徒。如果第六次你还想去完成这件杰作，很可能就真正落入陷阱了。

丁侦探再也不想浪费自己的机智了，决定要来一个单刀直入，光明正大地请大少陪自己直赴禁地。当然，如果大少能允许他单独前往，那就更好了，估计这不大可能。

现在大少已经允许他重赴现场了，到达现场后怎么行事，恐怕还得略施一点计谋吧，不过这不是浪费机智，是把好钢用在刀刃上。

假设这次重赴现场，大少会照前次如法炮制，要求静声息气，轻步简行，只给查看门闩的那么一瞬般的时间，这也没有什么计谋好施，只好不顾一切冲入内室，去见老太爷就是了。如果那位老亭前来阻拦，你就同他格斗吗？这样似乎也不妥，有失英式侦探的风度。你应该带上放大镜，对门闩做仔细的研究，当然只是做做样子而已。但必须做得很像，同时又很有耐心。到达现场后，你就突然掏出你的放大镜，仔细地反复地尽量拖延时间地查看那两道门闩，到适当时候，做出似有发现的样子，但又显得不能肯定，然后继续仔细查看，辨认。如此反复几次，最后做出确有发现的样子，接着就开始查看门下的地板，又似有发现，继续往里深入。所见之物一律都拿放大镜去观察，都做出似有发现的样子，一步一步向老太爷的内室逼近。或者应该先去逼近那位老夫人的内室。据大少说，老太爷与老夫人分居于东西两头的卧室。向老夫人逼近的时候，她一定会出现，她出来是加以阻拦，还是很镇静，或者虽不阻拦但很生气，这都很有价值。还有那位老亭会有什么反应，包括大少会有什么表情，也都有价值。老太爷出现的可能性也很大，似乎应该先向老太爷的书房逼近，如果受阻，再向老夫人的内室逼近。在做这一切的时候，你应该像大少所要求的那样，静声息气，不发出任何声响；静静地专注地煞有介事地一步一步观察，尽量不给他们以劝阻的借口。这种神秘而又紧张的气氛，一定会给当事人造成很大的心理压力，使他们无法掩饰自己内心的真实想法。或许大少会说，案发既久，现场不知清扫擦拭过多少遍了，你还能看出什么来？你会说，有些痕迹是扫不去擦不掉的，这正是英式侦破术的独特之处。他们可能还会说，你这不是在怀疑老夫人吗？你说你是在查看强人破门而入所留下的痕迹。

最后的一笔，应当在这冗长的表演之后，在你多次显出似有发现的样子后，最后做出已经胸有成竹的样子，向大少提出，只要能见老太爷一面，单独问老太爷几句话，案底就可揭晓了。谁能有理由阻止你这样做，难道他反对揭案吗？

这仿佛又是一个几近完美的行动方案，当然还不能说这又是一件杰作。会不会仍有漏洞？或许看完门闩，大少就又会坚令他离开现场。如果出现了这种情况，他绝不会遵命离开的，看谁敢来把他架走！不应该对抗，你一定会随机应变的，一定要巧妙地见到老太爷。最后一张王牌就是，你说你已经知道案底了，但只能对老太爷一人说出！

丁侦探考虑到这一次行动必须有刘守义跟随，又考虑到现在刘守义差不多已经是自己的一个助手了，因此将这个新的行动方案，向刘守义做了详细说明。

“这次行动是光明正大的，你完全不必紧张害怕了，明白吧，而且在整个行动过程中你也说不了几句话，当然你也绝不能再多嘴，绝不能再自作聪明，明白吧？”

刘守义说他有需要请教的事。

“说吧，不明白的，有疑问的，请先说出来好了。”

刘守义说是有关家中太太的事。

“你这个傻瓜，请你闭嘴吧，你太太就是另有新欢，就是要改嫁，也请你暂时免开尊口吧，好不好？因为这很可能是最后的最关紧要的一次侦破行动了，如果成功了，我请大少准你半年假回家守太太，但如果你再坏了我的事，我就立刻打发你回上海去，明白吧？成败在此一举了！”

丁侦探做好了成败在此一举的一切准备。

大少来请他们重去现场时，果然如上次一样再三说明，老太爷屋里不能久留，走路说话尽量轻微不发声，最好不说话，请多包涵。

丁侦探也像前次一样，没有提出任何异议，只是在心里暗笑。

曲曲折折前往老院的路上，大少依旧故作说笑状。虽然没有再说那则小便方便的笑话，但丁侦探感到大少今天的说笑情形，似乎带着几分真欣喜，不像是完全装出来的。大少是不是做了更精心的安排？好吧，好了，我们马上来较量一场！他应付大少的说笑，努力显得更从容潇洒。

步入老院前那条巷道后，丁侦探心里不由涌起一股怒气。跨入老院大门，满目都是自己羞耻的印记，那道已经敞开的第二道正门，艺术化了的土地祠，还有那道迟迟没有发现的偏门，都显得十分刺目伤心。登上台阶，进入那道二门门楼后，丁侦探忍不住指了指门楣后悬挂着的那个铜铃，问大少这是避邪驱灾之物吗？

大少没有回答，只示意肃静，同时已放慢脚步，一脸端庄。

不要生气了，马上就有好戏要唱了，丁侦探努力使自己平静下来，默默跟了大少往里走。因为他的心思已经专注于即将开始的放大镜圈套，所以对第二进院内是什么情景，第三道门有什么机关，最后那进深院又是怎样的情形，几乎仍同上次一样没有留下多少印象。当然，这一切似乎已经不再那么重要了。

老太爷的房门，仍似前次那样半开着。大少又指了指门闩。

丁侦探先俯身看了看，才从容掏出那个铜柄放大镜。这一手果然如他所预料，立刻将大少吸引住了。当他拿放大镜开始煞有介事地在门闩上搜索的时候，大少一直俯身于他的背后观看着，但他不能回头观察大少此时是新奇呢还是紧张，他必须装作十二分专注的样子。他能感觉到此时刘守义也像大少一样，在俯身观看他的表演，你这个笨蛋还算机灵。

在第一道门闩上，他反复搜索了三次，搜索的速度相当缓慢，期间在门闩中段一处停留良久，装出似有发现的神情，但又一直皱着眉头表示不能肯定。接着又搜索，不久又停留到这里。在做这一切动作的时候，他的全部注意力都集中在倾听屋里的动静上了，但什么都没有捕捉到，就像他在门闩上什么也没有搜索到一样。当时是多么寂静，除了大少，刘守义和他自己的出气声，什么声息也没有。老太爷如果在睡眠，也会有出气声吧？那么老夫人呢，她也在睡眠吗，她可以一动不动，怎么能不出气？也许这五间大屋太大了，中间又有几道细木隔断。

丁侦探在第一道门闩上又搜索了一遍，最后停留在中段的那处疑点上，凝视良久，然后终于肯定了这个发现。接着迅速将放大镜移师下道门闩，重新开始如前那种搜索。这中间，那全神贯注的听觉仍然没有捕捉到任何一点声息。

这真是奇怪极了。

丁侦探在第二道门闩上提前找到了疑点，这当然是表演出来的。

他在两道门闩的闭锁机关上，又盘桓了一段时间。

在门后的铁搭链上也做了煞有介事的搜索。

大少终于忍不住了，低声问："发现了什么？"丁侦探头也不抬，示意肃静，一直保持十二分专注状。

稍作拖延后，他突然移师地板，这有表演成分在其中，但他也有些忍耐不住了，怎么仍然捕捉不到任何动静，大屋一直死寂得出奇。因此从搜索地板开始，丁侦探加快了发现疑点的速度，采用跳跃方式向老太爷的书房逼近。在表演上当然相应做出了配合，装出像猎犬已经发现猎物似的，既紧张又兴奋，难以遏止地向前突进。

在他就要跨进书房的时候，大少似乎才想起应该加以阻拦，慌忙说，请留步吧，小心惊动了老太爷。

丁侦探以一种极其兴奋而又极其神秘的口吻说，马上就好了，马上一切就明白了。

他没有停止搜索，果断跨入了老太爷的书房。他更没有想到大少居然未再加劝阻，分明也很紧张很兴奋，紧紧跟随着他往里突进。

书房里空无一人。如果老太爷真在内室睡眠，老夫人就应该守候在这里！

直到这时丁侦探才开始怀疑，这整个大屋里可能都空无一人，你这个傻瓜。

他急忙问大少，那夜放置石头的小几在哪里？

大少居然兴奋地领他进入老太爷的卧室。这里果然也空无一人！

他在那个小几上草草搜索了一下，就问大少：你不是说老太爷正在睡眠吗？

大少这才猛有所悟似的，慌忙说，怕惊吓着老太爷，暂请他老人家退避他处了，我们好不容易才把他哄了出去，否则，我们哪能查看这么长时间！丁先生真有了紧要发现，案事就要真相大白了吗？

"你这个笨蛋，你这个傻瓜！"

刘守义一惊，慌忙说，他说强人是高手，强人真是高手。

大少更急迫地问，到底发现了什么？

丁侦探努力镇静下来，说现在还不能多说，当然有重大发现。

大少仍追问不止。

他只好说，案底事关重大，本探没有十分把握，没有确凿证据，实在不敢草率出言，你这个笨蛋。

回到客房，丁侦探在盛怒之余，忽然醒悟过来：康老太爷根本就不像大少所说的那样暂避他处，而是早已不在这处大屋居住了。他回忆起大屋中虽然也窗明几净，但却阴冷异常。现在秋末近冬，连他所居住的这处客房，每天也有仆人略烧地火暖屋，难道九十老翁会偏爱那种阴冷吗？这是完全可以确认的，老太爷早已不在老院那处大屋居住了，你这个傻瓜。大少所谓的安排，不过是安排仆人对这尘封已久的老屋打扫擦拭一番而已。

这一次你单刀直入又设了放大镜圈套，终于冲入禁地了，可这一次失败得更加彻底，连追逐的目标也忽然消失了。老太爷转移到了何处，隐匿到了何处？第六次潜入老院，就得到这样一个疑问吗？

一连六次，一次比一次机智，一次比一次失败得惨重。他忽然想到大少所说的老太爷一生中的那几个六数，不由打了一个寒战。

20

在丁侦探第六次深入老院的当天，六娘就通过自己的渠道知道了这个消息。当然也知道了是由大少带领，进去的时间又最长。她很兴奋，以为快破案了，不然怎么会进去这么长时间？等了两天，仍然不见有什么消息传出，她就忍不住去见少夫人了。

少夫人问她，你是怎么知道的？

她说，你不用管了，有这回事吧？

少夫人当然也知道了这件事。大少因为她有了喜，情绪很好，她只追问了两句，他就告诉了她，虽然照例嘱咐她不许声张。可六娘居然也知道了，她真佩服六娘这么神通广大。

“你说有这回事没有？”

“你不是说消息十分可靠吗，说不定这消息就是丁先生亲口告诉你的，对不对？”

“那你就是承认有这回事了？这回进去的时间最长，是不是已经逮住贼了，至少也拿到了证据？”

少夫人追问过大少，这次去老院有什么结果？大少说没有什么结果，丁侦探只是拿放大镜里里外外查看，好像有什么发现似的，但他不肯早说。

“丁先生没有告诉你有什么结果吗？”

“有什么结果，你先说，大少一定告诉你了。”

“他说仍然没有什么结果。”

“我就不信，丁先生连连三进老院，能没有一点结果？”

“应该是四回了，二娘她们不是还发现，有一天大清早他神不知鬼不觉进了老院吗？”

“我不相信有四回，四回他都逮不住贼，还算上海来的高手吗？我看他没有那么笨，这一回一定有了什么结果！”

“那你去问他好了，他不肯告诉大少，说不定肯告诉你。”

“你以为我不敢去问他吗？那天我就问过他，你是进过两回老院吧，一回时间短，一回时间长，他没有说不是两回，只是说进老院随便走了走。以前那两回，加上这一回，总共是三回，怎么能有四回？四回都捉不住贼，他没有那么笨。”

二娘和四娘其实也只认定丁侦探潜入老院三回，只是与六娘所指有些不同。

第一回是在一个大清早天刚蒙蒙亮，丁先生披着大少一件细呢大氅，神不知鬼不觉进了老院。先以为是大少呢，可大少不练拳，平常不起这么早，细看才看清是他。六娘问，是你亲眼见的吗？二娘说，你不用管是谁看见的，反正是他没有错。四娘相信二娘说的不会假，因为二爷习武练拳，常年起得早。少夫人也证明，大少的确送给丁侦探一件细呢大氅，因为南蛮子不经冻。但六娘仍然不相信，认为他不会那么笨，老太爷熬了一夜眼，大清早正该合眼睡一会了，老夫人年轻更经不住熬夜，天一亮早该倒头睡死了，他潜入老院去见谁？

第二回是在膳房开过晚饭后不久，丁先生带着那个沪号伙友进了老院。对于这一回，大家都确认无疑。因为有关上回的争执，各人都操了心，命各自的耳目认真监视丁侦探的行动。二娘、四娘和六娘几乎是同时得知了丁侦探的新行踪，而且也都认为他这回的时机选择得很好。这时，老院的仆佣，大多去膳房吃饭了，而老太爷以及老夫人又不会仍在睡觉，进去正好见到。四娘担心老亭不好对付，六娘说丁先生本领大呢。后来六娘说，她发现丁先生在晚饭后又去了一回老院，二娘和四娘就不相信了，因为她们没有得到消息。她们说，他不会那么笨吧，时机再好也不能一用再用！六娘说，这可能正是他高人一筹之处，这回他进去了很久，最后跟八大锤一道出来了，有说有笑。但二娘和四娘没有被说服。

她们认定的第三回，就是大少有说笑带领着进去的这一回。二娘和四娘也以为这回要揭案了，不过从大少谈笑风生的情形看，盗贼不像是她们一直认定的那个人。要真是她，大少不应该那么兴高采烈吧，这毕竟是家丑，至少不应该那么公开显出兴高采烈来。二娘说，大少也许是因为高兴，有失检点了。四娘说，他是当家人，怎么能忘记检点。

她们来问三娘。三娘说还没有听说有什么结果。她们当然不相信。

三娘说，谁不是天天盼着水落石出呢，案子既然破了，我们大少还捂着它做什么？

四娘说，是怕家丑外扬吧？

二娘说，真是她偷了石头，还真不能声张出去。

三娘说，实在是还没有结果，我们大少背上压着没有压着这件重如泰山似的案子，我能看不出来吗？

二娘和四娘也认为，三闯老院，竟毫无结果，这位上海侦探也有些太不中用了吧。

三娘相信丁先生已经四进老院了，因为她希望这位侦探能更勤勉办案，以解她家大少之忧。但她不同意因此就说丁侦探怎么怎么无能，说丁侦探无能，岂不等于说她家大少请错人了吗！对丁侦探的评价，她比较倾向于六娘，当然也感到六娘的评价太高了，真是那样有本事，怎么仍迟迟破不了案？至于到底是三回还是四回，大家就不用再争论了，好不好？都不能太着急，也不能太乐观，最后都不能忘了保密。

少夫人郑重希望六娘能亲自找丁先生探听一个究竟。

大娘已经很久没有参加她们的议事了。

21

因为兰州一直没有回信，强人也一直没有动静，二爷又重提张罗打擂的事，几次以亲自出马相逼迫，他相信无论如何商界武界都会给他这个面子。

包武师感到再也无法劝抚拖延了。他曾想暗中与武界串通，大家一齐婉拒擂事，叫二爷去碰一回南墙好了。这不难办到，目前武界不用你去串通，大家也都会谢拒擂事，因为护院保镖还忙不过来呢，谁还有心劲和心境去打擂。只是商界就难说了。他原以为商界在目前会同样冷淡擂事，以求安避乱，但经冷眼观察，也不尽然。

听说今年重九节，城中十八家大字号，就曾演出了一场赛菊会。那天上午，先有九家大商号出乎人意料，联手同献九九八十一盆绝色菊花于东寺资福寺，大掌柜们同登了寺中藏经楼，登高求吉。下午接踵又有另九家大字号，联手献同数九九八十一盆奇艳黄花于南寺无边寺，大掌柜们更共登了寺中浮屠白塔。浮屠塔高耸凌云，藏经楼华冠诸寺，市人说，民国开元，重九有了赛菊会。包武师清楚，这不过是商界强呈闲逸清雅而已。近一年中受辛亥事变牵动，西商字号纷纷倒闭的险势虽还不见反转，但幸存的大商号，似乎已经从最初的猝不及防中醒悟过来了。不论自家跟基稳不稳，全都力图显出稳如泰山的气象来，张罗几件张扬门面的盛事也不是不可能。如果康二爷亲自出面张罗擂事，商界同仁说不定真会给他这个面子，借打擂再耀武扬威一回，赛菊加打擂，文武都齐了。商界一刮风，武界能不下雨吗？

二爷热衷于擂事，当然不是为了强撑康家的门面，但企图以此诱来强人，那简直是异想天开。包武师想来想去，仍然觉得与其兴师动众摆一回擂台，真还不如假扮一回强人，先给二爷提提神，过过瘾。

演这一出戏，除了比打擂省事，包武师觉得还有另一种好处。康府盗案久攻不下，大家旷日持久地严阵以待，不仅是二爷等不及了，就是武手家丁们也早倦怠了。护院戒备已日渐松懈，敷衍偷闲现象，越来越严重，连日常的练武功课，也常常借口日夜值星而不肯认真讲究了。借此假强人入侵，不正可以一惊众人倦怠，重新唤起警觉，给大家提一提精神吗？可能正是因为这一点，促使包武师最后下了决心。不过这样一来，既要瞒住二爷，又要瞒住武手家丁，当然更不能惊动了康府中其他的主仆，这出戏的难度就太大了。使一种二爷比较陌生的拳路与之打斗一番，既不伤着二爷，也不叫二爷伤着你，但又不能虚晃几手就跑，得像高手架势，这一切似乎还可勉力做到。困难在于其他武手家丁怎么安排，既不能告他们真相，又不能听任他们朝你开枪。虽然在黑暗中枪手未必能射得那么准，但一开枪就惊动全府了，尤其吓着老太爷怎么办？案发之初，他和二爷曾经嘱咐过大家，如遇强人驾到，尽量不要声张，更不许鸣锣呐喊，以免吓着老太爷及东家女眷。只是已经空等了半年，突然上阵，谁知他们还能记着这些嘱咐不能。

那只好在事先假托已有强人潜来的可靠探报，对大家再严加叮嘱，特别强调不许开枪，一怕吓着老太爷，二怕打死强人无法追赃，追不回石头，我们大家等于劳而无功，懂不懂？这大概能吓住枪手。

这出戏再怎么保密，也不可能由他一人独自演出，总得有个内应来配合一下。这个内应只能由八大锤来扮演了，可惜他这位武艺不差的徒弟，偏偏最不适宜演戏。这个莽汉或者不肯答应扮败将角色，或者答应了又会兴奋得保不了密。因为根据他的初步设想，他自己假扮强人跃上房顶之后，先与二爷打斗一番，然后由八大锤接应过来与自己打斗，最后八大锤偶有失手，“强人”趁机飞身下墙逃走了。八大锤肯不肯扮演这么一个失手放走强人的败将，他没有把握。

还有，演完这场戏怎么做善后处理，要不要禀告大少？大少当然好应付，估计他会问，怎么每回出事你都不在场？你说强人知道我武艺高强，才总是趁我不在时下手，他还能说什么？讨厌的只是那个南蛮侦探，就怕他抓住不松手一追到底，八大锤十有八九经不住这个南蛮的诱骗。

只好等到把丁侦探打发往兰州之后，再演这出戏。大少似乎并不反对他的调虎离山计。不管怎么说，包武师终于下了决心要演出这出戏了。他先开始调教八大锤。

包武师说，武手家丁们越来越懒散了，强人猛然驾到，可怎么应付！

八大锤说，兄弟们都很辛苦。

包武师说，辛苦什么，你以为我什么也不知道吧？

八大锤问，师父你发现谁有不轨之处了？

包武师说，再不整饬，什么事都可能发生。

八大锤问，师父想整治谁？

包武师说，都得整治，明白了吧？

八大锤说，明白了。

包武师说，他想出一个整饬风纪的办法，说不定会在哪一天的哪一时辰，忽然传令说强人驾到了，暗中来一回缉盗演练，看看每一个人怎么应变应战，谁该受罚挨整自然也就清楚了。你听明白了没有？

八大锤说，听明白了，师父真是智勇双全。

包武师说，但你得给我严加保密，你要先走漏了风声，我就先整治你，听清楚了没有？

八大锤说，清楚了。

包武师问，你清楚了什么？

八大锤说，走漏了风声就演练不成了，该整治准，也整治不成了。

包武师说，你清楚个狗屁，走漏了风声不只是演练不成了，以后强人真驾到了，大家还以为是演练，这岂不是弄巧成拙了吗？必须保密，必须像真强人驾到一样进行演练，懂不懂？

八大锤说，懂了，师父真是智勇双全。

包武师说，在二爷面前，你也不许多嘴，不许提及演练，二爷那里我自有安排，记住了吗？

八大锤说，记住了。

从此以后，包武师就开始观察八大锤的表现。

第三部

1

丁侦探经过六次努力，终于深入到案事禁区，侦破目标却忽然消失了。当他意识到自己的侦破行动居然也暗合了康府中那个神秘的六数，真被吓得胆战心惊。这真是天意吗？在这座富商府邸，难道真存在一个神奇而不可知的魔场吗？

康老太爷在他一生所经历的第六朝，丢失了自己视如性命的两块石头，案发当时又恰恰只有他的第六位续弦夫人在场。老太爷有六位儿子，目前又都不当政，习易、练武、经商、行医、迷色、求仕，一生各有寄托，但都是像谜一样的人物。他经过六次努力冲入禁地，禁地却消失了，就像那两块石头神奇地不翼而飞一样。他自己难道也落入这个魔场了？但你是信奉西洋上帝的，六数在西洋人那里象征疑问，不是吉数。那么是哪个上帝在同你开玩笑，使你从起点又奔波回起点！

康府中人人都在说老太爷，这位神秘的老太爷又是本案的第一当事人。但他奔波了这么长时间，至今连老太爷的影子也没有见到，还有那位年轻的老夫人,还有他们身侧同样神秘的那位老仆。也许他们根本就不存在,康府不过是为了巧凑那几个吉利的六数,才请他来演出了这场戏吧?

丁侦探认为这是一种很值得考虑的新假设。

假设是这样,当然也不能说康府从来不存在老太爷这位人物,而很可能是这位老太爷已经谢世,只是康府一直秘不发丧,要等待应了那几个六数之吉。这期间,为了掩人耳目,才精心假设了这样一桩盗案。声称老太爷丢失了视如性命的石头,喜怒无常,谁也不想见,任何求见者一律挡驾,甚至包括康氏家族中的绝大多数人。这样当然就机巧地封锁住了消息。

在大少所说的那几个吉六之数中,需要等待的,看来只有身历六朝这个六数吧。六妇六子,显然不好在身后等来。他们要等待的,就是民国开元这个新朝代吧。那么老太爷是在什么时候辞世的呢?应该不会太久,因为太久以前,他们不可能预见到清廷的灭亡就指日可待。可能性比较大的逝世时间,应该在去年辛亥首义突发之后,老太爷经不住这个突变的刺激,猝然去世了。据大少说,老太爷还是前清一名二品补官呢,这当然是用银钱捐纳来的,老太爷受到刺激是有可能的。老太爷去世后,康家怕乱上加乱,尤其怕牵动各地分号的生意,于是秘而不宣。听大少以及康府所有人的口气,老太爷简直是康家的灵魂。这样一个灵魂式的人物猝然故去,对于康家及其票号,那很可能是比大清灭亡还要可怕的事。老太爷安然活到新朝开元,应了六数之吉,岂不是可以安定族人,振奋字号,化凶为吉了吗?

那为什么又要把盗案安排在今年三月初四发生,而不是在去年?辛亥首义在去年农历八月,老太爷有可能是在九月到十月去世。那么去年十月以后至今年三月这段时间,是怎么遮掩的?其间又有一个隆重的年节,大年节里老太爷总得出来,接受这个大家族中几代人的祝拜吧?或者正是由于拙于遮掩,才不得不安排了这样一桩盗案。

但是,不管怎样吧,既然已经熬到民国开元了,为何仍不发丧?是虑及时局仍未稳定?对了,可能是想熬到老太爷的九十寿辰,大少后来一再提及老太爷的寿辰，希望案子能在祝寿前揭晓。这个九十寿辰，似乎也是要应康府那个寿型之兆吧。

这样一推测，丁侦探觉得一切都明白了。难怪康家既以重金聘请他来破案，却又不给他任何侦破的自由，反而时时处处监视他掣肘他，原来不过是想让他来做做样子，演一演戏而已。你当真侦破下去，一定会揭破人家的把戏了。你这个笨蛋，居然还想名震南北。

那么那位年轻的老夫人又隐居到什么地方去了？但如果盗案并不存在，寻找这位老夫人也没有什么意义了。如果这件盗案真是虚构的一场游戏，他再感到羞辱，也只好带了这份羞耻的记录返回上海了。当然，他得揭破这个游戏，以报复康府对他的羞辱，或者可以要求康府给他虚构一个侦破记录，以使他名震南北？

丁侦探感到自己已经没有多少可以选择的余地了，下一步需要首先证明的，就是老太爷是不是还活着，或者是康府的禁地又转移到何处去了。侦破了这么长时间，不仅是回到了起点，而且简直是从起点向后推进，但你能有什么办法。

要证明老太爷的生死，可能很容易，也可能很难。必须查问一下今年正月的年节是怎样度过的，康府主仆是否曾给老太爷拜年。他们可能无法回避这个问题，也可能给你虚构一个拜年情景。

如果老太爷仍然活着，如果盗案真的发生了，那么老太爷转移到何处去了，又是出于什么动机转移，是害怕盗贼再次入侵？如果是这样，那么还是外盗的可能性大。因为老太爷不可能瞒过大少他们，隐居到一个秘密的住所，而且带着嫌疑甚大的那位老夫人，如果真有这样一位老夫人的话。根据他自己六次潜入老院的亲身经验，盗贼潜入老太爷屋里作案的可能性和可行性，无疑是存在的。他所选择的每一个时机，他所设计的每一种行动方案，用于作案几乎都可以成功。当然，盗贼得像他一样是一位高手，也得像他一样熟悉康府。这就是说，外盗必须得有内线。内线可能是谁？又回到了侦破的起点，而且每次查案你都没有成功。

先不管出于什么动机，如果老太爷真是移居他处了，谁可能知道这个秘密？大少肯定会知道，他是康家当家者，他两次精心安排了案发现场，那个尘封的阴冷老屋。显然也不可能让康府主仆全都知道，因为全知道了，也就没有什么秘密可言了，难道会只瞒住他这一个笨蛋不成？除了大少，谁还可能知道，六娘会不会知道，八大锤会不会知道，还有九姑娘她会不会知道？

丁侦探知道自己陷于失去侦破目标的迷茫之中了。他决定休息几天，或者真应该到什么清虚幽静之处聊作游览。

丁侦探问大少，贵地有什么清静幽雅之处可去一游？

大少说，城南有三座凤山。一座叫凤凰山，山畔有龙泉寺，寺中有三佛阁及酎泉。一座叫凤景山，山中有大佛寺，石佛高数丈。另一座叫凤翼山，山中亦有大佛，称二佛阁。只是时令近冬，山野萧条，没有什么风景可看了。案事确有重大发现吗？

"本探必须见一见老太爷！"

"实在是老太爷拒不见生客，绝非我不遵丁先生吩咐，老太爷喜怒无常似任性的孩童，请多包涵。"

"本探不是第一次办这种案子，当事人因丢失宝物而致疯狂失常者，我也见得多了，我自有办法安抚失常的老太爷。"

"实在难以从命，你不知老太爷近况，万一被惊吓着，我实在没法向族人交代，老人多大年纪了。"

"我有我的办法，不使老太爷受到惊吓，明白吧？"

"丁先生有什么办法？"

"你不必多问，我发誓不使老太爷受到惊吓，好不好？"

"事关重大，在下实在不敢从命。"

"如果见不到老太爷，这案子可就难破了，明白吗？"

"你不是已有重大发现吗？"

"但我必须亲自问老太爷几句话，才能定案。也就是说，我只要问老太爷几句话,本案就真相大白了,明白不明白?本案不是关系老太爷的性命吗?难道你不想早日破案,令老太爷长寿吗?我问老太爷的这几句话,不但吓不着老太爷,他听了很可能会转惊为喜,明白吗?”

“是哪几句话,由我代为转告,还不成吗?”

“不成,必须由我亲自来问。”

“为什么?”

“因为你就是盗贼!”

刘守义一惊,忙翻译说:“因为你不是侦探。”

“事关重大,在下实在不敢贸然从命,容我试探一下老太爷的口气好不好?”

丁侦探想,老太爷很可能已经死了。

2

总号终于派人送来了兰号老帮的回复信札,同时还交来孙老总的一封便函。

大少急忙拆开兰号老帮来信,信封内果然呈来了那两方印拓,拓印得十分精细清丽。他端详了一阵,识别不出真伪,只觉得印拓殷红得令人高兴。

兰号老帮信上说,因官家邮班不畅,又虑及乱中有失,所以转托私家信局派专足呈送,延误了时日,请少东恕罪等等。又说据得那两块石头的古董商,借口已另有方家相中,不肯予以拓印。颇费了周折才得到印拓,故又延误了时日等等。又说望尽早鉴明真伪,决定赎与不赎,以免被他人夺爱等等。还说对方有言,关于石头来历,绝无可疑之处,原物主系京中某贵人,要求替其隐名。新主如追究来历。虽出倍价亦万不出手等等。

大少心想这都是奸商伎俩而已,关键在于真伪。如果是真石头,就先赎回来再说,追究不追究它的来路,那就由不得尔等了。

孙老总在便函中说，不论是真迹与否，只要确系灯光冻石，都先买回来。但出价决不能高，即使是真迹冻石，也要一口咬定系赝品伪印，声称已请京中大家鉴明了。我们至多只出真石的价，决不出文彭真迹的价，真冻石在今乱世也决不能出大价。请少东明察酌定。

大少深感孙老总果然精明，如此处置，绝不仅仅是为了省些银子。对方提出不许追究石头来路，是不是已经猜测到了什么？你们满天下搜索这样两块石头，很可能会引起古董奸商的猜疑。或者是哪位老帮走漏了风声？但这件盗案对各地老帮同样是一直保密的，只告知京号梁老帮和沪号孟老帮。孙老总令兰号当作赝品购回，而不是当失物赎回，可能就是为了平息外界的猜疑吧。如按大少自己想法，只要确系老太爷失物，就会令不惜重金赎回。还是孙老总精明老到。

不过，关键还在于真伪。

大少急忙先往家馆去见何举人。

因为以往赎回假石头时，都是先跑到老太爷那里报喜，老太爷摔了石头不说，还责骂他们不肯下功夫追寻，只想拿假石头来蒙哄他，简直一副怒不可遏的样子。后来假石头又源源寄到，大少就改由何举人先行鉴别一下，疑为真迹者，才呈老太爷验证。

何举人当然不是金石大家，但发往各地分号的印样，都是出自他的手笔。因此，何举人采取的鉴定原则，就是越像他自己的手笔，便越有可能是伪印。用这种鉴别方法挑选出的几方石头，呈送给老太爷，还是都给摔了，还是受到了咒骂，说他们拿他的性命当儿戏。

大少怀疑何举人这种鉴定方法可能有问题。

何举人说，万无一失，自家手笔还会识别不出来吗？

大少说，是请何老爷辨认文三桥真迹，并非识别你自家笔意。

何举人说，似我笔意，即非真迹，我正是这样鉴别的。

大少问，是不是将劣于何老爷笔意者，也送老太爷过目了？

何举人说，我会如此糊涂吗？万无一失。

大少仍放心不下，费了很大周折，从老太爷那里再次讨出印谱，请何举人对照印谱，重新一一鉴定各地寄回的石头。何举人重新鉴定后，仍维持自己的原判，很得意地说，万无一失，何况石头都是假冻石，刀笔岂能是真迹耶？

大少这才恍然大悟了。不过，他更怀疑何举人所临摹的印样，失真太多，以至各地老帮赎回这么多伪印来。碍于保密，他也不便另请高明来重制印样。后来大少只好给各地老帮去信，令千万不可照图索骥，应当把印样仅仅作为寻访真迹的参照，尤其要切记先识石头真假，再论刀笔真伪。

兰州分号先查访到了真石头，很可能就是因为听从了他的指示。

何举人见大少忽然驾到，不免又有些惊慌，听大少说明了来意，他才安下神来。

何举人端详了一阵印拓，问没有寄回石头吗？

大少说，他们已经请方家识者验明了，石头是真冻石，青田灯光冻石。

“可惜刀笔不是真迹。”

“不可能吧？”

“万无一失。”

“又似何老爷笔意？”

“还在本人之下。”

“既不似何老爷笔意，还请再仔细识别一下。”

“万无一失。兰州本不是文物古董荟萃之地，若真是青田灯光冻，被如此涂鸦，实在是玷污了这两方名石！”

“听说这两方石头是由京师转去求售的。”

“那不过是奸商伎俩罢了。我曾久驻京师，为东家副理京号，京师情形，为商之道，我都是深谙熟通的，万无一失。”

“我看，还是讨来印谱验一验吧。”

“经这一番苦摹印样，屡识伪迹，那两方印章真迹，早了然于心了，万无一失。”

何举人有一句话没有敢对大少说出来，兰州寄来的这两方印拓，很似他临摹得最失真的一份印样了。

因此大少还是下了决心，要讨来印谱验证一下。但这次向老太爷索讨印谱，似乎更不容易。

祖母说，这一向老太爷简直是手不释卷了，紧握住那份印谱不肯松手，只怕这一份印谱也给谁偷去。他说再丢了这份印谱，他就真不想活了。他说他已经活够了，只等着给他寻回那两块石头，配齐了那套阴骘文，给他带走，康家的万贯家财、通国生意就全丢给你们了。听听这是叫人多么害怕的话！

大少说，来求印谱，正是为了给老太爷尽早追回失物。

祖母说，老太爷听了一定以为又给他买回假石头来了，越发以为你们是在戏弄他，不知道他还会怎么发作呢。

大少说，这回的确是察访到真冻石了，不敢断定印文是不是真迹，必须对照印谱细加鉴别。

祖母问，何老爷也不敢断定吗？

大少说，他也不敢断定。

祖母说，那就等我再想一个办法吧，但不能着急。

大少听了很高兴，因为每次拿印谱，都是祖母想出了办法，女人似乎都天生足智多谋。

大少忽然想，难道盗贼真会是这位祖母吗？

如果在兰州查访到的石头仍然不是失物，那么丁侦探所做的种种暗示很可能就在这位祖母身上。她足智多谋地隐匿了老太爷那两块石头，然后把门闩轻轻打开，安排了一个强人入侵的假象。老太爷那样神不守舍，谁也不再相信，把幸存的七十五方石头抱在怀里，枕在头下，连印谱也是终日紧握着不敢释手，老人是不是也猜疑到她身上了？丁侦探一再要求查看现场，一再要求拜见老太爷，近来更肯定地说，只要问老太爷几句话，就能揭案了。那几句话很可能就是问，她是不是足智多谋！老太爷一向料事如神，一定对她早有觉察了。可为什么不给他们点拨一下，是太伤心了，不想家丑外扬，不想坏了自己一生英名？当初大家都不怎么赞成你老人家娶这位年轻的寡妇，你老人家要仿照祖爷，说你们的祖奶就是一位寡妇。你老人家一生英名，把祖爷留下的生意做遍天下，可最后学祖爷娶来的这位年轻寡妇，却是个不忠不义的家贼，你老人家终于有口难言了。

老太爷没有及时给他点拨出来，或许想借此盗案来看看他的本事？自你祖爷跑口外发家以来，康家已历八代创业，你是第九代掌门人了，你又学会了维新，你先破了我这件盗案给我看看！老太爷变成一个任性的孩童，喜怒无常，或许是有意拒绝他去求教，以至干脆不肯见他，干脆谁也不见了，什么话都由这位祖母转述。由盗贼来转述盗案情形，提供破案线索，这倒很像老太爷的手笔。她是盗贼，当然会把案情弄成一个迷魂阵，但她又是俨然代老太爷行令，你不会对她产生怀疑，于是就一直陷在这迷魂阵中了。你只有用老太爷悟禅悟道的那样一种大智慧，才可能忽然跳出这个迷魂阵，悟出老太爷早已告之于你的禅机：盗贼不就在你眼前表演吗，你怎么一直看不出来！老太爷屡屡不肯见他，那很可能就是对他的一声一声棒喝，可惜他一直执迷不悟。

这很可能是一个禅机！大少好像真有些顿悟了。

所谓京师转来一个神秘的匣子，那一定是她布的一个迷阵，以诱惑他们去严阵设防，恭候强人，又派人满天下去查访石头。那位包武师一直发誓盗贼是江湖中高手，飞檐走壁，破门而入，全不留一点痕迹。包武师真是没有一点悟性，还影响得你迟迟不能顿悟。倒是自家夫人早暗示过这位祖母了，女人真是足智多谋。

如果真是祖母在向老太爷挑战，他觉得这个案底不够十分理想。她隐匿老太爷心爱的石头，无非是想逼老太爷在生前给她在票号中留一份财股吧。但能顿悟到这个禅机，却使他很兴奋。

两天之后，祖母真给他讨出了印谱。他问用了什么办法，祖母只叫他限时送还，别的什么也没有说。她是得意高兴，还是惊慌不安，他也看不出来。

何举人对照真迹重新鉴别过，仍然维持他的原判。

看来真是一个禅机。

大少很想再去请教一位真正的金石方家，但这至少得进城走一趟，那必然要超过祖母给定的时限。这个时限，不知是老太爷有意给的，还是她估计的老太爷可能睡醒的时间？她可能是趁老太爷白天睡眠期间，偷偷取走了这份印谱，而今天老太爷又恰恰没有紧握着它，就像案发那一夜，老太爷失手将那两块石头置于小几上。睡着了，她趁机偷出匿藏了起来。今天你就故意延误了时限，让老太爷醒来追问她，令她显出盗贼真相。但这似乎不像是老太爷的手笔，就这样简单地抓住了贼，能显出他多大的本事？而且，关键是赃物何在。如果这其中真有禅机，那么老太爷一定会给他以追获失物的暗示。

大少为了证明在兰州查访到的石头的确不是失物，又去请六爷鉴别了一回。六爷没有多少兴趣，两相对照粗略看了看，就问何举人是怎么判断的。他说何老爷认为是伪印。六爷说，那就是伪印了，何举人描了那么多印样，应该能分清真伪，可惜圣贤文章都给这许多雕虫小技掩没了，污没了，即使是真石真迹又能怎么样？

大少按时送还了印谱。

他更相信自己是顿悟了老太爷的禅机，但下一步该怎么办？原来他希望在兰州找到失物，先设法赎回，然后派丁侦探去兰州查访盗贼行踪，或者还应该派包武师同往兰州，亲自将石头押送回来。这样就可安心为老太爷祝寿了，他自然也可松一口气了。现在忽然顿悟了禅机，这一切希望随之都化为泡影。丁侦探逼迫着要见老太爷，能不能叫他去见，老太爷又见他不见？即使经公议同意丁侦探秘密去见老太爷，在祖母这一关很可能会被坚决挡驾。虽然知道她是贼了，但你怎么证明，捉贼捉赃，追不出赃物怎么能指认她，她毕竟是一位祖母。即使能证明她是盗贼，要不要指认，怎么掩盖这件家丑，怎么保全老太爷一生英名，恐怕都是老太爷要他拿出本事来解决的难题。而且老太爷的寿辰日渐临近，这很可能是老太爷留给他破案的最后时限了。

大少终于发现，破案的重任忽然又重新压到他一人身上了。

3

六娘问，上海真是去不得吗？

丁侦探说，六爷还是想出游吗？

六娘说，是她想去游上海，她早想游一趟上海大码头了。

丁侦探说，上海怎么去不得，我们上海很值得去一趟，六爷答应陪你去了吗？

六娘说，他不答应，我自己会请保镖，他去汉口，我去上海。

丁侦探问，老太爷会答应吗？

六娘说，现在是大少当家。

丁侦探说，那恐怕也要得到老太爷允许吧？

六娘说，老夫人准许就行了。

丁侦探问，六爷要出游，老太爷知道不知道？

六娘说，他不想见老夫人。

丁侦探问，老太爷呢，六爷也不想见？

六娘说，想见老太爷，他得先见老夫人。

丁侦探问，六爷一直没有见老太爷？

六娘说，他不想见老夫人。

丁侦探问，你们不常去给老太爷请安吗？

六娘说，老夫人说老太爷不想见我们。

丁侦探问，你们一直就没有见过老太爷吗？

六娘说，怎么能没有见过。

丁侦探说，我是说最近，或者说今年，你们见过老太爷没有？

六娘说，我们见了怎么样，没有见又怎么样。难道我们会去偷老太爷屋里的东西？

丁侦探说，不是这个意思，我不过是问问你们是不是常见老太爷。

六娘说，我是说老太爷不想见我们，好像我们也会偷他屋里的东西似的。谁知道是老夫人不想叫我们见老太爷，还是老太爷真不想见我们？

丁侦探问，你们最近一直没有见过老太爷吗？

六娘说，你怎么总是追问我们见过老太爷没有，难道你真怀疑我们会偷老太爷的东西？

丁侦探说，不是这个意思，我是久仰老太爷大名，很想拜见一下。

六娘问，你至今还没有见过老太爷？

丁侦探说，我早想拜见了，只是大少说老太爷一直身体欠佳，精神也不好，静养着呢，不愿见客。

六娘说，我就不信。

丁侦探说，绝无虚言，大少说近年即便是你们家人，也轻易见不到老太爷，真是这样吗？

六娘说，说不定又是老夫人挡驾了，我们见不上，就是她挡着不许见，谁都明白。

丁侦探说，那你们确实是很久没有见过老太爷了，对不对？

六娘说，今年我们只在伏天见过一回，还是个傍晚，老太爷躺在院里的躺椅上，朦朦胧胧的，我们只问了一声安，老太爷就说你们都去吧，我们连老太爷的脸色都没有瞅清，就退出来了。

丁侦探问，那是在什么地方见的？

六娘说二当然是在老院了，还能在哪？

丁侦探问，你们听清是老太爷的声音吗？

六娘说，当然听清了，我听见像是老太爷的声音。

丁侦探问，难道有人听着不像吗？

六娘说，问这么详细为什么，我不信你没有见过老太爷。

丁侦探说，确实至今还无缘见老太爷一面。

六娘说，听说前几天大少还陪你去过老院，仍没有见到老太爷吗？

丁侦探说，仍没有见着。

六娘问，是老夫人挡驾了吗？

丁侦探说，老夫人也没有见着。

六娘问，是老亭挡驾了？

丁侦探说，老亭也没有见着。

六娘问，那你见着谁了？

丁侦探说，谁也没有见着，你这个傻瓜！

刘守义忙翻译说，不是见谁，是去看老院的美术，就是墙上的土地祠，丁先生觉得很精美。

六娘说，不知丁先生什么时候回上海？

丁侦探说，早想回去见太太了，无奈大少一再挽留。

六娘说，住到明年春暖花开，我们或许可与丁先生同行，大少说你是来避难的，何必急于回去？

丁侦探说，再住下去，岂不是想叫我发疯？

刘守义翻译说，怎么能放心得下太太？

丁侦探说，你这个傻瓜！

刘守义说，放心不下太太。

4

在进城洗澡的路上，丁侦探本来想向车夫打听有关九姑娘的更多情况，再一想，终于作罢了。

不会有什么意外收获的，他们都不会给他提供真实证词或可靠线索，也可能他们的确不知道多少事实真相。六娘居然也不知道老太爷已经移出老院，她是在掩盖真相，还是连她也被隐瞒着？八大锤更坚信老太爷一直住在老院，否则，包武师怎么还会严令他日夜守在那里？丁侦探以告发他相要挟，他也没有改口。他还央求千万高抬贵手，手下留情，说师父仿佛已经有所觉察了，正要找茬口严加惩处呢。丁侦探趁机再加要挟，八大锤仍未改口。看来八大锤可能并不知道自己一直在守卫空院。

丁侦探决定不去想这件倒霉的案子了，但他仍不明白六娘为什么会又来见他。

他问刘守义："你说你太太怎么了？"

刘守义说："没有怎么样。"

"你说吧，车夫他听不懂我们的话。"

"她怎么也没有怎么。"

"她还以为你是鬼魂吗？"

"好像不疑心了。"

"你真是傻瓜，她和你睡了觉，还能分不出是人是鬼！"

"你最近怎么见谁骂谁？"

"我可不是骂你，你跟了我这么长时间，我还不能跟你开开玩笑？"

"我不是傻瓜。"

"你当然不傻，要紧时候，你还真够机灵。"

"我疑心她怀上胎了。"

"谁，你太太吗？那是喜事。"

"我疑心不是我的。"

"那就太不幸了，我不该跟你开玩笑。你能肯定吗？"

"还不敢肯定，我疑心她在冰冷的烂泥里乱踩，可能是想打胎。你说有这种可能吗？"

"我没有办过这种案子，也没有听说过这种打胎方法。但我们江南农妇终年都是踩在泥水里做生活，你也知道吧？"

"我们这里与江南不一样是。"

"你很机灵，还有别的证据没有？"

“没有了。”

“那今天洗完澡，我再放你一夜假。回家后，你对太太说，我看你身体不佳似的，请大夫来给你诊断一下好不好？看她有什么反应。”

“她一直是视死如归的表情。”

“那你就千万不敢轻举妄动了。”

“不轻举妄动怎么办？”

“她已经视死如归了，你还要怎么样？你先得保住她的命吧，除了装成什么也没有发现的样子，也就是装成傻瓜似的，你没有别的好棋可走了。”

当然，这也可能是你太太采用的一种策略，她先做出视死如归的样子，使你无棋可走。但这句话，丁侦探没有敢对刘守义说出来。

原来刘守义家中也有一件疑案。

进城之后，丁侦探忽然又产生了重访戴老帮的念头。他知道戴老帮不可能给他提供老太爷是否在世的有力证词，不过总还可以问起一些相关的情况。更为主要的，是戴老帮言谈畅快直率，又有见地，大异于康府中人。也可能因为他是局外人，或者是个更狡黠老辣的家伙。不管怎样，与这样的人物交谈交谈，总可以引发出一点启示吧。

他答应刘守义，拜访完戴老帮就放他回家，这次不会久留，并且就趁康府马车长驱直往。

车夫犹豫了一下，还是遵命了。

戴老帮说，光绪十九年（1893年）他离京号南下，暂主理沪号两年，期间很做了几笔得意的生意。未起程时，忽闻中日宣战，人心慌骇，京师官场携眷出走者纷纷，各票庄也纷纷停止生意收交。他就商于京中贤达，认准将来战事，终是一和。当即通电天成元各地分号，令收交照常，尤其大宗官府库款尽管收来，但汇费加重，汇期延长，以图厚利。值各家停止收交之时，独我号照常兜揽，后来果然获利颇丰。起程赴沪途中经过扬州，不料总号竟电达扬号，不准贪做收交，令舍弃眼前微利，以保稳妥。他当时力促扬号尽管照做生意，总号如以违令见责，他自有回复，与扬号无干。当年扬号结利甚丰，受到总号夸奖。及抵上海，才知那里银市竟无拆息，银势疲软已极。沪号久未揽到库款汇兑，又不收零款及银信汇寄，生意清淡可想而知。他细加查询，才知前任老帮怕受时局之累，又对当时库费及平码变化不甚了了，所以不敢贪做。他经运筹张罗，先从京师收来一笔库款，继而又兜揽到几宗接济甘肃的官银汇兑，沪号生意渐渐转旺了。对零星汇款也令柜上不可过分计较，以权且收之为好。至于银信汇寄，更要从权，因为大凡汇往京中银信，多是京官，往往款项不用，立个折子，不知何日取完。而且京官今日当差，异日放学差试差，都是好主顾，日后交游愈广，生意愈多。这岂不是春种秋收，人己两利吗？沪号伙友深以为然。在沪号经营两年，止颓转盛，生意发达，并举荐了孟老帮做他继任。由申下班，取道汉口，又听汉号老帮说：江西每月接济甘肃军饷库款，已归我江号一家领汇，不料总号电信俱至，令江号递禀推卸。江号老帮求助汉号，言一旦推卸抚台甘饷汇务，丢了生意不论，日后江号恐难以在当地立足了。他即问汉号老帮：总号既措置乖方，江号又求助，何不写信拦阻？汉号老帮说：我不能管。他又出谋说：你我联名，合词致总号，如何？并嘱：可令江号不必致信总号，等他到晋当面交代，若以违号规论，与江号无干。及归总号备述利害，老总也无异议。其后几年江号亦结利甚巨。后来老太爷知道了，曾当面夸奖他："狼行千里只吃肉，伙计此番驻申大为出力，辛苦了。"

那次南下，也是时运亨通。

丁侦探问，孙老总没有夸奖你吗？

戴老帮说，他那时还只是总号一执事，但他也一样久居总号，不知外面时局日新一日，及今猝发大变，才慌了手脚。

戴老帮又说，孙老总近来常为时事号事，跑来就商于他。他令老总不必惊慌，西帮票商虽大势已去，但我号幸尚时运亨通，去年恰逢大账期收缩生意，所受牵动不大，或正可趁此乱局，一显我号作为。当年逢庚子之变，两宫西逃，大局岌岌，商界一片停滞。持券来票庄兑现者似云合雾集，幸赖西帮各号倾囊应付，守信如常。由此之后西帮信用益彰，即便洋行交易，也首推我西帮票商银券最足取信。前不久，孙老总又来咨询：同业永德顺近来处境危急求救，可救不可救？他说可救。此为救人救己，当此溃势，救一小号，似筑一道护己堤防，何况我号还不至唱空城计，城内尚有重兵在。

丁侦探问，救下了吗？

戴老帮说，孙老总会依他之见。

因为一开始丁侦探就说，今天前来拜访，只是忙里偷闲，想听戴掌柜说说京中逸闻，商界奇事，绝不谈案事。戴老帮竟没有说你们无事不登三宝殿之类的话，甚至连稍许怀疑的表情都几乎没有，就欣然延座开谈了，仿佛他们不是远路而来的不速之客，简直像是常来清谈闲叙的邻友似的。谈锋又一发不可收，全是票号生意。丁侦探几次将话头引向康老太爷，戴老帮也只是说些老太爷昔日作为，与近况相去甚远。他问是否常去看望老太爷。戴老帮说自己也年迈了，不大出门，似乎也不怎么把老太爷放在眼里。当然他更不把孙老总放在眼里了，孙老总倒像被攥他手里似的。

又因为刘守义早显得急躁不安了，丁侦探只好提前告退。临走时，倒是戴老帮问了问破案近况。丁侦探说已大有眉目，只差最后几处疑点没有解开，同时努力显出胜券在握的样子。戴老帮说，那就从容侦破吧，你辛苦了，仿佛看透了他的表演。

回城的路上，丁侦探又在车中闭目思索，更加觉得戴老帮不是等闲角色。他不明白老太爷为何不请戴老帮来做老总，却任用了孙老总。如果本案背后真有什么巨大的阴谋，只有像戴老帮这样的人物才可能是幕后坐镇者。如果孙老总亦在其操纵之下，那么各地老帮就更在其麾下了。他们企图趁此乱世，设下某种陷阱，诱使财东落入，这种可能性还是存在的。第一步，当然就是给老太爷致命的一击，于是精心策划了这件盗案。如果是这样，那么老太爷就有可能还活着，只是极其秘密地隐居于他处了。老太爷对这个阴谋可能已经有所觉察，于是佯装精神失常，谁也不见，暗中看他们怎么行动。敢于而又能够向老太爷挑战的对手，除了这位戴老帮，丁侦探一直还没有再发现谁能匹配。那么是谁充当了他们的盗手或者内线？

老太爷带着老夫人一道隐去，这又意味着什么？康二爷亲自坐镇缉拿强人，大少满天下查访失物，这会不会是老太爷布的迷阵？

那么在双方的这场较量或者游戏中，他这个侦探又扮演着什么角色？你是老太爷雇来揭穿对方阴谋，或者仅仅叫你表演给对方看？还是由戴老帮孙老总他们提议，并通过沪号孟老帮雇了你来，以表示盗案与他们无关，同时把刘守义派到康府中来？即使是老太爷提议雇你来，他们也完全可以通过沪号做出精心安排，把刘守义派到康府中来。他对刘守义一直没有认真怀疑过，这可能是一个大漏洞！

这个新发现，使丁侦探大感兴奋。刘守义装出一种想太太想得如饥似渴的样子，不断要求回家，他是不是在借此机会进城去向孙老总密报康府内情，包括你这个侦探的行踪和作为？戴老帮对案事显得那么坦然自若，一定已经知道了你在康府的一举一动了。戴老帮今天给你大谈他当年在上海的作为，如何有胆有识，逢凶化吉，时运亨通，这可能是在嘲讽你这个上海侦探如何无能，六进老院居然一无所获，更给你一个威慑：狼行千里只吃肉！

刘守义虽然是你要来的，但他们完全能估计到你必然会需要一名通事伺候。他们不先提出来，而逼你主动提出来，这很像戴老帮那种料事如神而又不动声色的办事风度。今天刘守义回去，又会向总号报告什么消息，说你最后终于冲进老院禁地了，却是一间阴冷的空屋，你这个笨蛋。

进城之后，丁侦探向刘守义提出，他去拜见一下贵太太如何？

刘守义惊慌不已，说寒舍和内人都不成体统，实在没法招待。

丁侦探说，他可以假扮成一名大夫。

刘守义说，你说话就不像本地人，穿着打扮更不像本地中医先生。

丁侦探说，你不会说我是康家从江南请来的名医！

刘守义说,请来名医,把她吓死怎么办?

总之是不许他去侦查真相。

5

大少相信他顿悟禅机之后,又悟到,对于失物隐匿的方位老太爷一定也早有暗示了。

祖母会把那两块石头一直揣在身上吗?这最像女人采用的办法,可能也是最稳妥的办法。那两块石头能有多大,极便于怀揣了一直不离身,她是祖母,谁又能轻易去搜她的身。老太爷仍然把她留在身边,是不是怕她把石头转移出去呢?如果石头真在她身上揣着,那么老太爷移出祖屋之后仍叫她跟着,这很可能就是一种暗示。但你身为长孙,也不便贸然去搜她的身吧?他忽然想起了自己夫人曾经多次催促请裁缝的事,女人们真是足智多谋。请裁缝,就是一个搜身的巧妙方法。借筹办祝寿事,请来裁缝为她量体裁衣,暗中买通裁缝搜一下她的身。

这是一个很妙的主意。只是祖母也同样足智多谋,裁衣量体前,她暂时将石头藏匿起来,不难做到。或者她不会那么笨,一直揣着石头,可能早将它藏匿起来了,甚至已经暗暗转送出去了。藏匿起来的可能性要比转送出去的可能性大得多。

大少记得,就在案发后第二天,老太爷任性地一定要移出老屋去住,叫嚷说强人还会再来。劝抚不下,问他移住哪里觉得安全?老太爷说,要移往祖屋,别处决不去住。当时听了这句话,大少真吓坏了。

因为宅邸中仅存的几间祖屋,本来是祖上为令后代不忘当年创业艰难,才保留传世,一直勤加修缮,以供族中子孙瞻仰励志。但听说后来几位当家祖爷,于临终前都奇怪地执意移居祖屋,仿佛受到了召唤似的。据说这样被召唤去的祖爷中,最年轻的仅五十多岁,最长寿的七十多岁。移居祖屋后,据说最短的只半个月,最长的三个月左右,就都安然辞世了。

因此，那几间低矮的祖屋，虽然变得越来越神圣了，但大家也都心照不宣地感到它带着某种不祥之兆。当家人一老，或者并不老只是染了重疾，大家就怕他提出移居祖屋的要求了。

在老太爷大兴土木，扩建宅邸期间，据说族中曾有人提议，是否可将这几间祖屋改建为祠堂？老太爷坚决不允许，仍照原样郑重加以修缮。不过，它外观上虽然保持了老样子，内里经历代修缮，已几近富丽堂皇，老太爷更在其中添置了一个楠木博古橱柜，放置了祖爷们的遗物。

老太爷一直身轻体健，但过了七十寿辰之后，大家也开始担心了，只怕他忽然提出移居祖屋的要求。所幸老太爷非同常人，直奔鲐背之寿，仍未受到召唤。因此在这一二十年里，大家似乎已经有些淡忘了祖屋的神圣及其不祥。

大少的先父三爷和已故的四爷，曾内外分工共执家政，也是一代当家人，但在临终前都没有要求移居祖屋。他们也许是因为老太爷还健在，不便越代移往，怕对老太爷不吉，或许是没有受到召唤，或许是他们不想将这种死法传世了，族中说法不一。大少自己赞成后一种说法，宁愿相信自己的这两位父辈有开一代新风之意，以破除族人对祖屋的不祥畏惧，而只留下对它的敬仰。他自己对祖屋就一直充满了敬畏，其中又是畏惧大于敬仰。有朝一日，他将辞世，就决不想在最后的时日里置身心于畏惧中，除非到那时畏惧已不重要，或者喜欢上了畏惧。这也说不定。

因此，大少当时听了老太爷的这种要求，真是恐惧极了。老太爷说他是为躲避强人，但他毕竟是九十高寿的人了，这不可能是任性的戏言。那时如果能悟到这是老太爷设的禅机，肯定就不会那样惊恐了。

大少当时急忙同二爷、六爷以及老夏，秘密公议这个非常事态。开始时二爷六爷默默无言，只有老夏说，这不过是因为丢了石头给气的，老太爷是逼着我们给他追回石头来。大家都同意老夏的高见。那次秘议的结果是：第一，我们给他追回石头就是了，这是二爷的意思；第二，劝不住，就只好同意他移居祖屋了，这是六爷的意思；第三，追回石头来，老太爷一高兴，说不定会从祖屋重新搬回老院，那就破了祖屋的不祥之气了，这是老夏的高见；第四，这一切都得严加保密，以防族中人心大乱，你知我知天知地知，此外谁也不得知道，这是大少自己的意见。

由于出了盗案，再加之老太爷的这一不祥之举，当时的保密和禁卫是极其严格的。大少记得，从案发后第二日至老太爷秘密移往祖屋这个期间，老院的里院就不许任何人出入了。祖屋那里就更是密不透风，除了后来参加议事的六人以外，就只有极其可靠而又极其机灵的极少几个仆人知道此秘密。他们之中，除了两人守卫空洞的老屋外，其余就是秘密出入祖屋，伺候老太爷老夫人以及老亭的日常需用。难道祖母会通过这几个仆人中的某一位，秘密把石头转送出去吗？这几个男仆都是经他亲自挑选出来的，内中有谁会机灵得过了头？

对了，石头一定还隐藏在老屋！

大少忽然觉得他终于大彻大悟了，终于悟透了老太爷给他设下的禅机。老太爷搬往祖屋，腾空老屋，这岂不是在暗示他：你尽管放心在老屋搜索赃物吧！

老屋为你腾空了那么长时间，你居然一直想不到去搜索一番。老太爷搬出之后，他只是将老屋中值钱的字画珍宝以及老夫人的私房首饰珠宝之类，秘密移往银窖中收藏，其中当然还有老太爷没有带走的许多石头。然后就命那两个仆人将老屋昼开夜锁，严加守卫，从不曾认真搜索过一回。

你是多么愚钝。

这天上午，大少急不可待地独自来到老院，对守卫的仆人说，他要进去收拾老太爷的东西。两个仆人听后，很吓了一跳，以为老太爷怎么了。但大少根本顾不及理他们，一头钻进老屋就很久没有出来。

大少是从祖母的内外室开始搜索的。由床底到花瓶中，由炉口到粉脂盒里，所有能搜查的地方都搜遍了，结果却一无所获。当然，有几处箱柜祖母上了锁，但她如果足智多谋，估计不会将赃物锁于其中，而应该藏匿在一般人意想不到的地方。所有意想不到的地方似乎都搜索到了,怎么起获不了赃物呢?你可能没有她足智多谋,她找到的出人料想的地方,你果然没有料想到?

大少正怀疑自己不够足智多谋,就忽然发现自己可能犯了策略上的错误:她既为盗贼,就应该忌讳把赃物藏在自己的屋里,她一定是石头隐匿在老太爷的书房里了。这样即使被搜出,也会有推脱的余地。

他立刻又到老太爷的书房甚至卧室里,进行了翻天覆地般的搜索,结果仍然是一无所获。

在中间的客厅搜索,同样毫无所获。

还有什么他所意想不到的地方呢?五间大屋几乎全都搜索遍了,难道真会锁在她的箱柜中?这也许才是意料之外的隐藏法。送往银窖的珠宝首饰盒,她也是加了锁的。还有,她会不会把赃物混杂于老太爷没有带走的那许多石头中,被收藏到银窖中了?

在沮丧和疑虑中,大少开始感到很疲累,很冷,接着就打了一个喷嚏。他环顾老屋,处处都是被自己翻腾过的一派凌乱,几分狼藉,真似遭劫了一样。在劫象之上又弥漫着一种阴冷和死寂,老太爷居住时那种深不可测的气象,已不复存在了。

你不够足智多谋,更不是搜索赃物的行家,你什么也没有搜查到,只制造了这一片劫象。也许你应该请丁侦探来搜索,但这是家丑。你真是太无能了,这么长时间才悟透老太爷的禅机,赃物就在眼前了,却仍然无法起获。你就是狠了心砸锁破箱,也可能会中女人那种足智多谋的圈套。

他接连又打几个喷嚏,疲惫不堪地走出了老屋。

两个仆人见了他,先是惊骇不已,后来又忍不住偷笑了。

你们笑什么?

大少爷先洗洗脸再走吧。

洗脸?他用手摸了摸自己的脸,一手尘土。他才明白了,又接连打了几个喷嚏。

6

包武师对八大锤的表现还是满意的。自从他提出要整饬风纪以来，八大锤变得既勤奋又温顺，保密方面也很守信。在家丁中，没有试探出什么失密的迹象，二爷那里更毫无觉察。

包武师决定进一步向八大锤交代秘密演练的详细计划。

只是，不把丁侦探先打发到兰州，他感到总是不便行动。所以一直在等待兰州的消息，没有想到终于等来的消息，几乎使他放弃了这个策划已久的演练计划。兰州查访到的仍是假石头？大少回答得十分肯定，说石头虽是真冻石，但印文肯定不是真迹。他问，那会不会是我们出的价钱不合适，人家不肯出示真迹？请丁侦探这位高手去查访一趟也值得，他窝在这里能调查出什么来？大少说丁侦探已经有了重大发现。问是什么重大发现，大少不肯说。他从大少的神色中看出，似乎破案在即了似的。包武师想，既然案子快破了，二爷那里再设法应付几天也不难了，何必冒险演这出戏！二爷无缘与强人亲自交手，那也不能怨你吧，强人并不由你调遣。

但二爷的催逼依旧日甚一日。二爷甚至说，他已经进过一回城了，孙老总很赞成武界打一回擂。二爷还说，这一回他也要亲上擂台试试功夫，再不真刀真枪比试一回，这辈子就算是枉练了一身武艺。现在他也想开了，什么财主不财主，再不出山，寿数不饶人了。还说，他这也是要做开明财主，与民同乐，与武界同乐。包武师不知二爷是否真的进城见过孙老总，或者不止见了孙老总，但无论如何，二爷看来是再也不能忍耐这种久备不战，无所作为的闷气了。

这就使包武师感到，即便盗案很快破了，二爷心中郁积的这团闷气，怕也难以消解。说不定又会因此而致疾病倒。细细想想，二爷也很有些叫人相怜。一生不管闲事，只此一回身先士卒，却终于毫无作为；又一生习武，不事实战，老来忽然遇了这样一个实战良机，到头来却空等许多日日夜夜，也难怪二爷会郁闷上火，伤神损气，疾病侵身呢。

包武师终于又下了决心，还是要实施秘密演练的计划。这中间，包武师很可能有些被自己精心策划的这个演练方案给迷住了，不唱这出戏，觉得很可惜。

鉴于丁侦探没有被调虎离山，支往远方，他只好对原行动方案做出了修改。为了避免嫌疑，他不能佯装进了城不在现场，倒是要让大家都知道他那一夜一直在坐镇护院。入夜之后，他要到各处巡查一番，特意提醒大家不能放松警觉。尤其要同二爷坐一坐，说说近日有些风声吃紧之类的话。到后半夜，仍留八大锤在老院守卫，劝说二爷也留在老院。他自己则照例往祖屋附近防守。然后在暗中飞身上房，潜行至老院附近，再脱去外面的素常装束，现出里面的强人伪装。接着就故意闪现，令眺楼上的家丁发现。家丁发现异常情形，必然要晃灯示警，这时八大锤就依计激二爷先行上房，他紧随其后。接手与二爷打斗一番之后，八大锤要及时推开二爷，接过手继续打斗。这中间，他要伺机拣起自己的衣装。他们在打斗中迅速远离老院，然后他穿起自己衣装，八大锤则返回报告二爷，强人逃走了。稍后，他重新急忙赶来。自此以后，就好应付了。二爷一定会主张立即去追赶强人，他可提出不宜重兵追出，防止中调虎离山计等等。或可派八大锤去追一追。他则详问二爷强人身手武艺等等，似还可埋怨他们打草惊蛇了之类。

包武师经反复考虑，觉得这个方案已十分周密了。其中只有一处，就是八大锤推开二爷这个关键时刻，如果二爷不肯让开怎么办？盼来这样一场真刀真枪的对阵，多么不容易，二爷肯定不会轻易让予八大锤。不得已时，只好给二爷一个小小下马威吗？这似乎又太伤二爷的自尊了。或者见八大锤赶到，就装出寡不敌众的样子，急忙逃遁而去，八大锤应该比二爷行动敏捷，抢先来追赶。此时八大锤似乎还应该提醒二爷，小心还有高手，请二爷在此守候。这样显然更可靠些。

演练方案越来越周密，显然也越来越精彩，包武师当然也越来越沉迷其中。他一步一步将这台戏推上场了。

第一步就是向八大锤做详细交代。对这次演练的目的,包武师仍交代为主要是想整饬风纪,提高警觉。只是为了使演练逼真,他决定瞒过二爷。八大锤就神秘地问,难道二爷也有什么不规矩的地方?你胡说什么,二爷怎么会不规矩!他解释说,二爷如果知道了是演练,当然会坐在一旁笑看。强人来了,二爷却坐在一边笑看,这能逼真了吗?八大锤说,师父真是智勇双全。他说,我们不但不叫二爷在一旁笑看,还要叫他参加演练,二爷不是天天埋怨强人不到,早想试试身手吗?八大锤问,到哪里去请个强人来跟二爷交手?包武师说,我来假扮强人。八大锤一听,两眼顿时大放光彩,自此以后就越听越入迷,没有再提别的疑问,只是不断说师父真是智勇双全。

包武师怕他太入迷了,以至忘了那很关键的几处表演,一再交代后又考问了一下。八大锤做很出色的回答,师父请放心好了,第一要紧处是看到眺楼信号,就对二爷说不好了怕是强人驾到了,二爷你得坐镇千万不敢动,待我上房擒拿狗孙,把二爷激上房。对不对?第二要紧处,在房上推开二爷后对他说,小心还有高手小心中了强人的调虎离山计,哄他不来追你,我去追你,对不对?对是对了,但你千万要沉住气,演练前演练后你都要沉住气,明白吧。

第二步就是向二爷通报近日风声吃紧,没有明确说有强人驾到迹象。二爷再三追问详情,包武师依然含糊其辞,说镖行传来的风声是怕有兵匪之祸,需加强护院戒备。二爷听后还是兴奋起来了,说强人或许会趁乱而来。包武师即进而劝说,万一有什么不测之事发生,二爷务必得在老院坐镇,他和八大锤带领武手家丁前去应付。二爷当然没有答应。

第三步就是给众家丁武手训话。先严责警觉放松,风纪不整,练武敷衍,真有不测怎么办之类,然后通告了近日风声吃紧的探报,令大家严阵以待,日夜警惕,不要愧对东家礼金和伙食等等。当然更严令大家务必遇变不乱,遇乱不惊,遵照先前约定,尽量不要惊动康府主人,尤其不能惊吓着老太爷。眺楼上守夜的家丁,发现可疑情形,仍照约定以灯示警,不能呼喊,更不能随便放枪。大家的精神为之一振,有了种如临大敌的气象。

演练前的一切铺垫、调度、部署,都进行得相当顺利,一如他事先的神机妙算。而且天时也很奇巧,正逢九月底十月初,不管有风无风一定是无月天黑夜。包武师曾想选在十月初四之夜演练,以更逼真,后来想,强人可能不会那么傻,专挑初四之夜作案。最后定在了十月初三,三六九是吉日,但愿能演练成功,这出戏能演出得像设想的那样精彩。

十月初三这一夜,没有刮风,一切都按照原定方案顺利进行着,直到包武师顺利地飞身上房,沿着巡夜通道潜至老院附近。他轻无声息地跳到老院偏院的一处平顶房上,俯身脱下自己外面的衣束,将其放置在一个烟囱下。然后站起身来,开始闪动给眺楼上的守夜家丁看。

没有反应。眺楼里只映出宁静的灯光。

他又跳上巡夜通道,闪动着跳下来。

仍然没有反应。

不知是哪位狗孙在守夜,难道会睡死了吗?

他轻轻敲击出一种响声。

他又敲击了一声。

接着就是那一声响彻夜空的枪声,清脆而慑人魂魄。

你这个该死的狗孙!

包武师急忙拣回自己的衣装,飞身循原路逃隐去了。

7

听到枪声的那一夜,大少曾经向少夫人请教过,聪明女人如何隐藏东西。他没有说足智多谋的女人,因为自己夫人就相当足智多谋。

夫人一听,就问是隐藏赃物吧,隐藏赃物就是贼,怎么还说是聪明女人,你们到底发现她是贼了,真够笨了,可她能算是聪明的女人吗?

夫人真够聪明了，一听就听出了他的全部意思。他只好说他们还只是猜疑，没有查获到证据，请估计一下她可能把赃物藏到什么地方。

“她那么聪明，我怎么能猜出来。”

“她不聪明好不好？傻婆姨能做这种贼吗。老太爷是何等人物，她不聪明能偷走老太爷的东西？”

“她是诡诈，不是聪明，但凡聪明的女人，怎么会去做贼？”

“她不聪明她诡诈好不好？你说她可能把老太爷的石头藏到什么地方？”

“我不是聪明的女人，我猜不出来。”

他们讨论了很久聪明女人，才终于说到正题，但聪明的夫人似乎也没有给他提供多少高见。她也是先估计石头可能早已转移出去了，通过老亭或者哪个更年轻的男仆。他列举了不可能转送出去的理由，当然仍对她说老太爷还在老院住着。她说，那就可能交给老亭或者更年轻的男仆，替她隐藏起来了。会不会藏在她的房中或者是老太爷的房中？夫人说绝不可能，她一定要脱手，以便洗清自己。夫人真够聪明，从一开始就估计到这层意图了，而他自己则是在翻遍祖母内外室之后才意识到的。为了不致泄密，他故意坚持说，石头可能仍然藏在她的房中，因为谁也不能轻易搜查她的住处。夫人说绝不可能，她一定是通过年轻的男仆转移了赃物。

更年轻的男仆会是谁？他怀疑这是女人式的猜疑，不像是高见。如果赃物已经转移出去，老太爷为什么还要给他腾空老屋？银窖他也搜索过了，同样一无所获。最后的一线希望，就在那些没有开锁的箱柜之中了。由此，大少又感到了自己的无能，由无能又想到了聪明，由聪明想到了夫人的喜，由喜又想到了聪明，他的子嗣应该更聪明吧？

据说黎明前后怀上的子嗣，长大必定聪明，必定一生富贵。富贵不富贵吧，聪明才是最要紧的，老太爷就聪明过人，一生大智大慧。

他问夫人，我们的喜到底是什么时辰有的，是在那个阳光金黄灿烂的早晨吗？

她说她还不能肯定。

他说,早晨没有黎明前后好,但比午后好,不会是午后有的吧?

她说她不能肯定。

他说,如果是午后有的就不会聪明。

她说她不是聪明的女人。

他说,我不是说你,我是希望我们的子孙能像你一样聪明。

她说,我还不能肯定有了喜没有,你说黎明前后好,我们就在黎明前后再试试。

他惊奇地问,怎么能没有喜?

她说,还不能肯定有了没有,在黎明前后再试吧。

他终于顿悟了,你一定又上了她足智多谋的当。黎明前后再试试,以往一直就在黎明前后,一直有不了喜。她不断翻新,现在好了,又翻回黎明前后了。你真不够聪明,一直在上她的当,喜却依然遥遥无期。

所以那一夜,大少是在灰心丧气的心境中睡去的,并没有准备在黎明前后应试。后来,还不到黎明时候,他被那惊天动地的一声枪响给吓醒了。

当时,大少在惊慌中是先向祖屋奔去的,发现那里静无声息,才改奔老院而来。

赶到老院时,他见二爷、包武师以及八大锤正在训斥一名守夜家丁。他记起来了,这位好像就是发生盗案那夜,在眺楼上守更的那名能言善道的家丁。

大少问,发生了什么事,哪里放的枪?

包武师指着那名家丁说,少爷你问他!

这名家丁慌乱地说了当时情形。他说:“进了后半夜,小的一直警觉万分,后来就猛然听到一种响声,赶紧朝老院这里张望,影影绰绰像有个黑影一闪,一时惊慌,失手放了一枪。”

八大锤说："不是一再吩咐你们吗，发现强人驾到要沉住气，千万不能开枪，狗日的你怎么来不来就开了一枪，也不先给我们发信号？"

包武师说："你看清是人影不是人影，就开枪？"

二爷说："我们恭候强人都熬白胡子了，叫你这一枪又给吓跑了。"

大少问："真瞅见了一个人影？"

家丁说，"天景太黑了，人影只是影影绰绰闪了闪似的，但响声是千真万确的。"

八大锤说："二爷和我当时都在老院，怎么就没有听到什么响声？"

二爷说："当时我真没有在意。"

包武师问："你到底听到什么响声了，你给大家说清楚！"

大少也说，你听见什么响声了？

家丁说："很轻，但又很响。"

八大锤说："到底是轻，还是响，怎么会又轻又响？"

二爷说："不会是只猫吧？"

包武师问："你到底看清是人影不是？"

大少问，你开完枪就没有出去追赶吗？

家丁说："我开了枪给枪声一惊，才明白开错了枪，慌得腿都软了，只怕挨你们处治，愣了一阵，才慌忙去追赶，什么也没有追见。"

八大锤说："不给我们发信号，你去追赶强人，那不是找死呀，你有多少武艺！"

大少忽然把包武师拉到院里，低声问："不知惊吓着老太爷没有？"

包武师说："枪响时候，我就在祖屋附近，听了一阵，没有发现什么异常，才赶到老院来。"

大少问："你看是有强人吗？"

包武师说："很可能是强人，也有可能是那狗孙发癔症。"

大少说："你们也不要太吓唬他，平心静气问清到底是怎么回事。"

大少到这时才忽然意识到，这一声清脆骇人的枪声，很可能已经把他渗透了的禅机给震碎了。老太爷的石头还是被强人盗去了？

接着，丁侦探带着刘守义赶到了。后来又是管家老夏。

8

丁侦探要求单独询问一下那名开枪家丁，大少答应得很痛快，但包武师说他们还要继续审问，等他们审清了再说。你们已经审问了一夜了，怎么还要审问？丁侦探觉得，包武师可能还在记恨昨夜自己的失言吧。

昨夜他赶到老院，听了他们对枪声的陈述，就要求上房查看现场。大少很赞成，但包武师说，事后他们已经提着防风马灯仔细检查过了，没有发现什么可疑的脚印。当时他想，既然他们已经去过现场，即使有可疑踪迹，恐怕也被他们破坏了。他即提出到康府的围墙之外去查看一下，这回包武师同意了。他本来只想请八大锤陪同自己去查看，但二爷、大少以及管家老夏都兴致极高，一定要同往。他们去，肯定还会跟随不少仆佣家丁，这么多人一哄而往，围墙之外的现场势必也要被破坏。他劝各位不必劳动大驾好不好？几位都不肯听。后来包武师一句话才劝住了大家："小心中了强人的调虎离山计，各位都不宜出动，我一人陪丁先生就行了。"他当时深感包武师真是老练机敏。

刘守义提着风灯照亮，丁侦探在前仔细查看，包武师紧随其后，绕围墙转了一圈，什么疑点也没有发现。

丁侦探请教包武师：使用飞檐走壁术，在起跳之时是否会在地上留下清晰的脚印？

包武师说，高手不会留下痕迹。

他又请教，如果使飞索攀墙而上，墙上和房上会不会留下痕迹？

包武师说，高手不会留下痕迹。

当时他就说，包师父能表演一下吗，飞身跃上围墙？

包武师当下就极不高兴，说你难道怀疑我是强人！他急忙解释说，他只是想验证一下飞檐走壁在起跳时,会留下怎样的痕迹。包武师不但没有给他表演,而且一直很不高兴。丁侦探连连做了道歉,表示自己失言了,有所不恭,其实他绝无恶意。

又是高手,又是不留任何痕迹,可枪声却是千真万确的, 同老太爷屋里出的盗案几乎一模一样。盗案发生当时,他不在现场,这次他可及时赶到了现场,怎么可能依然一无所获?盗案的第一当事人是康老太爷,一直像幽灵似的难以接近。这个案件的第一当事人,当然是那名开枪家丁,难道也不能接近?

丁侦探又来见了大少,声称如不允许他立即传讯那名开枪家丁,他就坚辞本案探职啦,他实在也没有更多可要挟大少的了。

大少问明缘由,说包武师是不是怕暴露了你的身份?

"本探身份早是公开的秘密了。"

"不可能吧?"

"昨夜在现场,贵少爷就直呼我为洋探,你忘记了吗?"

"我立即叫那名家丁去见你,好不好?"

"事关重大,不得不如此。"

"不必客气。"

丁侦探想,大少的记忆力真是不够好,昨夜失密没有居然不清楚。很好,他回到客房不久,那名开枪家丁果然战战兢兢前来应审了。

"你不必害怕,不必惊慌,因为你并不是强人盗贼,对不对?"

"大人明察,可响声千真万确。"

"你不要惊慌,我相信你千真万确听到了响声,然后一惊慌就开了枪。所以你不能惊慌,一惊慌就会出错。当然开了枪也不是什么大错,强人猛然出现了,你手中又有枪,一时惊慌就开了枪,对不对?"

"大人明察。"

"那你是听到响动后才去取枪,还是一直就抱着枪,听到响动失手就开了一枪?"

“是一直抱着枪来。”

“这是你们守夜的规矩吗?”

“不是东家的规矩,大人。”

“那你怎么一直抱着它,很喜欢它,对不对? 总想有机会放它一枪,对不对?”

“不对,小的十分害怕它。”

“害怕它,怎么还一直抱着它?”

“小的是怕守夜瞌睡着了,小的守夜从来没有瞌睡过的,是怕万一瞌睡了,被包武师发现受处治。”

“所以你就抱住那杆洋枪镇压瞌睡,对不对?”

“大人明察。可能有人守夜偷着睡觉,给包武师发现了,所以训示我们天下不太平,近日风声吃紧,守夜要万分警觉,再发现谁有不轨,就严惩不贷。”

“那样抱住洋枪,很管用吗?”

“真管用,大人。自东家购置了这洋枪,护院中间真还没有使过,只在野外演练过几回。响声能把耳朵震木了,更炸得你身子都站不稳,力气小的它真能把你推倒,可怕得很。平时擦拭上油,都心惊胆战。把住这狗日的,还怎么敢瞌睡?”

“那么,你开枪是想给自己壮胆,还是想把强人吓跑,或者吓瘫?”

“小的实在是一时惊慌失手了,东家和武师们一再吩咐,不能轻易开枪,怕吓着老太爷跟女眷们。所以我这罪过大了。”

“当时你的确没有睡着吧?”

“抱着这狗日的,还怎么敢瞌睡?”

“那你的确听到了一种响声?”

“是,大人,千真万确,声音不高,但很响。”

“就在老院附近?”

“是,大人。”

“那么人影呢，也是千真万确？”

“人影不敢肯定，天景太黑暗了，影影绰绰，像有一个人影一闪。”

“三月初四发生盗案那一夜，也是你在眺楼守夜，对不对？”

“对，大人。”

“那一夜，你也没有睡过觉，对不对？”

“大人明察，小的千真万确没有瞌睡过。”

“也是抱着那杆可怕的洋枪？”

“那一夜起风下，小的不敢在更楼里窝着，一直在房上巡走，提着防风马灯。”

“那一夜真有风吗？”

“千真万确。”

“没有听到什么响动吗？”

“没有。”

“也没有看见人影闪动？”

“没有，千真万确没有。”

“你如果有什么不便言说的情况，尽可放心告我，我不但会给你保密，还会在大少面前替你巧为说情，开脱你这次开枪的罪过，你明白吗？”

刘守义居然插了进来说：“丁先生是位十分开明的洋探，待下人似朋友，又与大少交情甚厚。”

“小的所言都是千真万确，请丁大人在大少爷面前一定多说好话！”

很可能又被刘守义这个笨蛋坏了事，或者他就是故意坏你的事！

打发走这名家丁，丁侦探思索了很久，不知这次传讯是否有所收获。

昨晚他被这突如其来的枪声惊醒后，第一反应就是以为戴老帮他们又要什么花招了。他那次的突然造访，可能引起了他们的警觉，于是又制造了这样一种强人入侵的假象，以便把他的侦破目标诱向那无影无踪的强盗身上。

他当即去叫刘守义，但刘守义居然沉睡未醒，或者在故作沉睡状。醒后的刘守义坚持说，根本没有什么枪声，你一定是在梦里听到了枪声。你这个笨蛋，你这个密探！

赶到现场后，他认为自己的推测得到了验证。又是月初天黑夜，只是没有刮风。又是听到了什么响声，而且比何举人听到的响声更莫名其妙。这次见到了黑影闪动，但又不能肯定，同样没有留下任何痕迹，同样是高手。然而却放了惊天动地的一枪，难道是专门为了惊吓老太爷吗？或者还为了惊吓你这个无能的侦探！不过在现场，丁侦探发现包武师一直在严斥那名开枪家丁，似乎想极力肯定家丁当时在梦游发癔症，根本没有什么响声和人影。包武师可能想掩盖这枪声是精心策划的？如果是精心策划的，通过谁才可能造成一种强人入侵的假象？雇外面一位武师来假扮强人，或许就是买通了这位包武师？

包武师假扮强人诱惑守夜家丁开枪，这种可能性是存在的。包武师当然知道这个家丁有抱枪驱睡的习惯，也知道这名家丁因发生盗案而失职，对强人异常敏感，因此专挑其守夜之时，诱他开枪。

包武师不过是受雇于康府，同样也会受雇于戴老帮他们。盗案发生那一夜，包武师不在康府。这次枪响当时，他也不在老院，他说是闻声才赶到的。他提前破坏了现场。请他表演飞檐走壁，他的反应是那么异常。这名开枪家丁大概觉察到了什么，他就企图诱逼其承认犯了夜游症。通过传讯，丁侦探认为这名家丁当时不像犯了什么夜游症，对当时情形记得很清楚。

如果是这样，盗案的关键情节就可能是：老夫人趁老太爷熟睡之后，悄然潜入内室拿走了那两块石头，然后轻轻打开门闩，拉开一条门缝，递出了那两块石头，之后有意没有关门，造成强人破门而入的假象。包武师则假托进城练武，入夜潜回康府老院，这对他来说是完全是轻车熟路。等接了老夫人递出的石头，又伺机飞檐走壁潜出康府，进城交差。第二天一早赶回康府，对大少说强人是高手，企图使康家陷于一片惊慌混乱之中，当然主要是企图给老太爷致命一击。但他们是如何把老夫人收买过去的？

当然,也有可能昨夜真有强人来犯,只是被那惊慌失措的一枪给吓跑了。同时,这一枪也就击碎了他对戴老帮的怀疑。强人盗走那两块石头之后,静候了这么长时间,估计康府戒备已有松懈,于是再次潜来入侵。如果仍然是来专盗老太爷的那套石头,说明这套石头确系稀世之宝。只是当此乱世,谁可能有这样的兴致,这样的财力和这样的权势,雇佣这样的高手,下这样大的功夫,来追逐这样一套石头?

后来,丁侦探又暗访了八大锤。八大锤的看法与包武师相似,认为是一只猫弄出了什么响声,而守夜家丁正发瘾症,就失手开了一枪。师徒说法一致,不足为怪,但他们的这种说法到底意味着什么?

看来还是得继续查寻老太爷的下落。如果再无结果,他就只好移师京津一带,到古玩界去查访了。他在康府实在也住够了。

9

无论是二娘四娘,还是六娘和少夫人,都不相信那惊天动地的枪声是因为一只猫,诱发了犯瘾症的家丁失手造成。连一向很少参与议事的大娘也不相信。只有三娘说,也许真是那样。

少夫人是听大少说的。枪一响,大少就跑出去了,直到天亮才回来洗漱。她问枪声是怎么回事,大少说因为一只猫。她说不是又有贼吧?大少说猫上了房,守夜家丁发瘾症,失手就开了一枪。她说她不相信。大少吼了声:就你聪明!她明白了显然不是猫。

二娘当然是听二爷说的。二爷说,枪响时他们还正在练功,什么异常动静也没有,可能是因为一只猫,守夜的狗孙犯瘾症,糊糊涂涂放了一枪。二娘问,猫给打死了没有。二爷说,那狗孙哪有那么好的准头,又是黑天半夜。二娘问,猫还不给吓得乱叫唤哪,你听见猫叫没有?二爷发了脾气:没有吓着你就得了!她相信不是因为猫。

四娘问了夏管家。老夏说,大概是因为一只猫,守夜家丁刚睡醒,稀里糊涂崩了一枪，没有惊吓着四奶奶吧？四娘说，你们四爷手上就购置了洋枪，多少年也没有出过这种事，猫也不是今天才学会上房吧？老夏说他当时不在现场。

六娘听到了枪声，但六爷没有被惊醒。他说哪有什么枪响，你是在做梦吧？她说，就你这样不机灵，还想去出游大码头？她后来问了少夫人，一听是因为一只猫，就笑了。

大娘也听到了枪声，大老爷当然不可能听到。大娘相信是有强人入侵了，但她见大老爷毫不惊慌，她也就没有惊慌。

只是她开始相信，老太爷的石头是被强人盗去了。

经大娘这样一说，她们才发现，如果枪声不是因为一只猫，那么她们一直认定不疑的盗贼，就产生了疑问。盗贼既是强人，她岂不就成了好人了？

六娘说，她听丁先生的口气，好像还没有怀疑到那个人。

少夫人说，她听大少说，他们已经猜疑到那个人了，只是还没有证据。

六娘说，大少不可能比丁先生还会破案，猜疑不管用，得有证据。

少夫人说，我们大少疑心她把赃物偷偷转送出去了。

六娘说，丁先生一直还没有见到老太爷。

少夫人说，那个人她不傻。

六娘说，丁先生也不傻。

二娘说，真有强人，怕你们二爷也不是对手，他们总说强人是高手。

四娘说，养兵千日，用兵一时。

二娘说，也不能靠你们二爷去打强人吧？

四娘说，她是指武师们，又给他们置了洋枪。

二娘说，那也得替我劝劝你们二爷。

四娘说，谁能劝动二爷，除非是老太爷。

二娘说，谁能见上老太爷？”

三娘说，不管是猫不是猫，各家都小心门户吧，我们大少也够难了。

10

大约是在响枪之后第三天，大老爷派下人给大少送来一张纸条，上写“极阳之寿，宁莫之知”几字。

大少一时不明白这什么意思。极阳之寿，是指老太爷的九十寿辰吧，宁莫之知，却不知所指为何。是指祝寿庆典不宜操办吗？那么是凡九十寿辰都不宜操办，还是老太爷今年有什么忌讳，不宜操办？

本来鉴于盗案久攻不下，老太爷精神乖戾，喜怒无常，加之时事不宁，公议时有人就认为不便大操大办。当然也有人认为，老太爷高寿九旬，是康家历来第一老寿星，怎么能默无喜庆？不但要办，而且要大办，以借寿辰喜气冲去移居祖屋的不祥之气。主张不宜大操办的，以孙老总为主，六爷及包武师附议。主张大加操办的以管家老夏为主，二爷附议，大少自己也附议了。最后议定，要操办，不宜大操办，但要操办出喜庆之气来。

当时估计老太爷的石头，有希望于祝寿前失而复得。现在石头又了无影踪了，寿庆即使宜于大加操办，也难办得很了。大老爷从不过问家事世事，现在忽然出此训示，大少觉得非同寻常。

他慌忙去见大老爷，希望能得到更明白的点拨。

大老爷一直静坐不语。

大娘说，你大爷他什么也听不见，你不用问了。

大少请大娘代他一问。

大娘说她也问不出什么。

大少问，大娘你知道是什么意思吗？

大娘说她也不知道。

大少呈纸笔请大老爷详示。大老爷依旧静坐着，似在凝视远方，不肯再写一字。

大娘劝慰他不要惊慌，你看你大爷，他不惊慌，你就不用惊慌。

大老爷的确安之若素，静坐着不理睬他，像在专心凝视远方，谛听天籁之音。

不过，大少仍感事关重大，决定请各位来公议一下。

这回除孙老总没有请到外，各位都到了。孙老总捎来便函称，他实在太忙了，已经令兰号老帮购买冻石，不付高价。大少这才猛然想起来了，自验明是伪印后，自己就一直沉迷于禅机中，竟忘了给兰号复信，幸亏孙老总想到，代劳了。孙老总力主购回冻石，不知是什么意思，是不是想作为寿礼献上，以慰老太爷如焚之心？孙老总的空城计，也不知唱得怎么样了。

六爷说，孙老总的架子越来越大了。

大少说，总号的生意也够他张罗了。

二爷说，孙老总不来也好，家丁开枪的事，最好不必让字号知道。

包武师说，二爷所言是高见。

六爷说，枪声惊天动地，只怕城里也听见了。

老夏说，枪声怕传不到城里，就怕村人会添油加醋传到城里。

二爷说，村人问起，你不会说是家丁看见一只猫，失手放了一枪。

六爷说，村人也不傻，你们惊天动地吓唬一只猫，谁相信？

包武师说，的确没有发现强人驾到的痕迹。

六爷说，你们不是一直说盗贼是高手，不会留下任何痕迹吗？

二爷说，守夜的那狗孙正发瘾症。

老夏说，我对村人就是这么说的。

六爷说，真没有惊吓着老太爷？

大少说，听祖母说当时老太爷以为是放了一声炮仗，她就趁势说是鞭炮，或许村里谁家要娶亲。

六爷说，炮仗能只放一声吗？至少得放三声。

二爷说，老太爷多大年纪了，耳背。

老夏说，大老爷是不是因为知道了响枪的事，才提出不宜办寿庆？

包武师说，大老爷哪能听到枪声！

老夏说，大老爷耳朵听不见，心里什么都清楚。

包武师说，大老爷也清楚石头给谁偷走了？

老夏说，那也说不定。

大少说，各位说老太爷的寿事还操办不操办？

二爷说，既不宜操办，就先不用急着操办了。

六爷说，总不能不操办吧？

包武师附和六爷的意思，认为应该继续操办，响了一声枪，不能连老太爷的寿庆也不敢操办了。

管家老夏意思，还是要尊重大老爷的点拨，大老爷轻易不参政，只怕有什么近忧远虑。

大少说，恐怕还得问一问孙老总是什么意思。

六爷说，那他架子就更大了。

二爷也说，这是康家家事，不用问他了。

夏管家和包武师没有说话，因为他们也是外人。

大少说，要不要问问老太爷？

大家都同意请示老太爷。

11

开枪事件平静以后，二爷又开始追问，强人还会不会再次驾到？包武师无论怎么回答，二爷都不满意。你回答，这一枪打草惊蛇了，强人至少也要静候一些时候吧？二爷当然很不满意：谁能再有耐心恭候狗孙几个月！你回答，强人说不定比我们还着急，这么长时间盗不到宝，他怎么交代，至少不会罢休。二爷就说，强人既然也很心急，你就再给咱们想个办法，引蛇出洞，诱骗狗孙尽快上场好不好？

还逼着叫他想办法？包武师听了真是心惊胆战。那一声黑枪几乎没把他给崩了，幸亏平时没有严令家丁勤练洋枪放射，又是月初天黑夜，那狗日的才放了空枪。武人夜战全靠听力，当时他的听力早给那惊天动地的一声巨响震木了，根本听辨不出子弹飞向何方了。洋枪威力，似乎首先就在于这一声巨响，先夺你听力，正所谓先声夺人吧。可惜没有吓着强人，倒先把你自己吓得不轻，怎么偏偏是那么一个狗孙在守夜！

他对二爷说，他没有智勇双全的能耐了，想打擂，二爷你亲自进城去张罗吧。

二爷说，强人既然已经到了，还打什么擂，打擂不是为了招引强人吗？

"强人既来了，我们就沉住气恭候好了。"

"我怕这一枪把他吓跑了，你看怎么能设法挽留一下？"

"强人能由我调遣吗？"

"你至少去镖行打听打听，看狗孙给吓跑了没有？"

"风声这么紧，我不能离开贵府。"

"那我去打听。"

"二爷你想去就去，但你得记住，不能说因为一只猫，我们就开了一枪，小心给武界笑话我们。"

"你说我该怎么说？"

"强人既是高手，哪能被这一枪吓跑？说不定这一枪还会使强人产生误会，以为我们康府惊慌失措了，不敢派高手出来应战，却靠放黑枪来吓唬人。强人如果这么一想，他肯定还会光临，他也着急了。"

"这还有几分道理，你说我不用去打听了？"

"二爷想去，你就去。我估计强人再次光临，多半还得等到下一个月初天黑夜，月亮已经越来越亮了，对不对？他即使着急，也不便行事了。"

"你还是智勇双全。"

"智勇双全不敢当，二爷你想进城打听消息也行，在家养精蓄锐也行，都由你。"

二爷同意在家养精蓄锐了。

但是，令包武师最担心的，还是另外两个人。

一位是老太爷。在那惊天动地的枪声之后，包武师发现自己没有死，紧接着就想到了老太爷。老天爷，忽然听到这么一声枪响，还不把老太爷给吓死？老太爷一直昼眠夜醒，只怕强人会再来打劫，这更深夜静的，猛然枪声突发，老人怎么能经得住这样的惊吓！如果老太爷有三长两短，包武师觉得自己可就罪孽深重了。当时，他从现场逃回来，急奔祖屋附近，没有发现异常，因为祖屋连灯也没有点亮。但愿老太爷吉人天相，福大命大。天亮前，他和大少又在祖屋之外静听了很久，仍没有什么异常。他请大少最好进去问候一下，大少很畏惧，终于没有进去，说等天亮了再说吧。

第二天，大少对他说，老太爷不要紧，误以为是村里响鞭炮。他松了一口气。第三天，第四天，也同样平安无事。他想，老太爷真是福大命大，也可能移入祖屋后感觉不同于常人了。所以他主张给老太爷祝寿。只是大老爷送来的偈语，令他心中不安。大老爷耳聋听不到枪声，却偏偏在响枪之后出此偈语，其中不知是否包含有不祥的意思？

还有更叫他担心的，就是那位无比诡诈的丁侦探。没有把这个南蛮子调虎离山，就开戏演练，实在是太冒险了。枪一响，丁侦探就赶到了，还叫他表演飞檐走壁，真有一双毒辣的眼睛，仿佛把一切都看透了似的。单独审问那名坏了他大事的家丁，更使他坐卧不安，简直想劈了这个狗孙。

三十六计，走为上计。最安妥的办法，还是再想一个调虎离山计，赶紧请这个南蛮子远走高飞。

应该对他说，那天夜里其实真有强人光临了，只是怕引起康家主仆惊慌，才假托是家丁发癔症，朝一只猫开了枪。强人一听枪响，就逃得无影无踪，这说明了什么？说明来康府盗宝的强人是京师高手！为什么？因为我们本地武人还没有领教过洋枪洋炮，越是武林高手江湖大盗，越不把洋枪洋炮放在眼里。首先那一声巨响就令人讨厌，伤着伤不着，弄得惊天动地。所以，如果是本地高手，猛不防给这一声枪响吓一家伙，定过神来一定会恼羞成怒，设法雪此一惊之辱。也就是说，他绝不会忍辱逃走，武人就讲这一口气，明白吧？但京师高手就不同了，人家对洋枪洋炮领教得多了，知道洋枪不光是忽发巨响，吓你一跳，运气不好真能叫你血肉横飞。京师高手当然不愿吃此眼前亏了，赶紧退避三舍吧，你说对不对？再说了，本地盗贼也不敢光顾我们康府！强人能有这样的耐心，静候七八个月不露面，也证明是京师高手，他负了重命，当然也想领重赏，一般盗贼哪会有这么大的耐心！京师高手有耐心，可我们伺候不起哪，老太爷早没有耐心受这份熬煎了。贵大探恐怕也恭候不起吧？你我携手合作，文武相济，里应外合，我在康府继续恭候强人，贵大探直捣京师去揭他们的老窝，你说好不好？

包武师觉得这个主意很不错，可以叫作将计就计，当然仍是调虎离山计，最终还是为了请这个南蛮子走为上计。一计顶三计，三计合一计，真还不错。当然，这回要记取前鉴，不能太得意，更不能太冒失，但也实在不能再拖延了。叫他侦破了你的演练真相，就一切都晚了。

包武师最后决定，通过大少来将丁侦探调虎离山。

12

丁侦探本想先跟踪一下刘守义，因为这比较容易，刘守义终日就似影子一样跟着自己。但稍一细想，这又最不容易，他终日跟着你，你再回头跟着他，这岂不是跟踪自己吗？越来越像个笨蛋了。

要想跟踪刘守义，必须先允许他自由行动，这在康府似乎难以做到。大少会不会允许他擅离职守，他自己敢不敢自由行动，都成问题。唯一可以给予他的自由，就是放他回家见太太。你跟踪他进城，看看他是不是要向孙老总禀报什么，这当然是有价值的。但他有回家见太太做动力，奔跑起来，恐怕你难以跟得上。而且，如果他进城后先去向孙老总报告，然后才回家，这自然很理想了，但他如果先去见太太，那你说不定要在街头巷口守候多少时候，天气已经这么寒冷了，那岂不更像一个傻瓜？

丁侦探感到，还是应该集中精力先寻找老太爷的下落。

老太爷如果仍然活着，那惊天动地的枪声一定会使他受惊不小。老太爷精神由此恶化，应该能在大少身上反映出来。出于某种原因，比如担心康家人心慌乱，或者怕诱发什么阴谋，大少可以故作镇静，但他一定会频繁出入于老太爷的秘密居所。

丁侦探终于明白过来，他应该跟踪的目标是大少，而不是刘守义。当然，跟踪大少，就必须摆脱刘守义这个影子，不想给他自由，也得叫他自由。在跟踪大少中间，完全可以伺机留意刘守义的行踪，似乎能够一箭双雕。

总之，丁侦探发誓要找到那位秘密的康老太爷，即使是聋哑痴呆了，甚至只是一具尸体。侦破一件案子，见不到第一当事人，这简直不可想象。

怎样摆脱刘守义，丁侦探想好了一个新圈套。他打算对刘守义说，六娘已经答应设法帮他去见老太爷了，但因事关重大，你必须回避。以这样的借口把他支开，如果他是戴老帮他们的耳目，他可能会跟踪而来，或者串通包武师派人来跟踪。如果没有人来跟踪他，那么对戴老帮、包武师以及刘守义他们的怀疑，似乎就可以暂时存疑不论，你专心寻找老太爷好了。

他请出六娘来，也是忽然生出的灵感，再没有别人比六娘更适于编设这个圈套了。

丁侦探对刘守义说出了这个圈套。

刘守义说，听从你的吩咐，我也不想跟着你担惊受怕了。

丁侦探说，说不定什么时候还得使唤你，总之是叫你跟着我，你就跟着我，不叫你跟着我，你就老实歇着好了，明白吧？

刘守义说，明白了，只是不明白你什么时候又见了六娘。

丁侦探说，这你不用多问，明白吧？

刘守义说，明白了，只是六娘能听懂你说话？

刘守义这个傻瓜，真还不傻，说不定真是个什么耳目。他说，六娘识字，也会写字，明白不明白？

刘守义说，明白了，你们见着老太爷也靠写字吗？

他说，听六娘说老太爷什么话都能听懂，明白了吧？

刘守义说，那再放他一两天假，行不行？

他说，你去向大少请假好了。

刘守义说，他不敢去找大少请假。

丁侦探就说，你先随时听候使唤好了，因为事关重大，你不能离开康府。等我见到老太爷之后，一定多放你几天假，好不好？

刘守义说，那我就没有什么指望了。

他回答说，你这个笨蛋。

丁侦探从刘守义的神色中，还判断不出这个家伙究竟有没有嫌疑，也许这个笨蛋是个高手？

为了实施对大少的跟踪，丁侦探在开始几天，整日坐在大少的账房里，缠住大少说话，其中有说笑扯淡，从天下大事到南北水土，从康家家风到新旧女人，当然主要还是说案事，当然也仍旧带着刘守义做通事。

丁侦探一再陈述，侦破到目前这一步，务必得见一见老太爷，只要允许见一面，问几句话，一切就都会烟消云散，水落石出，真相大白，盗贼抓拿归案，石头完璧归赵，如此等等。

大少则一直解释，他已多次探问过老太爷的口气了，老太爷还是拒不见客，每回都要责骂他是来催死，真是任性得很，像个孩童似的，你无法跟他论理。又说，自听到那天夜里的枪声，更惊慌得不肯见人了，请多包涵。

丁侦探追问，老太爷是不是被枪声惊吓着了？

大少却说，吓倒没有怎么吓着，总是多少受了一点惊。

又是惊慌不安，又是没有吓着，丁侦探觉得其中分明大有文章，更穷追不舍，要求必定得见见老太爷。大少说，你这简直是在逼账。

他们都笑了。

期间，大少对丁侦探也同样逼问得很急。案子到底侦破到怎样一种地步，石头有失而复得的可能没有，盗贼是外面强人还是家贼，特别是你要问老太爷几句什么话，这一切又为什么不能对他说明？丁侦探当然也只能说，事关重大，见不到老太爷，什么也不能多说。大少问，我是不是也在嫌疑之列哪？

他们又都笑了笑。

这样纠缠了两天，大少没有任何行动。刘守义先沉不住气了，问丁侦探怎么缠着大少不放，不是六娘要带你去见老太爷吗？

丁侦探斥责他，你不要多问了好不好？

刘守义说，老太爷不见客，六娘怎么敢带你去？

丁侦探说，因为有你在场，老太爷才一直不便见我！

刘守义说，大少没有这样说过哪！

丁侦探说，你没有听清，你又在想太太，对不对？

刘守义一副莫名其妙的样子。如果他是表演出来的，那表演可真够逼真了。

第三天，大少忽然劝他是否应该先往京津一带，去查访一下盗贼的老窝。丁侦探记得，大少并不怎么赞同京师盗手之说，现在为什么忽然又希望他远走京津？他立刻就怀疑是刘守义向大少告了密。冷眼观察，刘守义居然处之泰然，像个高手似的，岂不知你已经中了圈套！

丁侦探当即对大少说，应该不应该到京津查访，他自己心中有数。

刘守义居然仍旧泰然自若地给他们做翻译。

丁侦探忽然明白了，刘守义中了自己的圈套，向大少告密，这能证明什么呢？证明这位伙计忠于财东胜过忠于你这个侦探，其实这本来就是无须证明的。你需要发现的，恰恰是刘守义对康家的不忠之举。但你不能冲动，你也必须处之泰然，明白吗？

幸亏他没有冲动。这天终于有个仆人来见大少，仆人并没有说话，大少立即就走出去了。他们在屋外似乎也没有耳语几句，大少就返回来，神情虽然依旧，但丁侦探觉得那是极力装出来的。

大少说，家中有件小事，要去过问一下，只好失陪了。

丁侦探立即起身告退，他一直就是在坐等这种时机的到来。

他出来后，当即就把刘守义打发回客房院，自己装出低头沉思的样子，在附近慢慢散步。但一直没有发现大少出来。也许大少真有了提防。他拐入一条巷道，避开了账房院的大门。

稍待片刻后，他突然折了回来，果然看见大少走出账房院，朝西去了。能看出，大少在努力走得镇静。丁侦探忍不住有些激动，但又怀疑这可能是大少听了刘守义的告密，反设了圈套。管它天塌地陷，你得盯住大少不放。

等大少朝北拐了弯，丁侦探便迅速走出隐身的那条巷道。刚刚疾步朝西走了几步，忽然迎面出现一名仆佣，问他有什么吩咐。他摆了摆手，示意是去茅厕，不必伺候。

这时他更发现，在康府跟踪大少这样的人，是一件多么不容易的事，你简直是在众目睽睽之下进行秘密勾当。当时他趁着那个急奔茅厕的借口，赶到北向的甬道，刚刚望见大少又往西拐了弯。他在这条甬道上，没有敢继续做急奔茅厕状，同时又回头两次，想看看刘守义是否跟踪而来。这样赶到向西转弯处，大少已经没有了影踪。

他急忙西行到巷道尽头，更不见大少影踪了。那里不远处是膳房，再往西就是书房院，往北是花房。膳房他天天去，书房院他也曾经去过。于是，他走近花房。花房里，只有几名花匠在悠然侍菊。

老太爷怎么可能避居这一带，难道大少真设了什么圈套？

13

三娘问，“几时发的烧？”

大少说：“祖母说有两天了。”

“怎么才说?”

“祖母说昨天轻微有些发烧,先给发了汗。”

“多大年纪了,敢随便发汗?”

“祖母说也没有发出汗来。”

“那还不快进城请先生?”

“祖母说老太爷不叫请先生。”

“不能听他的,快去请吧,多大年纪了!”

“祖母说老太爷说了,他还死不了呢,不用你们着急,请先生来催他死。”

“你怎么一口一声听她说听她说,你见老太爷没有?”

“今天午前见了。”

“今天是不是烧得更厉害了?”

“祖母说比昨天轻微热些,只是仍发不出汗来。”

“怎么又是听她说,怎么还要给老太爷发汗?”

“母亲大人,你说该怎么好?”

“我是问你,见着老太爷了没有?”

“见了。”

“你看老太爷情形怎样?”

“还是任性无常。”

“我是问你发烧情形怎么样了?”

“老太爷不叫我挨他。”

“面色怎么样?”

“没有看出怎么样来,老太爷的脸色一直不够好看。”

“一直就不好看,怎么也不早说?”

“我是说老太爷给我们的脸色一直就不好看,喜怒无常。”

“你怎么总说无常无常,怎么敢说无常?”

“老太爷真是任性无常。”

“无常是索命鬼,你怎么还说无常?”

“我不是那种意思。”

“我知道,你快打发人进城请先生吧。”

“发不出汗来,真要紧吗?”

“多大年纪了,还不要紧!”

得知老太爷发烧而又发不出汗来的消息,大少当然有些紧张。自从老太爷移居祖屋之后,大少最害怕的就是这种消息了。令他感到欣慰甚至惊异的是,这七八个月来,老太爷虽然精神上变得乖戾任性,喜怒无常,但身体方面却一直没有什么异常。期间只有两次轻微发烧,当夜都发了汗,退了烧,安然无恙了。一个九旬老人,精神上受着那么大的熬煎,寝食无常,身体居然不受其累,老太爷的确不是常人之命。这使大少也更坚信,老太爷一切都心中有数,精神上其实平静得很,做出的一切反常行为,一定另有深意。可惜他自己太无能了,实在无法对老太爷的大智慧大作为大手笔做出回应。现在老太爷终于染疾,是不是对他的无能已经忍无可忍了?又联想到大老爷写的那个偈语,大少怎么能不紧张!

当然,大少也怀疑,老太爷是不是被那一声枪响吓着了。

母亲的惊慌情形,更增加了他的紧张感,只好答应立即进城去请名医来,并严嘱千万不可声张,以免大家惊慌。当时大少仍没有把春天出了盗案,不久又移居祖屋的秘密,透漏给母亲大人。因为这是公议必须严守的秘密,特别是老太爷移居祖屋的不祥之举,更不能过早使大家知道。而且,母亲如果再知道了这个消息,说不定更会惊慌成什么样子。从母亲那里出来,他才发现,请来一位名医先生,这一秘密还怎么能守得住?本地名医隐瞒身份,只怕不似丁侦探那么容易了。

因此,大少决定亲自进城走一趟,先向孙老总请教一下,或许可从省上请一位西医先生来。

在进城的路上,大少于纷乱的思绪中,忽然想起了六爷以及孙老总曾经说过的高见:老太爷的性命全靠丢失的那两块石头拴着呢,越寻不着,拴得越牢靠，我们千辛万苦给他寻回来了，说不定会忽然松了劲。他不由一惊，难道老太爷已经预感到，自己的石头即将失而复得吗？今天老太爷就一再对他说，我还不死呢，小掌柜的，你先把石头给我寻回来，再给我请医家吧。又说，你们不用请医家来催我死，我只带走那七十七块石头，万贯家财，通国生意，都扔给你们了，但那一套石头，少给我一块，你们也休想把我撵走，小掌柜的，听清楚了吧？

如果老太爷真是预感到石头即将失而复得，那么，不管是丁侦探已经理清案情，即将揭案，还是他自己悟透禅机，即将起获赃物，现在都可能面临一个新的难题：宜于何时揭案，或者宜不宜于揭案？

这真是一个更加可怕的难题。

也许请丁侦探来破案，这本身就是一个错误？

孙老总说，请位老先生去给老太爷看看病，并无大碍，九十高寿了，偶感风寒，很自然的事。

大少说，老太爷是秘居祖屋哪？

孙老总说，可先请医家老先生住入老院，然后到夜深人静之后，再延至祖屋。

大少说，或者可像伏天那样，请老太爷回老院稍待？

孙老总说，老太爷恐怕不会再上当了。

大少问，能请到一位肯守密的名医吗？

孙老总说，想请谁就请谁好了，谁都会为我们守密，因为我们的礼金能对得住他。

大少问，族中得知老太爷有恙，要去问安怎么办？

孙老总说，就说有医嘱，偶感风寒，但须静养。

大少问，那出空城计不知后文如何？

孙老总说，甚好，完全如我们当初所料，我号声誉复隆，当然我们本来也不是唱空城计。

大少说，孙大掌柜辛苦了。

孙老总说，兰号已回电，冻石购得，价甚便宜。

大少说，孙大掌柜张罗得高明。

但他犹豫再三，终于没有对孙老总说出心中的那个新难题。

14

在康府跟踪大少，的确是件需要高等探技的差事。丁侦探继续跟踪了几天，仍然没有多少收获，期间，有一次又跟踪到了膳房花房附近，大少转眼间又消失得无影无踪了。

难道那一带有什么暗道吗？

由于害怕再次落入迷阵魔场，丁侦探在跟踪到第五次之后，就毅然放弃了此举，决定另觅他途了。而且，近日大少又频繁出入于老院，似乎不像是在故意迷惑他的跟踪。从大少故作镇静的背后，丁侦探看出可能发生了什么大事。是不是如他所推测的，老太爷被那夜半枪声所惊吓，情形有些不佳？可为什么又频繁出入于老院，难道老太爷因贵体不佳，又秘密移回老院了？惊天动地的枪声刚刚响过，老太爷又怎么肯回去？

为了解开这个疑点，丁侦探再次暗访了八大锤。八大锤没有提供任何新的情况，咬定老太爷一直就住在老院，因为偏院中的小膳房一直照常开伙。

但丁侦探坚信一定发生了什么不同寻常的事了。

但究竟发生了什么事，他一直得不到证实。丁侦探只证实了刘守义不是戴老帮的耳目，似乎也没有向大少告密。因为丁侦探在情绪不佳的时候，曾经恫吓过刘守义一次：你是不是到大少那里多嘴了？刘守义立刻就给他跪下了。

“我哪里敢，我在沪号的前程已经全握在丁先生的手里了，你看我有妻难守有家难归至今无嗣，还不知太太到底怀了野胎没有，又是怀了谁的野胎，不是野胎又是有了什么毛病，这都是为了什么，还不是为了在票号的前程，为了能有朝一日在票号顶几厘身股，如果东家或是总号知道了我违犯号规真是不堪设想哪，我伺候丁先生一直也奉如票庄掌柜老帮，更铭记你体抚小人苦衷的宽宏盛德，我怎么敢有不忠之举，这不是自毁前程吗你说？”

丁侦探当时没有料到，刘守义会这样经不住恫吓，立刻就把他扶起来了，说是同他开玩笑。他断定刘守义不是在表演，除非真是高手。

还有一次，丁侦探跟踪大少无功而返，发现刘守义在客房中同谁说话。他当即伏在窗外潜听，听出是九姑娘在问话，当时很兴奋了一下，感到终于捕到猎物了。原来是通过九姑娘在传递消息，接着，就涌现出一串猜想：九姑娘真是在装疯卖傻，九姑娘背后又会是谁，九姑娘那回突然闯来，原来是来同刘守义联络而不是来同你幽会，那回刘守义抬出九姑娘来脱身，原来也不是急中生智。

可惜细听下去，怎么九姑娘所问一律是有关唱戏的话题，戏班啦，扮相啦，嗓音啦，名角啦，等等。刘守义则很紧张地回答着，能，是，好，全是简单的肯定。丁侦探感到不像是什么暗语。

事后他调侃刘守义：是不是九姑娘在同你幽会？

刘守义吓得脸色大变，说他哪里敢，九姑娘又怎么会同他幽会，她半疯不傻，他也不想自毁前程。

丁侦探说是同他开玩笑。

刘守义说，这种玩笑我可开不起，你说你去私会六娘，也是开玩笑吧？

他说不是玩笑，真有其事。

刘守义说，那你得万分小心，康府家规号规苛严。

很可能就是受了刘守义这句话的启发，丁侦探在放弃了跟踪刘守义之后，就决定真去私会一下六娘，说不定六娘真能帮助他见到老太爷，这叫假戏真唱了。他决定这样做，还可能出于一种无法忍耐的冲动，他仍然不愿相信自己就没有本领见到这位老太爷！据他这几个月身居康府的所闻所见所历，其家规家风乃至仁德礼义，似乎并不像号称的那样无比苛严，无机可乘。这件离奇的盗案不就是一个证明吗？真说不定人人都参与其中了。

后来，丁侦探又决定把私会六娘，改作要求正当地单独会见，声称这是最后揭案所必不可少的一步。这样一来，大少对此不会无动于衷，一定会有所反应，很可能会以为六爷是重大嫌疑。如果大少自己与盗案无涉，他可能会接受这个侦破结果，如果他与案情有涉，大概也会接受这个结果，以保全他自己。在这两种情况下，大少都会同意他与六娘会见吧。只有大少与六爷共同涉入案事，才可能阻拦他去会见六娘。在经过数月侦破又声称即将揭案之时，忽然透露给他们一个嫌疑目标，自然会在康家激起波澜，各人面目似乎可能显现得更真实些？

如果能顺利见到六娘，就将老太爷已不在老院居住的底牌直告于她，看她会有什么反应。如果已经知晓，她应该极力掩盖否认；如果她确实不知这个秘密，就可能会答应帮他查询寻找。为了把六娘争取过来，帮助自己寻找老太爷的下落，他似乎还可以向她透露，老夫人有重大嫌疑！六娘对老夫人显然有很深的成见，或者握有老夫人的什么证据和把柄。

丁侦探感到这又是一个不错的投石问路的方案。

大少听了他要会见六娘的请求后，所做出的反应，使丁侦探一时难以进行判断。大少的第一反应显然是感到相当意外，连问六娘会同盗案有什么关联，掩饰不住内心的吃惊，并问能否说明有什么关联。这似乎可以表明大少与案事无关，也不反对这个结果。丁侦探即进而对大少说，现在还不能多说什么，但务必得见一见六娘，事关重大。大少立刻追问：见了六娘，是不是就可以很快揭案了？为了能见到六娘，丁侦探做出了已有相当把握的表示。谁能料到，大少一听竟有些惊慌起来，连说单独会见六娘有所不便，因为六娘还年轻，六娘是长辈，六娘是女眷，等等。总之是不允许他会见六娘。这又是什么意思，丁侦探有些猜测不透了。

“本探已经见过两次六娘，为什么忽然又不便拜见？”

"现在不同了。"

"有什么不同？这次仍有刘守义在场做翻译。"

"因为六爷已经生气了。"

"但贵府难道不想早日揭案吗？"

"你有几分把握能揭案？"

"大约只一步之遥！"

"我们当然希望能早日揭案，只是单独会见六娘，实在难以从命，请多包涵。"

丁侦探发现，他越声称破案在即，大少就越不同意他见六娘。这其中又意味着什么？丁侦探暂不做深想，决定先将破案在即的说法加以消解，可能你对大少说本探是个笨蛋，侦破及今，案底尚遥遥无期，他就会答应你见六娘了。他渐渐松口了。先说拜见六娘求旁证，实在是出于无奈，因为见不到老太爷哪。不便见六娘，能否见一见老太爷？大少当然没有答应。他开始给大少说明什么是旁证，比如第一次见六娘，请她回忆三月初四夜里刮风没有，就是求旁证，当然这次所求的旁证，要比刮风重要些，但并不是说六娘就有了什么嫌疑，明白吧？已经解除了对六娘的嫌疑，大少仍然不肯答应。最后，他只好给大少解释，旁证是如何麻烦，如何不可靠，如何容易差之毫厘，失之千里。如果能见老太爷一面，那就省时省事得多，离案情真相大白就真是只差一步之遥了。

大少好像松了口气似的，终于说，老太爷实在不宜见，六娘那里只好试试看了。

丁侦探实在不明白，大少怎么有些害怕案事真相大白呢？难道他真与案事有涉吗？

"丁先生已经能听懂我们的话了？"

"还不能完全听懂，只能听懂一个大概吧。刘守义病了，只好难为六奶奶来听我这难听的话，你能听懂吗？"

“你说的话，我大概能听懂，丁先生真是心灵得很。”

“说得结结巴巴，很难听。”

“不难听，丁先生真是心灵得很。”

“实在愚笨得很，贵府交办的案子，侦破了这么长时间，至今仍没有眉目，愚笨得很。”

“什么案子，丁先生说的是什么案子？”

“六奶奶也心灵得很，何必明知故问呢？”

“实在没有听说出了什么案子。”

“今年三月初四夜里，老太爷屋里丢了两块名贵的石头，六奶奶是知道的。”

“我们真不知道，从来没有人告过我们。”

“我能看出来，六奶奶是早已知道的。”

“我们怎么会知道！丁先生真是破案来了？”

“我的身份，六奶奶也是早知道的。”

“哪里会知道，只知道丁先生是大少的旧友，为避难而来。”

“今天我直言相告，六奶奶一定猜出我的用意了。”

六娘低头不语，似有羞涩情状。

“我是有求于六奶奶。”

六娘仍低头不语，羞涩中似乎显出了娇美。他们是不是共谋了一个美人计，你得小心。

“我是真诚地求助于六奶奶。”

“丁先生请吩咐。”

“想请六奶奶设法帮我见一次老太爷。”

“我还想请丁先生帮我们见见老太爷呢！”

“事关重大，请六奶奶不要推辞。”

“实在不是推辞，我们见一次老太爷也十分不易，听说近日老太爷偶感风寒，仍然不许我们去问候！”

果然是老太爷的情形有些不佳。但老太爷贵体不佳,似乎应该要求加快破案,怎么能害怕揭案呢?难道他们真想把老太爷气死?

“我不信六奶奶这样精明聪慧的人,会没有办法见到老太爷。”

“人家说老太爷不想见我们,我能去惹老太爷生气吗?”

“这有可能是假传圣旨,害怕你们去见老太爷,明白吧?”

“我也这样想。”

“那为什么还不设法去见见老太爷?”

“丁先生真的一直没有见到老太爷?”

“我若能见到老太爷,案子早真相大白了。”

“丁先生几次进老院,难道真是为了去见土地爷吗?”

‘我已经探听清楚了,老太爷早已不在老院居住了,不知六奶奶知道不知道?”

“你说什么,老太爷已经不在老院住着了?”

“千真万确。”

六娘立刻目瞪口呆了。

自此以后,丁侦探就再没有探听出什么来了。从六娘惊骇的反应中,丁侦探推测老太爷可能已经不在人世了。他请六娘无论如何要替他保守这个秘密,因为这事关破案大事。

六娘问他,不会很快离开康家吧?

15

医家一直说,对老太爷的病情不能大意,又一直是在清晨诊脉。

这本来已经使大少忧心如焚了,而丁侦探又步步紧逼,越来越像案事即将真相大白。这就使大少更加疑心,那两块丢失了的石头难道真系着老太爷的命哪?

六娘见过丁侦探之后,大少立刻问她,丁先生说了些什么话。六娘只说，还是问了问三月初四的天气，但她神色异常。

大少立即又传问了刘守义。刘守义迟疑了半天，终于说，当时他并没有在场。大少更大吃一惊，难道丁侦探已经能听懂本地土话了？刘守义说不大可能，多半是借助笔墨吧。大少严斥刘守义不该失职。刘守义很委屈地说，他们不许他在场，六娘是主家，他没有办法。

大少越想越不对，他断定丁侦探十有八九已经能听懂他们的土话了，甚至是早已听懂而故作不懂，南人机灵诡诈得很，自己太疏忽了。连他自己这样无能，不是也能听懂丁侦探吴语中的二三分意思吗？丁侦探既然早已没有言语困难，那么破案在即看来是很可信的。

丁侦探单独会见六娘，六娘神色异常，这意味着什么？六娘不大可能是盗贼，那么会是六爷吗？六爷忽然要出游，是不是已经觉察到丁侦探盯住了他？这个案底，还比较令人满意。可惜案底宜不宜揭开，还是一个难题。

更使他感到意外的是，当夜少夫人就追问他：老太爷是不是已经不在老院居住了？他听后大惊失色，虽然极力加以否认，甚至指责她不该做此不祥猜测，但他心里已经明白，肯定是丁侦探向六娘透露了这个重大秘密。丁侦探既然已经探知了这样的秘密，那距案事真相大白很可能只差一步之遥了。

大少深感事关重大，必须请各位长辈及要员来公议一下。

为了怕孙老总不肯光临，大少决定再次进城去恭请，同时可以借此机会，先与孙老总密商一番。

孙老总听了大少的通报，依旧镇静自若，从容地呷了几口茶，甚至还从容地到账房交代了一件什么事。归来坐定，才说，老太爷的病情不必忧虑过甚，那么大年纪了，又是那么大的身份，医家当然不敢大意。对丁侦探也不必估价过高，他不相信这位侦探已经把案情理清了。至于所谓真相大白，更不可信。但对丁侦探已经能够听懂本地言语，特别是已经探知老太爷移出老院，孙老总认为大可警觉。

“果真如此,我们就什么也瞒不过他了。”

“孙大掌柜高见,的确大可警觉。”

不过,大少心里想,既然认为什么也瞒不过丁侦探,那么丁侦探已经理清了案事,是完全可能的。

“他什么都知道了,首要是怕对当前生意不利。”

“老太爷移居祖屋被族人知道,只怕会引起人心惊慌。”

“首要是东家的生意。”

“孙大掌柜看该怎么好?

‘送神吧。”

“请丁侦探回上海?”

“对。”

这时大少才忽然意识到,丁侦探当初正是自己力主聘请来的。当初孙老总终于也同意了,那时就估计到这位上海侦探会似一个聋哑人吗? 如果当初丁侦探就能够听懂北地土话,不是也得留他办案? 盗案没有结果,就把丁侦探这样打发回上海,这一定会成为自己的一大败笔。但这盘棋走到眼前这一步,似乎也无路可择了。

“只是案事未结,怎么好请他走?”

“容易得很。”

“愿听孙大掌柜高见。”

“你说要给老太爷办寿,恐怕顾不及案事了,只好请他暂回上海歇假。”

“这样行吗?”

“你说老太爷已经淡忘了那两块石头了,精神日渐好转,所以能请他回上海歇假,严冬已近,我们怕冻着他这位南人,等春暖花开后再来继续破案好了。礼金不会稍减。”

“他要不走呢? 他诡诈得很。”

“这由我们,不由他。”

“老太爷仍然逼着要石头,怎么办?”

"不是一直就在逼着要石头吗？老太爷也并不知道请了这样一位南人给他寻找石头，对不对？"

"我是担心万一，近日老太爷总是说，他要带齐了那七十七方石头，才肯走。"

"老太爷走不了，你不必忧虑过甚。"

"孙大掌柜仍然以为那两块石头维系着老太爷的命吗？"

"我不过是说老太爷金石雅兴之高，嗜石如命。有如此雅兴，老太爷怎么会走？"

"我是担心万一，万一老太爷等得不耐烦了，怎么办？"

"我看老太爷不会走，即便出现万一，那也是老寿星大喜事，喜丧可大办，一显我号财东豪富气象，于生意不会有多大牵动。当然，谁也不希望这样。"

"万一到那个时候，老太爷得不到那两块石头不肯瞑目，怎么办？"

"还远不到那种时候。"

大少感到踏实了些，又仍然觉得不够踏实。他请孙老总务必参加公议。孙老总说，他有一个很重要的饭局，事关东家生意，实在不能不去，少东最好也能光临，因为都是商界要人。

大少心里虽有不悦，但没有表现出来，只好独自返回康府。他忧心如焚，怎么能去赴饭局。

这次公议，大家的意见空前地一致，都同意尽速将丁侦探打发回沪。二爷和包武师的态度非常坚决，说当初就不该请这个南蛮来。包武师尤其显得激动，历数了丁侦探的许多不轨之举。六爷真有些气愤了，说这位洋探都探到他的门前了，还留他做什么？管家老夏附议了大家的高见，大少说他赞同大家的高见，孙老总也是这种意思。

至于那两块石头是不是维系着老太爷的命，大少没有提出来公议。只是六爷力主另请高明，尽速破案，否则，他跳进黄河洗不清了。大家说，谁会相信丁侦探的乱猜疑，不是已经把他撵走了吗？大少解释说，丁侦探只是向六娘打听三月初四到底刮风没有，因为六娘的生日在三月三。

六爷说，你还在为你请来的这位洋探说好话吧？

大少说，他已经赞同将丁先生打发回沪了。

对于老太爷移居祖屋的消息，议定可以告知家中各位老爷和各位奶奶，在大少以下的小辈中仍要保密，对外当然更得保密。

16

丁侦探听到请他回沪过冬的驱逐令，真是如雷击顶。但大少不留任何商榷余地，只说本地严冬可怕，破案幸可暂缓，就待来年春暖花开吧，这是康家一向仁德，他不便有违，所许两千两银的礼金，回到上海即可往敝号支取。

两千两银子就能洗去他此番北来的羞耻记录吗？当然，这是一笔巨金。他是不是已经触及破案的关键了，他距见到康老太爷是不是真的只差一步之遥了？他们为什么忽然令他住手？无论如何，这是对他的一种羞辱！

不过，丁侦探又忽然想到了那个魔六之数，不禁再次打了一个寒战：六娘也是一个六数吧！在这里真存在一种魔场，一种天意吗？在康府，他所见到的每一个人，似乎都不足畏，但他使尽了自己的探技，仍然屡屡碰壁受挫，怎么也冲不破那无形的防线。在这防线后面，那位康老太爷可能才是真正令人生畏的人物，但你越不过这防线，怎么能验证？

丁侦探决定认命了。

他只向大少提出了两条要求。一是请按例假，准许刘守义归家歇假数月，不能对其有任何怪罪。二是请允许他一睹那没有丢失的七十五方石头。因为他觉得，本案中的第一当事人难得一见，盗案中失物到底为何样宝物也不知详，那就太惨了。

对于他的第一要求，大少很痛快地答应了。对于第二要求，大少颇感为难，说老太爷对那套石头珍爱如命，一直秘不示人，连他自己及今仍无缘一见。最后，只好答应设法讨出印谱，供他一睹。

于是，丁侦探又增加了一条要求，能不能在各地老帮赎回的那许多假石头中，挑两方送给他，以备来日查访时参照？其实他不过是想留作纪念，以不忘耻。

大少很爽快地答应了。不过，大少也向他提出一个要求，能否相告案子侦破到何种地步了？

丁侦探说，既已卸任，不能多言一字。

面对印谱，丁侦探如睹天书，只好去请教何举人。何举人指指点点，他也仍然不得要领，于是又恳请何举人，能否劳动大驾，为他开列二纸清单，略记印文印样及其特征？

何举人也提出了要求：贵探审案既久，可证本官与盗案无涉否？

丁侦探毫不含糊地说，康府中别人都不敢断言，只可以断定何老爷一人绝与本案无干。

何举人于是答应代为开列清单。

17

《文昌帝君阴骘文》印章清单。

序号。印文。印样。

第一方，“帝君曰”，朱文，椭圆状，边有龙凤饰纹。

第二方，“吾一十七世为士大夫身”，白文，方形，无边框，吾亦为士大夫身也。

丁侦探看至此，不由一笑。

第三方，“未尝虐民酷吏”，朱文，扁方形，布局似过工整。

第四方，“救人之难，济人之急”，白文，方形，笔意奇而失正流于怪。

第五方，“悯人之孤”，朱文，长方形，有高柳垂丝意。

第六方，“容人之过”，白文，方形，小巧而已。

第七方，“广行阴骘，上格苍天”，白文，圆形，略有韵味。

第八方，“人能如我存心”，扁方形，朱白文相错，亦小巧而已。

丁侦探不明白是何举人眼光过高，还是这些印石技艺不高，若真如何举人评点，老太爷怎么会视如性命？

第九方，“天必赐汝于福”，朱文，长方形，似神鼎立足，好。

第十方，“于是训于人日”，白文，圆形，得窄地布锦法，亦好。

……

第十三方，“救蚁中状元之选”，朱文，方形，似闲云出岫，有神外之神，佳品也。

……

第十六方，“行时时之方便”，朱文，有美女拈针之妙，可惜末一字有病刀。

第十七方，“作种种之阴德”，方形，朱文，字状大如横刀八阵。

第十八方，“利物利人，修善修福”，白文，长方形，笔未到而神到，形未存而神存，神品也。

……

第二十一方，“忠主孝亲，敬兄信友”，朱文，方形，厚边，笔细而有情，似仕女步春。

第二十二方，“或奉真朝斗”，白文，方形，有寒山积雪意。

……

丁侦探感到，何举人还真有文采，清单竟开得这样有文采。

第二十八方，“措衣食周道路之饥寒”，白文，方形，字稠似众星丽天。

……

第三十方，“富家提携亲戚”，朱文，圆形，流利似春花舞风。

……

第三十二方，“斗秤须要公正，不可轻出重入”，方形，白文，有长霞散绮意韵。

第三十三方，“奴仆待之宽恕”，方形，朱文，奴仆亦不可待之过宽。

……

丁侦探看至此，又不由一笑，他想这是何举人在发泄对夏管家的不满吧。

第四十四方，“勿弃字纸”，朱文，方形，有壮士舞剑势。

……

第六十八方，“见先哲于羹墙”，白文，方形，刀笔神形直追秦汉，神品也。

第六十九方，“慎独知于衾影”，朱文，方形，可追秦汉之神品，叹为见所未见也。

……

丁侦探终于找到了老太爷所丢失的那两方印章的印拓，何举人点注的评价果然极高。他翻完整个印谱，再没有超过对这两方石头的推崇了。果然是丢失了两方最好的石头。不过，有没有可能是何举人根据老太爷如此珍爱而加以附会呢？看来，何举人对各方石头的评价是否可靠，还是个疑问。而且，对一个像他这样的英式侦探来说，何举人这种诗情画意式的评点，实在也难以作为破案的证词来加以参照。他自己又不通金石篆刻之道，何举人说那是深不可测的。

18

丁侦探返京途中，孙老总安排太原省号的一位伙友一路伺候。这位伙友显然受了严厉嘱咐，对康府家事商事不敢多说一句话。这使丁侦探很生气，更勾起了被逐受辱的那股怒气，但现在生气也白生气了。

他想丢开这件倒霉的案子不想，但怎么可能。在冷寂的火车上，他总是企图弄清自己被逐的原因，但这又怎么可能。他相信自己一定触到或是接近了盗案的要害处，才被他们断然撵走的。可他们既然已经知道本案的要害所在，为什么还要请他来破案？看来，还是请他来做一番破案的表演而已，所以每当他触及要害，甚至仅仅是企图触及要害，就会断然令他住手了。他的被逐，大概不会是因为怀疑他与六娘有了私情吧？他们不会那么迂，他与六娘，彼此分明都是在演戏，除非是他们设了这个美人计。离开康家之前，他当然不可能再见六娘一面了，记得六娘最后说，你不会很快离开康府吧？当时六娘是不是已经预感到他将被逐？当时他仍然没有意识到六娘应了那个可怕的六数。在何举人开列的清单中，仿佛有一方石头上刻着“勿淫人之妻女”，何举人的评点好像是“有长虹竟天势”。淫人妻女怎么能取长虹竟天势？可能金石之奇趣，即在于此，只论刀笔，不问文意。

车窗外，入冬的荒山野岭更显荒凉。在何举人评点石头的佳句中，似乎也有“太华孤峰”“大石乔松”“重山叠翠”一类，但这怎么能做侦探的证据。

抵达京城，京号梁老帮招待依旧殷勤。丁侦探能够看出，梁老帮对康府盗案也依旧十分关心，虽然已不似先前那么戒心难掩了。显然梁老帮已经知道他是无功而返。他决定对梁老帮也使用对待何举人的同样伎俩，先解脱了他与案子的干系看看。

坐席吃酒闲叙毕，梁老帮果然邀他进里头小坐。

“想不到丁先生的北方官话已经说得这样漂亮了，还带着一点我们的乡音，真是才智过人。”

“我有何才智，费时数月，康府交办的案子仍不能真相大白。”

“这不是普通的案子，是案子太疑难，不是丁先生才智不逮。连我们远在千里之外都不得安宁。”

“康家及你们总号我不敢说，但我敢说你们京号与案事是绝不相干的。”

“我们本来就远在千里之外。”

“当然,他们仍怀疑有可能是京师高手去作的案。”

“还是怀疑我们雇了盗手去偷老太爷的东西?”

“当然不是怀疑你们京号,是怀疑京中另有人雇了高手,去追逐那套价值无比的石头。”

“这不大可能。清廷轰然倒塌,天下大乱,京中正不知有多少价值连城的珍宝古玩在流散民间,谁还顾得及派高手到我们山坳乡野去盗宝?于今乱世,古玩市价更跌落不振,古董商家恐怕也不肯下这么大功夫来搜罗这样两方石头。”

“但那套石头曾出入于端方之手,或者因此而被追逐?”

“那么还是疑心我们走漏了风声?”

“本探从不曾作此猜测,我想端方是金石大家,或许是他使那套石头名扬于外了?”

“我已在京中多方打听,都说端方既嗜石如命,又极其贪婪,如真有那么名贵的石头经过他手,恐怕他绝不会轻易奉还的。而且何举人描来的印样,方家都说不似文三桥笔意。”

“那一定是何举人描摹的印样,走样太多。”

“当然,得文家真意不易。不过据说三桥传世真迹极少。那套石头很可能是后人收集的仿作、摹本之类,广纳诸家,良莠并存,也许真有名人大家之作侧身其间。京中也有人说,康家秘藏着埋世已久的珍品,并不是不可能。”

“康老太爷嗜好金石,品玩一生,不可能不辨真伪吧?”

“老太爷晚年趣味怪诞,独有所钟,不是常人所能领悟。我们在京为他搜罗过不少名印,似都不甚中意。”

“不过,老太爷可能很相信端方的眼力,会不会是请端方给他鉴别那套石头?”

“有这种可能。”

“老太爷呈送石头给端方时,也是经你们京号转递的吗?”

“我们都不记得有此事。而且我们后来转呈给老太爷的那个匣子，是不是装着那套石头，我们不得而知。丁先生是否已查明澄清？”

“还没有最后证实。假定就是那套石头，端方为什么忽然肯归还了？”

“也许是老太爷追索吧，那时端方正给罢了官，似便于开口。我和戴老帮当时还曾估计，端方可能想送一件什么东西，来取悦老太爷，以向我号筹措巨款，因为他当时正为东山再起而四出奔走。”

“后来他借贷巨银了吗？”

“没有。不过他后来果然东山再起了。”

“石头在端方手中滞留既久，其名贵之声泄漏于外，是很可能的。所以说本案与你们京号无干。”

“承蒙丁先生明察。端方死后，他府中的收藏倒的确在京中受到多方觊觎。只是，竟会有人暗雇高手去康家偷这套石头，我仍表怀疑。”

丁侦探进一步看出，梁老帮同戴老帮一样，也是那种头脑开通，风度优雅，理事干练的商界人物，一如其外观所现。当然，也有可能是个更狡猾的家伙。

梁老帮不忘前言，执意派伙友伺候他在京中游玩。冬日枯索，市面凋敝，加上自己心绪也不佳，没有游玩几天就作罢了。

期间，他曾以访友为名，独自外出到琉璃厂。本想亲自验证一下那套石头的价值，但拿出何举人开列的清单，在第一家字号就受到了嗤笑，不肯与他多言。不知是京商欺客，还是何举人的清单的确可笑，或者两者都有。总之给他打击很大，追查失物数月之久，至今不知失物为何物，得两千两银子就不错了。他终于心灰意懒了。

离京返沪时，梁老帮执意要派京号伙友伺候至浦口，说这是总号意思。丁侦探坚决辞绝了。

临别前夜，梁老帮又秘密探问：案子已侦破到什么地步，丁先生对案底是怎么预测？

丁侦探仍然说，既已卸任，不能多言一字。

他这才明白，梁老帮可能负了使命，在刺探他到底握着怎样的案底！幸亏他没有握着案底。

丁侦探带着北地的苍凉，无聊地回到了上海。

半月之后，天成元沪号派伙友给丁侦探送来一张银票，两千两银子分毫不爽，还写了四厘月息。没有契约，没有担保，没有抵押，只凭一言许诺，巨金兑现不爽，这就是康家的商德吗？但在他侦破盗案中间，却是处处禁忌，道道防线，简直难以得到一句可信的证言。

送银票的伙友说，孟老帮想邀丁先生小聚，聊表洗尘慰劳的意思。

丁侦探没有承情应诺。

19

民国二年（1913年）春天，丁侦探来康家沪号闲坐。因为他再怎么愚钝，也不会相信康家会在这春暖花开时候，重邀他去接着破案。不过，他也不可能忘掉这桩倒霉的案子，他来沪号当然有打听后事如何的意思在其中，或者也主要为此而来。

他对孟老帮说，他是来看望一下刘守义，去年在康家共事数月，他们成了老朋友了。刘守义歇假归来了没有？

孟老帮说，刘守义跑街办事去了，很快就会回来。

孟老帮盛情邀请他里头就座。

孟老帮问他怎么不常来走动，是不是又接了什么大案了。

丁侦探故意说，他仍在料理康府的案子，在江南古玩界做了多方查访，专等康家一声召唤呢。

孟老帮犹豫了一下，才说，康老太爷已于去年阴历十一月十七升天了。

丁侦探听到这个消息，虽然也不怎么感到意外，但仍不免有种怅然若失的感觉。他终于没有能见到这位秘密而又神奇的康老太爷，现在更确凿无疑地成为定局了。去年他被逐时，虽然已经接受了这样的结局，实在说他心里还是抱着难熄的希望的:或者康府会出于更神秘的原因,重新召他去揭案,尽管这是十分渺茫的希望。因为他实在不甘心于这个无功被逐而又受赏的下场。还可能因为回到上海之后,他对康府中那个魔六之数,已经失去了惧怕,甚至觉得还有几分可笑。现在,康老太爷已经升天了,他心藏的这点希望,不想熄灭也得熄灭了。

老太爷的升天,很可能意味着那桩离奇的盗案,永远也难以揭开真相了。

丁侦探说,去年他离开康府时,大少说要给老太爷大办九十寿辰。

孟老帮说,老太爷是在过了寿辰不多几日升天的,听说寿庆没有办成。

丁侦探问,丢了石头,给老太爷追寻回来没有?

孟老帮说,已经听不到东家再提那个案子了,可能一直在忙于治丧,这是老寿星大喜丧,听说办得极为盛大隆重。

丁侦探问,没有追回那两块石头,老太爷怎么肯瞑目?孟老帮说,他一直远在沪地,对东家家事知道得很少,恐怕还不及丁先生知道得多。

孟老帮远不及京号的梁老帮和赋闲乡居的戴老帮那么雍容大度,当然也是个老辣的家伙,装着什么都不知道,其实他什么都知道。

后来见到刘守义,丁侦探发现他回到上海后,似乎显得容光焕发了。刘守义见了他,有些不好意思起来。

"我走后,康家及总号没有难为你吧?"

"没有。"

"给了你多长的假期?"

"仍然是按三年一假的定例,准了半年的假,只是从去年秋天离沪之日算起,包括在康府伺候你的那三个月在内。"

"这是大少的意思?"

"是总号的吩咐。"

"你给我做通事,是为康家应差,怎么能算作你的假期?"

"孙老总说,现在是非常时期,各地分号人手紧巴,只好委屈我了,不然更得延误其他伙友下班歇假。我不敢不答应。”

“我临走特别向大少请求，多放你几月假，当时大少满口答应了，怎么能失信？”

“大少不管字号上的这种事，能准假已经不错了。”

“那你当时私奔回家也不能算是私奔了，是我白白讹诈了你。”

“不敢声张，仍望丁先生能成全我，不要声张。”

“那就听你的了。太太怎么样，有没有事？”

“没有事，什么事也没有。”

“那么真是在练武功？”

“什么事也没有。”

“康老太爷升天前后，你听到什么消息没有？”

“只知道老太爷的喜丧，办得震动了全县上下。”

“关于那件盗案，听到什么新说法没有？”

“没有，什么也没有听说。”

“你辛苦了。”

丁侦探这次闲访沪号，令他更感沮丧。康老太爷升天了，那桩盗案也许永远不会水落石出了。回想他在康府奔波数月，几乎没有办成一件事，只成功收买了这个刘守义，却还是白白讹诈了人家。

20

民国五年（1916年）五月，丁侦探在上海街头偶然路遇刘守义。刘守义神秘地告诉他，他已经打听到康府那件盗案的案底了。

丁侦探急忙邀刘守义进入一家茶馆。

刘守义说，去年秋冬间，他再次下班回晋歇假，终于打听到了案底，回沪后很想告诉他，只是有些不方便，不过迟早会相告的。

“到底是怎么一回事，快说好了。”

“回晋前在字号中就听到一些传闻了,回去才终于打听清楚了。”

“你快说好了,不用啰唆!”

“你猜是怎么回事?”

“我猜不着,不用啰唆好不好?”

“我给你说,偷石头的既不是家贼,也不是外面强盗,你猜是怎么回事?”

丁侦探听了大吃一惊,不是家贼,不是外盗,难道真有第三种可能?

“是家贼外盗里应外合吗?”

“不对,没有家贼,也没有外盗。”

“那么是石头本来就没有丢失?”

“也不对,那两块石头至今仍然下落不明。”

“你这个家伙,也学会布迷阵了,到底是怎么回事,你快说好不好?”

“你猜是怎么回事?”

“我绝不会给你猜,你这个笨蛋!”

“我正在给你说,你不要打断我好不好?你猜是怎么回事,原来老太爷一直就没有得到那两块石头。”

“你说什么,那两块石头本来就不存在?”

“你不要打断我好不好?原来老太爷一直没有得到那两块石头,你猜是为什么?”

“你快说吧,我绝不猜它。”

“老太爷升天后,大少整理老太爷的遗物,在书房许多旧信札中,发现了端方当年写给老太爷的一封信。”

“是宣统元年写的吗?”

“我只听是当年,不清楚是哪一年,信上大意是,端方说他闲来集得一套阴骘文印章,石头还算得上是好石头,篆刻亦不乏名家手笔,可惜大多只是应酬之作,难得集齐了,一句不缺。又说,偶然想起老仁台有此同好,就交你家京号呈去,聊作品玩,玩腻了再赐还即可。与案子最紧要的是说，唯内中两方，石系青田灯光冻，篆似文三桥手笔，恐辗转有失，他留下来了，只附了印谱。”

“这个端方，真是该死！”

“康家也是咒骂端方害死了老太爷，不然这事恐怕也流传不出来。听说六爷咒骂得最甚。”

“这样看来，盗案现场可能是老太爷故意假设的了。因为那时端方已死，老太爷想以出了盗案为名，催逼大少他们满天下去查访那两块石头，对不对？”

“有人也这样说，也有人说，老太爷巧设盗案，是为了看看大少理家主政的能力。”

“这是附会巴结之词。”

“那老太爷为什么不郑重正经地交代各码头字号去查访呢？”

“怕你们偷懒，出了盗案就非同寻常了，明白吧？”

“可是出了盗案，大家都疑神疑鬼，怎么会专心寻找石头？”

“谁也怕沾了嫌疑，不就都不敢偷懒了吗？那么，老太爷后来隐居到什么地方去了？”

“听说老太爷设好盗案假象，就移居祖屋了。”

“祖屋？”

刘守义说明了康家的这个传统。

“你为什么不早对我说？”

“我怎么敢做这种不祥之想？再说康府已有许多年没人移居祖屋了，老太爷活了九十岁，当年三爷四爷去世时，听说都没有移居祖屋。”

“这祖屋在康府什么地方？”

“我不知道，是不是在祠堂附近？”

“一定在花房附近！”

“你怎么知道？”

“我是笨蛋！”

丁侦探现在明白了,那个该死的祖屋一定在花房附近。他其实已经跟踪到了祖屋附近,但怎么可能猜测出康家会有这样一个奇特的传统,会有这样一个难以想象的临终仪式?

“老太爷没有得到那两块石头,怎么肯瞑目?”

“听说最后是把从兰州买回那两块假石头交给老太爷了。老太爷夸奖了大少几句,吩咐把配齐了的这套石头给他带上,就升天了。”

“老太爷没有认出是赝品?”

“石头是真冻石。”

“端方的那套石头,老太爷都给带走了?”

“听说是。都说老太爷是仿唐太宗带走王羲之兰亭序真迹。”

“真会附会。”

丁侦探又问:“那后来为什么要把我撵走?”

“我没有听说是为什么,可能那时老太爷已经病重了吧。”

“可能因为我是笨蛋。”

“不是丁先生笨是本来就没有发生盗案。”

丁侦探又问了问康家票庄生意近况,刘守义说去年大账期合账,结利仍然可观,当然不及当年鼎盛时丰厚了。

刘守义匆匆走了。

丁侦探却久久不能平静。他果然是落入了一个陷阱,一直在侦破一个并不存在的盗案。这个陷阱不是作案者设置,反而是失主,是他一直企图见到的第一当事人设置。他怎么可能料想得到?

但他思索良久,觉得不像是老太爷有意巧设了这种盗案假象。老太爷既然在设置盗案假象之后,即移居祖屋,就说明他在设此假象之前,已经预感到自己将不久于人世了。处在这样一种精神状态下的九旬老人,怎么可能有兴致有智力来同自己的家族、自己的商号玩这样一种游戏?如果真是一场巧设的游戏,那么大少所说的老太爷的种种反常表现,就应该是一种故意为之的表演了。在长达七八个月的时间,一个临终的老人一直在做这种并不轻松的表演，显然更不太可能。像孩童似的任性，惊恐不安，喜怒无常，寝食失序，拒不见客，甚而避见家人，如果这一切不可能是表演，而是老太爷当时的真实表现，那么老太爷一定以为是发生了真实的盗案，真以为被盗去了那两块石头。大少仿佛说过，老太爷在案发前就常常梦见有人来偷他的石头。他或许是将梦境与现实相混合了，可能早已在梦中得了那两块石头。说不定预感到死之将至以后，他就一直处在似梦非梦，似真非真的感觉状态中了。那天凌晨他偶尔发现房门未上闩，就认定是发生了盗石案。

那么，房门又是谁打开的呢？

案发当时，老太爷屋里的情形一直都是听大少转述，而大少又主要是听年轻的老夫人转述。谁的陈述是可靠的，这也许永远难以验证了。

因此，这个案子究竟是怎么一回事，是巧设的游戏，还是将梦幻当真了，或者是的确发生过盗案？丁侦探终于相信，这是再也无法加以澄清了，而且似乎已不需要澄清了。

至于那套阴骘文印章，丁侦探觉得梁老帮他们的猜测可能是对的。那位该死的端方，将这套石头借给老太爷品玩，很可能是想从天成元票庄筹借巨款，以为其东山再起打通关节。他留下了两方最好的石头，分明是为这笔交易埋下了伏笔，握住了重要的筹码。石头中有“救人之难，济人之急”“捐资成人之美”等语，这可能就是在暗示，他要向你这位富商借钱呢。而老太爷在升天时毅然带走了端方的这套石头，似乎也可以证明老太爷是处于一种似梦非梦的精神状态中，否则，这岂不是这样与“勿谋人之财产”的印文相悖了吗？

丁侦探终于也发现了，自己在康府侦破本案期间，其实一直就盯住了案子的要害，一直在朝着案底穷追不舍，侦破的方向似乎并没有错。但是，他也完全信服了，无论如何他是不可能揭开这个案底的，即使只差一步之遥。他又想起了那个可怕的魔六之数。

21

民国十六年(1927年),丁侦探又在上海街头偶遇刘守义。

这时的刘守义,已经在康家天成元票庄顶了二厘身股,据说四年一个大账期,能分到红利近千两银,红利存入本号所得利息也很可观,他似乎已经如愿以偿了。他说票业生意现在大不如前了,先前有二厘身股,红利当是今之倍数。他还说到孙老总已经赋闲乡居了。大少延聘了京号梁老帮做老总,总号也已迁至北平了。大少还一直在张罗改办银行事,企图将西帮票商中硕果仅存的十数家大字号联合起来,集股合办有限制银行,但终无结果。

丁侦探问刘守义,喜得贵子了吧?

刘守义说,仍无此功德,是今唯一大憾事。

刘守义无意间又提到那件案子,说老太爷一直没有得到的那两块石头,已经找到了。

"找到了?"

"听说就是从兰州买回的那两块石头,也就是老太爷最后要带走的那两块石头。"

"这又是附会巴结之词!"

"听说出售那两块石头的兰州古董商,后来出示了原印拓。他说,当时因为我们兰号老帮犹豫不决,显然疑心印篆不是真迹。于是暗中磨去了原印真迹,照何举人的印样找人重新刻就。难怪老太爷当年一见就收下了,没有摔到地上。"

"这绝不可能,因为老太爷并没有见过原印哪!"

"但兰州那位古董商出示的印拓,经方家鉴别过,确系文三桥真迹,已成绝拓,比原印石还要值钱了。当然,他也不会只拓了一张印拓。"

"康府不是也有印谱吗?"

“听说当年康家怕有人盗墓取宝，只给老太爷带走了印谱，好像把石头留下了。当然也有人说，这不过是康家放出的一种风声，以防有人盗墓而已。”

“完全是一种附会，完全是古董商的一种生意经，完全是一种虚构。”

“人们都这样说，谁知道是真是假。”

丁侦探毫不怀疑这是一种附会，一种虚构，一种传说。随着时间的推移，一切都离真相越来越远了，而真相在当时就已经深不可测。

他辞别刘守义回到家中，翻出当年从康府带回留作纪念的那两块石头，凝视良久。忽然生出一个荒诞的念头，或许这两方石头也是真冻石？

他果然携了去市中求行家鉴定。

鉴定结果，居然真说石头是上佳石料，青田灯光冻，拟为古印，可惜篆刻太劣，不知磨去了什么样的真迹，先生知道吗？

丁侦探再次给惊得目瞪口呆了，他怎么能知道被磨去了怎样的真迹？

一九九一年十一月毕

迁走的藏经楼(代后记)

我少时住过的小城中,有座资福寺,俗称东寺。我家就住在东寺园,离它最近。后来知道它建于金大定二十五年,在昔日本城商贾云集,盛极一时的年代,它"壮丽宏敞冠诸寺"。不过我见它的时候,已经在破败中,唯有寺院中心的那座藏经楼,雄姿未见大衰。

这座东寺的其他建筑,似乎都是围绕了这座藏经楼而布局,不仅使之位踞中心,而且兀然高耸,雄视全寺。所以我印象中的藏经楼,一直是被整个寺庙以及寺中的古树簇拥着,最先身被霞光,最后融入夜幕。后来寺外常年积水,形同小潮,藏经楼倒映水中虽更似美景,但寺庙却破败亦速。藏经楼终于被迁走了。拆迁时,我亲见一砖一瓦细心卸下,编号装箱,说是将在一个更美好的地方原样复制出来。

多年后,我在省城的一个大公园中,见到了复原出来的这座藏经楼。它焕然一新,重加漆画,但我怎么也不能习惯,总觉它似老妇浓妆,不忍细睹。远远望去,虽有真正的湖水将它倒映了,仍总觉它安身于这个现代人消遣的场所,一定很孤独。

所以，我在写这个过去的故事时，没有敢企图“重现历史”，仍然是把它当作一个现代故事来讲。

一九九二年六月